Brieven van Elie

www.boekerij.nl

Thaisa Frank

Brieven van Elie

ISBN 978-90-225-5691-7
NUR 302

Oorspronkelijke titel: *Heidegger's Glasses* (Phoenix Books)
Vertaling: Elinor Fuchs
Omslagontwerp: marliesvisser.nl
Omslagbeeld: Scout Paré-Phillips
Zetwerk: Mat-Zet bv, Soest

*Dit boek is opgedragen ter nagedachtenis aan Stanley Adelman
– uitmuntend typemachine-expert, vriend van talloze schrijvers*

En aan DS, Fred, en Ike Dude

Dwarsdoorsnede Schrijversbunker – Hans Ewigkeit, architect, 1941

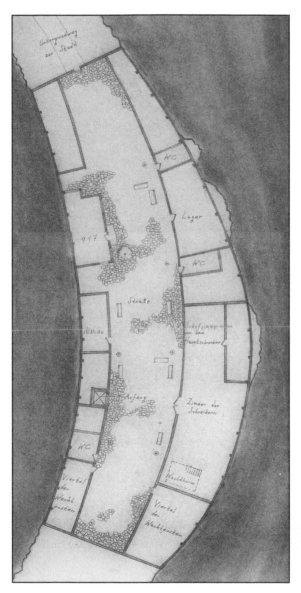

Plattegrond Schrijversbunker – Hans Ewigkeit, architect, 1941

Toelichting
curator

$\mathcal{D}$e getoonde brieven dateren van ruwweg 1942 tot het einde van de Tweede Wereldoorlog. De meeste brieven werden onder dwang geschreven als onderdeel van het programma *Briefaktion*, of Operatie Postverkeer. Andere zijn brieven uit getto's of briefjes die door gevangenen in barakken in concentratiekampen werden doorgegeven. De brieven uit het programma Briefaktion werpen licht op Duitse strategieën tijdens de Tweede Wereldoorlog die vaak worden overschaduwd door uitvoeriger gedocumenteerde en dramatischer gebeurtenissen.

Briefaktion

Het programma Briefaktion werd ingesteld om bezorgde familieleden gerust te stellen over de verplaatsingen en deportaties en om geruchten te verdrijven over de Endlösung, die het Rijk koste wat het kost geheim wilde houden. De brieven werden doorgaans geschreven zodra de gevangenen aankwamen, vaak voordat ze werden geleid naar een idyllisch bos of een doorgang van grote dennentakken die gaskamers verhulden. De brieven werden niet direct naar de geadresseerden gestuurd maar vanuit de Joodse Raad in Berlijn, zodat de herkomst onmogelijk te achterhalen was. Antwoorden op de brieven werden ook weer naar Berlijn gestuurd en maar zelden bezorgd; het grootste deel had ook niet gelezen kunnen worden omdat het merendeel van de briefschrijvers reeds was omgebracht. Het gevolg hiervan was een enorme hoeveelheid ongelezen post, waarvan een klein deel na de oorlog is teruggevonden.

Het Bovennatuurlijke en het Thule-genootschap

Het was alom bekend dat Hitler astrologen raadpleegde. Veel minder bekend is dat het Derde Rijk verbazingwekkend veel vertrouwen stelde in het bovennatuurlijke voor strategieën die betrekking hadden op de oorlog en de Endlösung. Een genootschap met de naam *Die Thule-Gesellschaft* – bestaande uit mystici, mediums, leden van het Rijk en een selecte groep ss'ers – kwam regelmatig bijeen om advies in te winnen van de astrale wereld. Het Thule-genootschap ontleende zijn naam aan Lanz von Liebenfels' idee van Ultima Thule, een extreem koude plek die werd bevolkt door de supermens. Hitler was zelf niet aanwezig bij deze bijeenkomsten en nadat hij aan de macht was gekomen belette hij Lanz von Liebenfels te publiceren, waarschijnlijk om zijn eigen fascinatie voor Ultima Thule te verbergen. Heinrich Himmler (die naar verluidt altijd een kopie van de *Bhagavad Gita* bij zich droeg om zijn schuldgevoel over de oorlog te sussen) was het prominentste lid van het Thule-genootschap. Berichten waarvan men dacht dat ze uit de astrale wereld afkomstig waren, werden opgenomen in de strategieën van het Derde Rijk. Hoewel Hitler het Thule-genootschap vermeed, vertrouwde hij op talrijke mystici, astrologen en helderzienden voor steun en advies. De beroemdste van hen is Erik Hanussen, die Hitler leerde menigten te hypnotiseren.

Joseph Goebbels en de Paradox van Propaganda

Op 30 april benoemde Hitler, vlak voordat hij zelfmoord pleegde, Goebbels tot Rijkskanselier. Goebbels bekleedde deze functie echter slechts gedurende één dag. Toen de Russen niet akkoord gingen met een verdrag dat gunstig was voor de nationaalsocialisten pleegde Goebbels in navolging van Hitler zelfmoord, samen met zijn vrouw en zes kinderen. Met de dood van Goebbels verloor het naziregime zijn stem. Goebbels was een briljant orator – humoristisch, sarcastisch en gereserveerd. Zijn beroemde motto was: wil je een leugen vertellen, vertel dan een grote leugen. Goebbels was bedreven in het verbergen van het vertrouwen van het Derde Rijk in het occulte – een vertrouwen dat hij niet deelde. Hij liet zich openlijk minachtend uit over Himmlers obsessie met het bovennatuurlijke en heeft wellicht een bepalende invloed gehad toen Hitler ervan weerhouden werd zich aan te sluiten bij het Thule-genootschap. Hij slaagde er aanzienlijk minder goed in de Endlösung verborgen te houden. Veel Duitsers lieten zich door Goebbels' propaganda overtuigen; anderen waren echter op de hoogte van de kampen, wat blijkt uit Duitsers die bij het verzet zaten, mensen in de NSDAP die hun invloed aanwendden om Joden te redden, en de *Weisse Rose*, een radicale studentengroep die pamfletten over de kampen verspreidde.

Martin Heidegger en de Tweede Wereldoorlog

Tot de Duitsers die iedere kennis over de Endlösung ontkenden behoorde de filosoof Martin Heidegger, een raadselachtige figuur tijdens het naziregime. In 1933 werd hij lid van de Nationaalsocialistische Partij en gekozen tot rector van de universiteit van Freiburg. Een jaar na zijn aantreden als rector diende hij zijn ontslag in. Sommige Partijleden die Heidegger als een rivaal beschouwden misgunden hem zijn rectoraat. Anderen beschouwden zijn filosofie als nonsens. En Heidegger zelf vond dat Duitsland zijn belofte om terug te keren naar zijn culturele oorsprong schond. Zijn kritiek op de Partij was hevig maar hij heeft de Partij nooit veroordeeld of zijn lidmaatschap opgezegd, zelfs niet in een ontwijkend, postuum verschenen interview in *Der Spiegel*.

Heideggers lidmaatschap van de Partij heeft tot verhitte discussies geleid over de vraag of zijn filosofie al dan niet nationaalsocialistische leerstellingen bevat. Sommige filosofen vinden dat hiervoor duidelijk bewijs is en verwijzen vaak naar een beroemd gesprek met Karl

Löwith voorafgaand aan de oorlog waarin hij beweert dat een van zijn belangrijkste denkbeelden (historiciteit) de basis vormde voor zijn politieke betrokkenheid. Volgens andere filosofen was Heidegger eenvoudigweg niet in staat zijn filosofische en politieke denkbeelden samen te brengen en zij zien veel revisionisme in zijn denkbeelden. Heidegger wordt nog steeds beschouwd als iemand met een diepgaande invloed op de moderne filosofie, alsmede op poëzie en architectuur. Ironisch genoeg – gezien de sympathie die hij koesterde voor chauvinistische denkbeelden – wierp hij vragen op over de aard van het bestaan, de aard van groepsgedrag, en de aard van het denken zelf. Tevens schreef en sprak hij met veel nuance over de menselijke neiging het besef van sterfelijkheid te vermijden. Meer dan tien jaar voordat de fascisten aan de macht kwamen, was Heideggers eigen bril een van de aanleidingen voor zijn inzicht in dit aspect van het menselijk bestaan en hij schrijft hierover in zijn hoofdwerk *Sein und Zeit*.

Zoë-Eleanor Englehardt, gastcurator
The Museum of Tolerance, New York City, New York

Proloog

*I*n de doodgewone winter van 1920 zag de filosoof Martin Heidegger zijn bril en viel plotseling uit de hem vertrouwde wereld. Hij zat in zijn studeerkamer in Freiburg, meer dan honderdzestig kilometer ten zuiden van Berlijn, en keek door het raam naar de dikke, kale takken van een iep. Zijn vrouw stond naast hem en schonk een kop koffie in. Zonlicht viel door de vitrage naar binnen en wierp strepen op haar opgestoken blonde vlechten, de donkere tafel en zijn witte koffiekop. Plotseling vloog een spreeuw met een klap tegen het raam en stortte neer. Heidegger stak zijn hand uit om zijn bril te pakken en toen hij vooroverboog, stootte hij de koffie om. Zijn vrouw veegde de tafel schoon met haar schort en hij poetste de bril schoon met zijn zakdoek. En terwijl hij naar de dunne, goudkleurige brillenpoten en de twee ronde glazen keek, wist hij ineens niet meer waartoe die dienden. Het was alsof hij nog nooit een bril had gezien of had geweten hoe die werd gebruikt. Vervolgens kwam de hele wereld hem onbekend voor: de boom was een wirwar van vormen, het met bloed bespatte raam een zwevende rechthoek. En toen er nog een spreeuw voorbijvloog, zag hij slechts een zwarte vlek die in beweging was.

Martin Heidegger zei hier niets over tegen zijn vrouw. Samen maakten ze mopperend schoon. Zij schonk nieuwe koffie in en verliet de kamer. Heidegger wachtte tot alles in de wereld om hem heen weer op zijn plek zou vallen en uiteindelijke hoorde het tikken weer bij de klok, werd de tafel weer een tafel en de vloer iets om over te lopen. Toen liep hij naar zijn bureau en schreef over dit moment naar een collega-filosoof met de naam Asher Englehardt. Hoewel ze vaak samen koffie-dronken, beleefden ze er plezier aan elkaar te schrijven over vervreem-dende momenten: de kop van de hamer die zo los zit dat hij fladdert als een vogel. Het schilderij dat scheef hangt waardoor de kamer iets on-guurs krijgt. De appel die midden op straat ligt en je doet vergeten waartoe straten dienen. Iets wat nabij komt omdat het van een afstand wordt gezien. Het niet-thuis-zijn. Het uit de wereld vallen.

Een paar dagen later schreef Asher Englehardt terug in zijn ver-trouwde, gejaagde handschrift en berispte Heidegger omdat hij altijd deed alsof deze gewaarwording nieuw was. 'Er is niets stoffelijks waar-op we kunnen vertrouwen, Martin,' schreef hij. 'Al die kopjes en gla-zen en alles wat mensen verder nog hebben of doen zijn attributen die ons beschermen tegen een wereld die begon lang voordat iemand wist waar glazen toe dienden en door zal gaan lang nadat er nog iemand over is om ze zich te herinneren. Het is een vreemde wereld, Martin. Maar we kunnen er nooit uit vallen omdat we er altijd in leven.' Asher was hier stellig van overtuigd en was daar twintig jaar later nog steeds van overtuigd toen hij en zijn zoon uit hun huis in Freiburg werden gehaald en in een veewagon werden afgevoerd naar Auschwitz.

Droga Mamo,

Czy mogłabyś przynieść mi buty które trzymałam w kredensie?
Wiem że będę je potrzebować do podróży.

Kocham,
Mari

Lieve Moeder,

Kunt u de schoenen meebrengen die ik in de kast bewaar?
Ik weet dat ik ze nodig zal hebben voor de reis.

Liefs,

Mari

De orders

*B*ijna een kwart eeuw na Heideggers gewaarwording, ingegeven door zijn bril, reed een vrouw – met om haar pols een rood, zijden koordje – een buitgemaakte Amerikaanse jeep naar een dorp in Noord-Duitsland. Het dorp was verduisterd en ze had de buitenpost – een houten gebouw achter in een veld – gemakkelijk kunnen missen als ze er niet al vele ritten in het donker naartoe had gemaakt. Het was een gure winternacht en sneeuw waaide in haar gezicht terwijl ze het veld overstak. Ze bleef staan om de sneeuw weg te vegen en keek omhoog naar de hemel. Het was oogverblindend, het schitterde van de sterren, zo weids dat de hemel verdeeld leek in afzonderlijke sterrenstelsels. Zelfs in deze fase van de oorlog voelde de vrouw zich gelukkig. Ze had net drie kinderen naar Zwitserland gesmokkeld en een bewaker om de tuin geleid. Haar naam was Elie Schacten.

Elie keek naar Orions jachthonden en liet ze in lichtpuntjes uiteenvallen, ijsbloemen in de donkere hemel. Toen klopte ze tweemaal op de verduisterde deur. De deur ging open, een hand trok haar naar binnen, en een ss-officier kuste haar lippen.

'Wat is er gebeurd?' vroeg hij. 'Je zou hier gisteren al zijn.'

'Er was een probleem met de koppeling,' zei Elie. 'Wees blij dat ik er nu ben.'

'Ik ben ook blij,' zei de officier. 'Maar volgens mij voer je iets in je schild, mijn kleine, ranke meisje.'

'Ik ben niet jouw kleine, ranke wat dan ook,' zei Elie. Ze schudde hem van zich af en keek om zich heen. 'Hoe gaat het met de uitdrage-rij?' vroeg ze.

'Je zult niet geloven wat er allemaal binnenkomt,' zei de officier. 'Vijf kilo Hollandse chocola. Franse cognac. Beelden uit een Oosten-rijks kasteel.'

Ze hadden het over de buitenpost, een grenen kamer met scheve balken. De ruimte had één rechthoekig raam met een verduisterings-gordijn en was tot de nok toe gevuld met voorwerpen uit geplunderde winkels en woonhuizen. Het was er koud. Wind blies door de spleten in de muren en de kolenkachel was leeg. Elie trok haar sjaal strakker en liep door een doolhof van klokken, boeken, jassen, hang-legkasten en twee oogmeetstoelen naar een met fluweel beklede bank. De offi-cier sleepte acht uitpuilende postzakken naar haar toe en kwam zo dichtbij dat Elie zijn adem voelde. Ze deed haar haren los zodat die haar gezicht afschermden.

'Die theeroos is nog maar nauwelijks te krijgen,' zei de officier, waarmee hij doelde op haar rozenparfum. Hij boog zich nog verder vorover en raakte haar blonde krullen aan.

Elie lachte en begon de kaarten en brieven te lezen. De enorme hoe-veelheid overweldigde haar altijd. De meeste behoorden tot Brief-aktion, brieven die onder dwang waren geschreven in getto's en kam-pen, vaak vlak voordat de schrijver werd afgevoerd naar een veewagon of een gaskamer. Meestal waren ze op dun, broos papier geschreven en over de adressen van de familieleden zat een donkerrode stempel. De instructies op de stempel luidden: 'Alle Joodse post doorsturen naar Berlijn N 65, Iranische Strasse 2.'

Elie keek zonder echt te lezen, haar enige doel was de taal te onder-scheiden. Ze probeerde haar walging te negeren en stopte niet een keer om te kijken naar de naam van de schrijver of wat er geschreven was. Soms, als ze de slaap niet kon vatten, zag ze zinsneden uit de brieven, gejaagde, angstige leugens die de omstandigheden in de kampen ver-heerlijkten. Maar wanneer ze de brieven snel doorlas, bleef haar oog nergens hangen – behalve als ze de enorme zak zag met een A, van Auschwitz. Die was groter dan de andere postzakken en leek te groot voor deze wereld om te omvatten, alsof die uit een ander universum was gevallen. Elie had altijd het gevoel dat zij mee was komen vallen en stopte even voordat ze de eerste brief las.

'Wat is er?' vroeg de officier.

'Ik ben gewoon moe,' zei ze.

'Is dat alles?'

De officier, die dol was op roddels, probeerde altijd in Elies verleden te wroeten omdat mensen tegenwoordig uit de lucht kwamen vallen alsof ze net waren geboren, met nieuwe papieren als bewijs. Zij vormde daarop geen uitzondering: de dochter van Poolse katholieken, door Goebbels in een Duitse veranderd. Haar kenmerken voldeden aan alle Arische standaarden. Haar Duitse accent was onberispelijk.

Elie staarde naar een paar rollen wol die geklemd zaten tussen twee fietsen. Toen ging ze door met het sorteren van de brieven. De officier stak een sigaret op.

'Je zult het niet geloven,' zei hij, 'maar er is net een Jood vrijgekomen uit Auschwitz. Hij is het hek uit gelopen met de zegen van de *Kommandant.*'

'Ik geloof je niet,' zei Elie.

'Het hele Rijk weet ervan,' zei de officier. 'Een ss'er heeft zich bij de Kommandant gemeld en gezegd dat die man een laboratorium had dat het Rijk nodig had en dat hij mee moest komen voor de overdracht van de papieren. De Kommandant heeft dat goedgekeurd en nu kunnen ze het lab noch de naam van de ss'er vinden. Ze denken dat hij niet eens echt was. Ze noemen hem de Engel van Auschwitz.'

'Mijn god,' zei Elie.

'Is dat alles wat je te zeggen hebt? Het is een klinkklare aanfluiting. En Goebbels wil de Kommandant niet executeren. Dat is hem te veel moeite, zegt-ie.'

Elie frunnikte aan de draadjes van het rode koordje om haar pols. Ze kon het koordje niet afdoen omdat het haar, samen met de speciale papieren, onbeperkte vrijheid gaf om te reizen en haar behoedde voor verkrachting, beroving of moord. De officier leunde naar haar toe en bood aan de sliertjes uit de knoop te halen. Aan een uiteinde zat een metalen adelaar – de bek was zo groot als het oog van een naald. Hij stopte even en bewonderde het vakmanschap.

Elie liet hem het koordje ontwarren en telde de voorwerpen langs de wanden: vijf vergulde spiegels, vijftien typemachines, een wereldbol, zeven klokken, acht tafels, rollen witte kasjmier, een mengkom, twaalf stoelen, een paspop, vijf lampen, meerdere bontjassen, speelkaarten, dozen met chocola en een telescoop. Een uitdragerij, dacht ze. Het Rijk kan alles roven behalve warmte.

'Ik moet weer terug,' zei ze, terwijl ze opstond. 'Als ik nog codes van het verzet tegenkom, laat ik het je weten.'

'Blijf toch vannacht,' zei de officier en hij klopte op een in beslag genomen bank. 'Ik zal mijn handen thuishouden. Dat beloof ik.'

'Je hebt niet alleen maar handen,' zei Elie.

'Van mijn voeten heb je ook niets te vrezen,' zei de officier. Hij wees naar een gat in zijn laarzen en ze lachten beiden.

Zoals altijd accepteerde Elie zijn aanbod om van de buitenpost mee te nemen wat ze wilde. Ditmaal: veertien bollen wol, een staand horloge, de telescoop, de wereldbol, tien bontjassen, de paspop, twee vergulde spiegels, drie doosjes speelkaarten en een pond chocola.

Ze accepteerde ook zijn aanbod om alles het veld over te dragen, waar de sneeuw nog zacht was en de hemel nog de belofte inhield van een lichtspektakel. Elie liet de officier slechts eenmaal haar lippen kussen en haar langer vasthouden dan haar lief was. Toen reed ze diep de Noord-Duitse bossen in waar pijnbomen de maan verhulden.

Op een gegeven moment schoot een mager meisje zonder schoenen de weg over. Het verbaasde Elie niet: in deze fase van de oorlog doken mensen als dieren op uit het niets. Maar ze kon niet stoppen, al was het maar om brood te geven. Er waren net zo veel bewakers als bomen. En één redding was al gevaarlijk genoeg.

Het pijnboombos werd dichter, wind blies door het canvas dak van haar jeep, en Elies angst voor het donker laaide op, samen met de angst dat ze werd gevolgd. Ze hield haar aandacht op de weg gericht, alsof voorgoed blijven rijden haar enige opdracht was.

Naast haar angsten was er de schok over de Engel van Auschwitz. Elie verzon altijd slimme vluchtroutes, riolen in getto's, tunnels onder fabrieken. Maar een ontsnapping uit een kamp had ze nooit overwogen. Ze vroeg zich af of de engel niet een gerucht was. Je kon het Derde Rijk niet méér tergen dan door te suggereren dat een plek als Auschwitz niet onfeilbaar was.

Tegen drieën in de ochtend ging de weg over in een onverhard pad, de auto hortte en stootte en het staand horloge begon te tikken. Elies koordje streek langs de versnellingspook, herinnerde haar eraan dat ze vastgeketend zat aan het Derde Rijk. Ze keek in de achteruitkijkspiegel om zeker te weten dat ze niet werd gevolgd en maakte een scherpe bocht naar een open plek in het bos waar nog een jeep en twee *Kübelwagens* geparkeerd stonden naast een herdershut met een rond dak. Bij de toegang tot de open plek stond een wachttoren en ver naar achter bij het bos was een waterput.

Een lange man in een marinejas en een verfomfaaide, groene trui rende naar buiten en sloeg zijn armen om haar heen. Toen hielp hij haar met het uitladen van de jeep. Ze brachten de telescoop, de paspop, de bollen wol, de jassen, de spiegels, de chocola, de speelkaarten, de klok, de wereldbol, de postzakken en een mand met etenswaren naar de herdershut. In de kamer stonden een veldbed en een ruw houten tafel. Tegenover de deur was een haard. Links daarvan was nog een boogdeur die toegang gaf tot een lager gelegen deel. Elie en de officier sleepten alles door het lage deel naar een mijnschacht en laadden het in een lift. Hij boog voorover om haar te kussen, maar zij schudde sneeuw van haar jas en draaide zich om, verzonken in gedachten over de engel.

'Wat is er?' vroeg hij. 'Vind je me nog maar een beetje leuk?'

'Ik vind je helemaal leuk,' zei Elie. 'Maar de rest bewaar ik voor later.'

Cara Luigi,

è stato un viaggio facile anche se lungo.
Ti piacerebbe, qui.
Vieni a raggiungermi.

Con affetto,
Rosaria

***

Lieve Luigi,

Het was een makkelijke reis, ook al duurde die lang.
Het landschap hier is prachtig.
Kom naar me toe.

Liefs,
Rosaria

*D*e officier liep naar hun kamer – vierenhalve meter boven het verlaagde deel – en Elie daalde af door de mijnschacht bijna tien meter de grond in. De mijnlift was een kleine, benauwde kooi en ze was opgelucht toen ze het ruitvormige hekwerk kon opentrekken. De lift kwam uit op een straat met rode keien die door gaslantaarns werd verlicht. Tegenover de mijnschacht was een grote mahoniehouten deur met daarop de woorden '*Gleichantworten Mögen*' – Gelijk Geschreven Antwoorden – in dezelfde montere boog als '*Arbeit Macht Frei*'. Elie opende de deur naar een ruimte die de omvang had van een kleine sportzaal, waar meer dan veertig mensen lagen te slapen op bureaus. Ze hoorde glissandi van gesnurk en gereutel. Wanneer iemand te abrupt bewoog of verschoof, vielen papieren op de grond. Langs de muren stonden rijen naaimachines, mengkommen, jassen, spiegels en typemachines. Elies bureau stond voor in de zaal en keek uit over de andere bureaus. Zodra ze haar olielamp aanstak, ontwaakten mensen moeizaam om haar te begroeten. Een deur in de muur aan de andere kant van de zaal ging open en nog eens zestien mensen tuimelden naar binnen. Iedereen schaarde zich om Elie, vroeg of ze ongedeerd was en haastte zich om de schatten uit de mijnschacht te halen. Elie opende de mand met etenswaren en ze klapten toen ze ham, een gebraden kip, worstjes, gerookte vis, kaas, sigaretten, wodka, *Fleischkonserve* en blikken surrogaatkoffie zagen. Elie had ook nog dertien verse broden meegenomen die ze cadeau had gekregen van een bakker wiens nicht ze had helpen vluchten naar Denemarken. Ze trokken de wodka open en brachten een toost uit op het nieuws dat de Russen oprukten. Daarna brachten ze een toost uit op Elie.

'Op Elie!' zeiden ze. 'Op onze *Gnädige Frau!*'

Elie hief zelf ook haar glas en wikkelde het verse vlees en brood in een doek. Ze ging via de mijnschacht terug naar de kamer die ze deelde met de officier die haar tegemoet liep toen ze uit het verlaagde deel omhoogliep. Hij stak zijn handen uit en ze liepen samen naar hun kamer, het enige wat nog restte van het bovengrondse leven. Het was een klein, wit, vierkant vertrek met rechthoekige ramen vlak onder het plafond die breder werden naarmate ze dichter bij de grond kwamen. Elie wilde niets liever dan in zijn armen rusten en hem vertellen hoezeer ze hem had gemist, maar ze was bang dat ze van pure uitputting zou gaan huilen. In plaats daarvan liet ze de olielantaarn de kamer rond schijnen waarbij ze een lichte afkeuring uitstraalde. De vloer lag bezaaid met sokken, speelkaarten, laarzen en boeken. En nog een tweede groene trui.

'Het lijkt de buitenpost wel,' zei ze.

'Toevallig heb ik wel de lakens verschoond, Elie.'

'Dat heb je goed gedaan.'

'Ben ik nu van alle blaam gezuiverd?'

'Misschien.'

Elie legde haar jas op een stoel. Toen opende ze haar armen.

'Kom dan nu de rest maar halen.'

Elie was uit het donkere ondergrondse kamertje vertrokken onder het mom dat ze beneden meer slaapplaatsen nodig hadden. Maar iedereen wist dat de echte reden was dat ze van Gerhardt Lodenstein hield, die *Oberst* van de Bunker was.

'Hoe zotter het allemaal wordt, hoe langer drie dagen lijken,' zei hij, en hij trok haar het bed in. 'Waarom duurde het zo lang?'

'Hoe minder je weet, hoe beter,' zei Elie.

'De ss schiet mensen bij bosjes neer. Ik maak me zorgen.'

'Bij de grenzen is het minder erg,' zei Elie. 'Ik had drie kinderen bij me, verstopt onder dekens, maar de ss keek nauwelijks. Ze geloven niet meer in deze oorlog. Dat geldt voor iedereen.'

'Niet voor Himmler en Goebbels,' zei Lodenstein. 'En niet voor de kampen. Elke dag worden er meer mensen vermoord.'

Nu hij het over de kampen had, moest Elie denken aan het verhaal over de engel. Ze kuste Lodenstein, haalde haar pistool uit haar vest, trapte haar laarzen uit, en kroop onder het dekbed. Haar rok, haar blouse en het rode, zijden koordje had ze nog aan.

'Je kunt niet met je kleren aan gaan slapen, Elie.'

'Steeds meer mensen doen dat.'

'Ik weet het. Maar hier zijn we nog veilig.'

'Nog wel,' zei Elie.

'Nog wel is veilig genoeg.'

Elie lachte en hij trok voorzichtig haar kleren uit. Toen hij haar aanraakte, voelde ze zo zacht als het koordje dat hij had losgeknoopt – het koordje dat haar, samen met de geheime papieren, de vrijheid verschafte om te reizen. Hij trok haar naar zich toe. Zij trok zich terug.

'Er is iets aan de hand. Wat is er met je gebeurd?' vroeg hij.

Elie liet haar hand over het dekbed gaan. Het was een donzen dek, met een grijze zijden hoes, afkomstig uit Amsterdam, uit een leeggeroofd huis.

'Buiten is het een grote puinhoop,' zei ze. 'En wij slapen onder dit door het Rijk geroofde dons.'

'Maar dat is niet wat je dwarszit.'

Lodenstein draaide de olielantaarn uit, en het donker voelde zacht aan, haast tastbaar. Hij raakte Elie aan, en haar lichaam voelde fijn als kantwerk. Voorzichtig hadden ze elkaar lief.

Wie kan het gevoel weerstaan als kantwerk te worden behandeld? dacht ze. Alleen zij die weten dat ze op het punt staan te worden vergast of niet weten of hun kind de volgende dag nog zal eten. Alleen zij die tijdens een koude winternacht vol gevaar kilometers lang moeten lopen.

Lodenstein viel in slaap, maar Elie lag wakker en dacht aan de ss'er die in een engel was veranderd. Elie stelde zich zijn gesprek voor met de Kommandant, hoe de gevangene te horen had gekregen dat hij het kamp mocht verlaten. Ze stelde zich voor hoe ze met z'n tweeën Auschwitz uit liepen. Als één persoon kan vertrekken, kunnen twee mensen vertrekken, dacht ze. En dan drie. En dan vier.

Voordat Goebbels haar nieuwe identiteitspapieren had gegeven, had hij Elie foto's van Auschwitz laten zien en gekeken of hij tekenen van medelijden kon bespeuren. Ze had ervoor gewaakt iets te registreren terwijl ze keek naar de rijen barakken en de roodbruine omheining met prikkeldraad die om het kamp heen golfde als door de wind bevroren. De stekels leken op runentekens maar konden huid aan flarden scheuren. Wat zou ervoor nodig zijn om iemand uit die omheining te krijgen? dacht ze.

Liefste Herta,

Ich kann Dir nicht sagen wie sehr ich Dich vermisse. Es gibt Jemanden in diesem Lager, der Lieder singen kann. Sie erlauben ihm, nachts zu singen, weil die Offiziere es genießen, und es erinnert mich an Dich. Ich kann Deine Stimme innerhalb dieses Zauns hören. Das ist alles, was ich im Moment schreiben kann.

Alles Liebe,
Stefan

Liefste Herta,

Ik kan je niet zeggen hoezeer ik je mis. Er is hier iemand in het kamp die Lieder kan zingen. Hij mag 's avonds zingen omdat de officieren er plezier aan beleven, wat me aan jou doet denken. Ik kan je stem horen binnen deze omheining. Meer kan ik op het moment niet schrijven.

Liefs,
Stefan

*T*erwijl Elie wakker lag, keek ze naar het stukje zwarte telefoon dat onder kaarten en papieren uitstak en dacht aan mensen die ze kon bellen om te vragen over de engel. Maar Lodenstein en zij liepen al gevaar omdat ze vluchtelingen hielpen, en een telefoontje naar de verkeerde persoon kon hen het leven kosten. Dus drukte Elie haar hoofd in het dekbed en probeerde de bedompte ijzerachtige geur die uit de mijn opsteeg te negeren. 's Nachts werd de geur sterker, alsof de mijn zich beklaagde over de metamorfose die had plaatsgevonden nadat de beroemde Duitse architect Hans Ewigkeit erdoorheen had gelopen en had gezegd: 'Dit volstaat.'

Geen detail was te klein geweest: de mijn werd gemaskeerd door een omhulsel, met daarin drie wc's, een keuken, een keienstraat, een kunstmatige hemel, een vertrek voor meer dan vijftig mensen en een wachttorentje met het formaat van een schoenendoos. Iedereen die ondergronds sliep was ergens anders vandaan gekomen. En 's nachts, terwijl Elie het gewicht van een donzen dek voelde, lagen zij te draaien, te hoesten en te vechten om warm te blijven. Het hele project was van hen afhankelijk. Dit was de Schrijversbunker.

Tegen zonsopgang begon het hevig te sneeuwen; de sneeuw stapelde zich op tegen de ramen en vulde de kamer met blauw licht. Elie streelde Lodensteins lichtbruine haar en liet haar vinger over het litteken bij de haargrens op zijn voorhoofd gaan. Alles voelde zacht aan, als was het van een ander element gemaakt, en uiteindelijk viel ze in slaap, lichtjaren verwijderd van de Bunker.

Toen Lodenstein wakker werd, lag Elie nog te slapen. Een arm hing langs de zijkant van het bed omlaag. Het deed hem denken aan de al-

Iereerste keer dat hij haar had zien slapen, in een trein toen ze hem had meegenomen naar de Bunker. Ze hadden 's nachts gereisd, en de banken waren veranderd in stapelbedden. Elie sliep boven, hij sliep onder, en een van haar armen was zo dichtbij dat hij het rode koordje om haar pols had kunnen aanraken. Een keer was hij uit bed gestapt om naar haar te kijken. Hij was betoverd, en de ochtend daarop nog zo veel meer betoverd door haar charmante verfomfaaide verschijning dat hij zijn scheergerei in de trein had laten liggen. Twee weken later was het naar de Bunker gestuurd met een briefje van het bureau van Goebbels: 'Het is oorlog. We delen hier geen scheergerei uit.'

Hij vroeg zich af wat Elie had ondernomen in haar zoektocht naar manieren om mensen te helpen. Met welke ss'ers had ze geflirt? Welke handelaren op de zwarte markt? Welke in nood verkerende verzetskrant kon blijven drukken omdat zij geld voor ze had geregeld? Welke vervalsers maakten paspoorten omdat zij een familielid had ondergebracht? Lodenstein begreep dat het redden van mensen gepaard ging met flirten en onzalige bondgenootschappen: om bewakers, wantrouwige huisbazen en nieuwsgierige buren zoet te houden. Maar wanneer Elie een dag langer weg was, maakte hij zich zorgen over vage grenzen tussen geheimen omwille van het verzet en geheimen omwille van het verhullen van een verborgen leven.

Elie werd wakker, keek hem aan en sloot haar ogen.

'Ik wou dat het geen ochtend was,' zei ze.

'Ik ga wat te ontbijten halen. De ochtend kan wel wachten.'

Lodenstein schoot zijn groene trui en legerbroek aan, daalde door de mijnschacht af naar de keienstraat, en sloeg linksaf naar de keuken, een vier meter lange pantry met pannen die zo laag hingen dat ze als holle klokken galmden wanneer mensen ertegenaan liepen.

Twee Schrijvers hielden een blik surrogaatkoffie omhoog terwijl een derde het in glazen potten lepelde. Ze zagen Lodenstein niet en zoals wel vaker vroeg hij zich af of ze wisten dat mede dankzij hem hun leven in de buurt van draaglijk kwam. Zelfs op dit vroege tijdstip hoorde hij iemand sigaretten uitloven als prijs voor het bedenken van een kruiswoordpuzzel in vijftien talen. Ook hoorde hij getyp – waarschijnlijk in gecodeerde dagboeken – en een loting om in Elies oude kamer te mogen slapen. Goebbels stond dergelijke zaken niet toe, maar hij negeerde ze.

Meer mensen liepen naar binnen om koffie te zetten. Het was koud in de mijn, en iedereen droeg een bontjas van de buitenpost. Hij voelde hermelijn, nerts, vos en lamswol. Ze besnuffelden zijn rug als zachtmoedige dieren.

Het brood dat Elie de avond daarvoor had meegebracht lag op een slagersblok in het midden van de keuken. Gisteravond hadden er vijf witte en acht zwarte roggebroden in de mand gezeten. Vanochtend was al het roggebrood nog over en lagen er nog drie witte broden. Hij sneed er voorzichtig twee dunne boterhammen af. Iemand zag hem en zei: 'Neem toch meer! Voor Elie!'

Een andere Schrijver viel hem bij en toen nog een en nog een totdat Elies naam als een bezwering door de keuken galmde. Hij sneed nog wat brood af en bedankte hen in tien talen. Ze lachten en dankten hem op hun beurt.

Iedereen sprak Duits, maar in de gesprekken klonken vele buitenlandse woorden door: Hongaars voor schaamte *szégyen*, Italiaans voor inkt *inchiostro*, Pools voor schaduw *cień*. Per week werden het meer woorden omdat de bewoners naast het Duits gezamenlijk zevenenveertig talen en dialecten vloeiend spraken. Daarom waren de kampen hen bespaard gebleven en daarom bevonden ze zich in dit omhulsel, waar ze al vechtend, schrijvend en graaiend een geheimzinnige en duistere opdracht uitvoerden.

Meine liebliche Susanne,

Ich kam letzte Woche an und hatte das Glück,
Arbeit zu erhalten, beim Bau einer Straße.
Das Essen ist gut und ich mag es, draußen
an der frischen Luft zu sein. Es gibt hier auch
gute Arbeit für Frauen-- Uniformen nähen,
Flickarbeit, Maschinenschreiben. Ich weiß,
es würde Dir hier gut gefallen.

Alles liebe,
Heinrich

Mijn geliefde Susanne,

Ik ben afgelopen week aangekomen en had het geluk aan de
slag te kunnen bij de aanleg van een weg. Het eten is goed en
ik vind het fijn om buiten in de frisse lucht te zijn. Ze hebben hier ook goed werk voor vrouwen: uniformen naaien,
verstelwerk, typen. Ik weet dat het je hier goed zou bevallen.

Veel liefs,
Heinrich

*G*erhardt Lodenstein sprak vijf talen vloeiend, maar had in niet een van hen hoeven onderhandelen voor zijn positie van Oberst van de Bunker: lang geleden had hij, in ruil voor een fiets, zijn vader beloofd dat hij zou gaan werken bij de inlichtingendienst, waarvan zijn vader een prominent lid was. De inlichtingendienst, de Abwehr, was een afstandelijke, elitaire organisatie die zeer bedreven was in het ontcijferen van codes en bekendstond om haar afkeer van het Derde Rijk. Het hoofd, Wilhelm Canaris, had voor de oorlog tweemaal geprobeerd Hitler om te brengen. Toen Lodenstein zich bij de dienst aanmeldde, dacht hij dat hij eerst twee jaar codes zou leren en dan als advocaat aan de slag zou gaan. Maar het Derde Rijk stichtte zijn eigen inlichtingendienst, waardoor de Abwehr kromp en Gerhardt Lodensteins baan gereduceerd werd tot het archiveren van oude papieren uit de Eerste Wereldoorlog. Uiteindelijk plaatste Goebbels hem over naar de ss – waarbij hij niet het beste met hem voorhad aangezien hij een hekel had aan Lodensteins vader – en maakte hem tegen zijn zin hoofd van de Schrijversbunker, waarmee hij gedwongen werd toezicht uit te oefenen op een absurd en nutteloos project: het beantwoorden van brieven van mensen die dood waren.

Deze brieven maakten onderdeel uit van het programma Briefaktion, waarbij gevangenen werden gedwongen naar familieleden te schrijven en de omstandigheden in kampen en getto's op te hemelen. Ze werden naar de Joodse Raad in Berlijn gestuurd zodat niemand wist waar ze vandaan kwamen.

Het doel was te verhullen dat het merendeel van deze mensen op het punt stond te worden omgebracht en familieleden aan te moedigen uit eigen beweging naar de kampen te komen. Daarnaast dienden ze om geruchten over de kampen de kop in te drukken. Maar het post-systeem was chaotisch, en veel familieleden waren gedeporteerd en zonder twijfel zelf gedwongen om brieven te schrijven. Dus werden er duizenden ongelezen brieven teruggestuurd naar Berlijn.

Himmler had verboden ze te verbranden. Hij geloofde stellig in het bovennatuurlijke en dacht dat de doden bij spiritistische mediums op antwoorden zouden aandringen als ze wisten dat hun brieven waren vernietigd – waarmee uiteindelijk de Endlösung aan het licht zou komen. Goebbels, die een grote afkeer had van het bovennatuurlijke, wilde ze om een andere reden niet verbranden. Hij wilde dat iedere brief werd beantwoord in het belang van het bijhouden van een archief, zodat er na de oorlog geen vragen zouden komen. Omwille van de geloofwaardigheid besloot hij dat de brieven in de oorspronkelijke taal moesten worden beantwoord: vandaar het motto van de Bunker 'Gelijk Geschreven Antwoorden'. De ss ging bij deportaties op zoek naar de meest talige en hoogst opgeleide mensen om ze als Schrijver aan te stellen.

Дорогой Мишенька,

Пожалуйста не волнуйся о нас: Дети в порядке, и еда вкусная—наваристый суп с чёрным хлебом. Здесь прекрасный лес. Они нас скоро поведут на прогулку. Ты должен к нам присоединиться, даже если мы не сможем тебя встретить.

Целую Крепко,
Соня

Liefste Mishka,

Maak je alsjeblieft geen zorgen over ons, met de kinderen gaat het goed en het eten is heerlijk: stevige soep met donker brood. Er is hier ook een prachtig bos. Over een paar minuten nemen ze een groep van ons mee voor een wandeling. Je moet vooral komen, zelfs als we hier niet zullen zijn om je te verwelkomen.

Liefs,
Levka

$\mathcal{B}$ij aanvang van het programma Briefaktion woonden de Schrijvers in een bunker in Berlijn. De voorzieningen waren zeer beperkt, overal hing de geur van kool maar, zoals ze laconiek zeiden, ze redden zich. Naarmate er echter meer mensen uit de deportatierijen werden geplukt, begon Goebbels te vrezen dat steeds meer lijnen met opbollend wasgoed midden in de stad argwaan zou wekken. Dus stuurde hij verkenners eropuit om een lege mijn te vinden in de Noord-Duitse bossen. Daar riep hij met Hitlers goedkeuring de hulp in van de architect Hans Ewigkeit en bij het transformeren van de mijn liet hij zijn romantische ideeën de vrije loop. Er was een rode keienstraat die werd verlicht door hoge gaslantaarns. Er was een namaakhemelgewelf met een zon die opkwam en onderging, en sterren zoals ze stonden op Hitlers geboortedag. Er waren mahoniehouten deuren en smeedijzeren banken. De afgelegen mijn was te bereiken via een smalle weg en werd aan het oog onttrokken door een herdershut.

Het idee om de doden te antwoorden maakte Gerhardt Lodenstein onpasselijk, wat er niet minder op was geworden toen hij ruim een jaar eerder de Bunker bij aankomst in een chaotische toestand had aangetroffen. De oorspronkelijke Oberst, die net als Himmler geloofde dat de doden wachtten op antwoord, was betrapt bij het houden van seances om met ze in contact te treden. De Oberst was gedegradeerd tot *Major* en had de pest aan Lodenstein omdat die zijn bovengrondse kamer kreeg. Sommige Schrijvers wilden de Bunker verlaten, ook al zou dat vrijwel zeker hun dood betekenen, en Himmler sprak inmiddels openlijk over de Endlösung, die hij oorspronkelijk verborgen had willen houden. Een week na Lodensteins aankomst schreef Goebbels hem dat als hij zich niet onmiddellijk in Berlijn meldde, hij hem per direct naar het front zou sturen. Lodenstein reed de hele nacht door.

Tegen de ochtend bevond hij zich in de donkerrode gangen van de nieuwe Rijkskanselarij. Goebbels zat op een stapel boeken om langer te ogen dan zijn een meter vijfenzestig en snauwde naar Lodenstein dat hij de deur moest dichtdoen.

'Je weet vast,' zei hij op gedempte toon, 'dat sommige mensen denken dat de doden wachten op antwoord en ons zullen blijven achtervolgen tot ze dat hebben.'

Lodenstein, in dubio over wat hij moest zeggen, zei niets. Goebbels sloeg op zijn bureau.

'Natuurlijk weet je dat. Doe nou niet alsof je gek bent.'

Hij schoof een pamflet naar hem toe met de titel *Oorlogsstrategieën van het Thule-genootschap*. Lodenstein zag een lijst met namen: Himmler, een paar ss-officieren en een aantal beroemde mystici.

'Deze idioten denken verdomme dat ze een verbond hebben met het hiernamaals en houden bijeenkomsten om bij de astrale wereld advies in te winnen over de oorlog,' zei Goebbels. 'Het zou dus kunnen dat een zekere gedegradeerde Oberst je hiermee gaat lastigvallen. Maar vergeet niet dat er verdomme geen hiernamaals is, en dat de doden niet kunnen lezen. Houd je antwoorden kort en zorg ervoor dat die hufter geen seances meer houdt. Het gaat er puur om dat we een archief bijhouden.'

Lodenstein zei dat hij dat natuurlijk zou doen en Goebbels liet hem een model zien van een gebouw waarin de brieven na de oorlog zouden worden tentoongesteld. Het gebouw had Griekse zuilen en marmeren nissen. Een mausoleum, dacht Lodenstein.

Alleen Elie behoedde Lodensteins leven voor volstrekte waanzin. En om die reden vroeg hij niet waarom ze bij de telefoon zat te rommelen toen hij terugkwam met het ontbijt. Ze kropen tegen elkaar aan onder het dekbed en dronken surrogaatkoffie, waren het erover eens dat die steeds slapper werd, en spraken over deserterende soldaten, voedselschaarste en de toenemende chaos sinds Stalingrad. Elie leunde tegen hem aan en zei dat ze uitgeput was. Hij streelde haar haren en vroeg, terwijl hij probeerde nonchalant te klinken: 'Is er soms iets gebeurd bij de grens?'

'Dat heb ik je al gezegd: het kan ze niets meer schelen.'

'Waarom dan die dag extra?'

'De moeder wilde haar kinderen niet achterlaten, en er was geen plaats meer in de jeep. Ik moest iemand vinden die haar kon begeleiden.'

'En de bakker?'

'Hoe bedoel je de bakker? Hij heeft die broden gebakken omdat ik zijn nicht naar Denemarken heb helpen vluchten. Waarom onderwerp je me telkens aan een kruisverhoor als ik terugkom?'

Het was geen nieuw gespreksonderwerp. Elie flirtte voor gunsten. Lodenstein raakte van streek. Steeds weer voerden ze dit gesprek, zonder ooit tot een oplossing te komen, en zonder dat hun liefde voor elkaar ooit verslapte. Elies stem klonk zwak, alsof ze ieder moment kon gaan huilen. Ze gooide haar servet neer en ging via de mijnschacht naar het hoofdvertrek waar ze de lantaarn op haar bureau aanstak en opschreef wat ze tijdens haar strooptocht niet had weten te bemachtigen: lampolie, kousjes, knäckebröd. Toen maakte ze een lijst van mensen die misschien konden helpen achterhalen of de Engel van Auschwitz echt bestond. Sommige namen streepte ze door, andere voegde ze eraan toe. Ze schreef de namen in code en verfrommelde het eerste stuk papier. Later zou ze het verbranden. Elie was altijd papieren aan het verbranden. Niemand in de Bunker maakte zich zorgen als ze kleine brandjes in het bos zagen.

Terwijl Elie zat te werken, speelden de Schrijvers woordspelletjes, schreven in dagboeken en antwoordden een paar brieven van Briefaktion. Soms typten ze een of twee obligate zinnen. Soms antwoordden ze uitvoerig, meestal met de hand, omdat iets aan de brief ze ontroerde. Misschien dat het handschrift ze deed denken aan een ouder; of misschien noemde de schrijver een dorp dat ze kenden; of misschien was de brief geschreven op de dag dat ze waren ingeroosterd voor deportatie. Ze bewaarden deze brieven voor zichzelf in plaats van ze te laten opslaan in kratten. Zo nu en dan kwam een van hen een brief tegen van een bekende, met als gevolg een huilbui, herrie en opschudding. Maar vandaag niet. En Elie was, zoals altijd, beheerst.

Sophie Nachtgarten pakte haar pen op. Ze had zojuist een brief gelezen van iemand uit het district Fürth, het district waar zij zelf ook had gewoond met haar geliefde. Ze hadden in een rij moeten staan op het dorpsplein en een bewaker had 'Rechtop staan!' geroepen met een accent dat Sophie had herkend als Noors. In een impuls had ze in het Noors 'Natuurlijk' gezegd en ze was uit de rij gehaald. Het was een goede gok geweest, want de bewaker was in Noorwegen opgegroeid. En terwijl haar geliefde werd afgevoerd, werd Sophie in een Kübelwagen geduwd.

'Beste Margot,' begon ze, 'ik ken je niet, maar we woonden in de buurt van elkaar, zo dichtbij dat we misschien wel eens langs elkaar zijn gelopen op een marktplein...'

Elie liet de Schrijvers doen wat ze wilden omdat het toch niet uitmaakte hoeveel brieven ze beantwoordden. Goebbels dreigde met een bezoek maar kwam nooit. En wat betreft het gebouw waarin na de oorlog de brieven moesten worden tentoongesteld – Elie wist dat dat nooit zou gebeuren: Duitsland kon maar nauwelijks zijn eigen mensen voeden. Deze brieven zouden nooit gelezen worden. En zij, noch de groep Schrijvers, noch Lodenstein wilde steun verlenen aan een blasfemische verdraaiing van de geschiedenis.

Op degenen na die tijdens het oversteken van een grens waren gearresteerd, herinnerden de meeste Schrijvers zich dat ze op een dorpsplein uit een rij waren gehaald of uit een paniekerige menigte die in de richting van veewagons werd gedreven. Ze herinnerden zich dat ze werden ondervraagd, en begrepen dat hun leven afhing van hun kennis van een vreemde taal. Daarop volgde een reeks verwarrende autoritten, hun eerste glimp van de herdershut, hun verbijsterde afdaling de grond in, en hun opluchting toen ze Elie Schacten ontmoetten.

Nu stond ze op en klapte in haar handen. 'Het is tijd om ons klaar te maken voor het feestmaal,' zei ze.

Binnen enkele seconden hadden Schrijvers achttien bureaus naast elkaar gezet en nog eens achttien daartegenover. Elie haalde kaarsen en wijnglazen uit een bezemkast. Een Schrijver die Parvis Nafissian heette zette her en der kannen neer met water uit de waterput. Sophie Nachtgarten ging via de mijnschacht naar het bos en kwam terug met dennentakken die de lucht verfristen en de bureaus veranderden in een feesttafel. Mensen kwamen aanzetten met schotels met ham, kip, brood en kaas. Elie stak de kaarsen aan en schonk de wijn in. Toen sloeg ze op een metalen pan.

'Allemaal komen!' riep ze. 'Het is tijd voor het feestmaal.'

Vanuit de onwaarschijnlijkste plekken begonnen mensen tevoorschijn te komen: een korte man met een keppeltje en een rijzige vrouw met een lange, rode vlecht kwamen uit een piepklein huisje aan het eind van de keienstraat. Een vrouw met groene ogen in een hermelijnen jas kwam uit een hoek toegesneld. Een blonde vrouw met een sigarettenhouder en een elegante man in een lange zwarte jas kwamen uit Elies oude kamer. En Lars Eisenscher, een achttienjarige bewaker die nauwelijks in zijn uniform paste, kwam uit de mijnschacht aanzetten. Zodra Lars de man met het keppeltje zag, pakte hij een stoel en sneed een groot stuk brood voor hem af. De rest van de maaltijd zat hij achter hem en schonk wijn in voor hem en de vrouw met de lange, rode vlecht.

Al snel zaten er achtenvijftig mensen rond de tafel – Lodenstein aan het ene uiteinde, Elie aan het andere. Het kaarslicht liet gezichten zweven en borden glimmen. Alles was verlicht en Elie moest denken aan een behekst kasteel dat bevrijd was van een bezwering. Ze stond op en hief haar wijnglas.

'Op het eind van de oorlog!' zei ze. 'Op de overwinning van de geallieerden!'

Het geluid van klinkende glazen vulde de kamer. Mensen gaven schotels door en maakten grapjes over het beste woord voor brood in verschillende talen.

'*Pain* is het best,' zei de vrouw in de hermelijnen jas. 'Je hebt het nog niet gezegd of je ziet een baguette met boter voor je.'

'*Brot* is beter,' zei Parvis Nafissian. 'Je hebt het nog niet gezegd of je ziet soep.'

'Wat maakt het uit?' zei de man in de lange zwarte jas. 'Wat we nodig hebben is een mazurka.' Hij pakte de blonde vrouw vast en begon te dansen.

Boven, in de wachttoren van schoenendoosformaat, leunde een man met een groot gezicht en meerdere kinnen tegen het venster. Hij leek gebukt te gaan onder het gewicht van zijn onderkinnen, gevangen in een andere dimensie, en zag er verloren uit. Elie Schacten knikte naar Lars, die van tafel opstond en de wenteltrap naar de wachttoren op liep. Niet lang daarna zat de zware man naast Elie. Ze klopte op zijn arm en vulde zijn bord met eten. De vrouw in de hermelijnen jas schonk wijn voor hem in.

'Op ons allemaal!' zei Elie, tikkend tegen haar wijnglas.

'Op iedereen in de Bunker!' zei Lodenstein, terwijl hij opstond.

Meer dan twintig Schrijvers klonken met de zware man. Hij was omringd door gekromde ruggen, gebogen hoofden en armen. Het geluid van klinkende glazen vulde de kamer als belgerinkel.

'Op de overwinning,' zei hij zachtjes.

Kochany Dominiku,

Przykro mi że nie mogłam się pożegnać. Musiałam
szybko opuścić dom.

Kocham,
Kyrstyna

Lieve Dominiku,

Het spijt me dat ik geen afscheid heb kunnen nemen. Ik
moest snel het huis verlaten.

Liefs,
Kyrstyna

oen Elie de volgende ochtend laat wakker werd, was de telefoon het eerste wat ze zag. Hij lonkte zo hevig dat ze zich snel aankleedde en naar de mijnschacht rende. Beneden trok ze de deur open en struikelde haast over Lars, die voor pampus op straat lag. Het hoofdvertrek was weer behekst: beduimelde wijnglazen, dorre dennentakken, Schrijvers die lagen te slapen op de vloer.

Elie zocht zich een weg naar haar bureau en opende een donkerrood notitieboekje met een zilveren slotje. Ze las een paar fragmenten, bladerde wat lege bladzijden door, koos toen een willekeurige pagina en begon te schrijven. Toen de Schrijvers rommelend met hun jassen opstonden, legde ze haar notitieboekje in haar bureau en liep naar de keuken.

'Neem toch meer,' werd gezegd toen ze haar blad had gevuld.

'Ja! Meer!'

De stemmen klonken liefdevol, blij om iets aan te bieden. Toen Elie boven kwam, snelde Lodenstein op het blad af.

'Dat is mijn taak. Jij moet slapen.'

'Maar ik kon niet slapen,' zei Elie. 'Was het jou trouwens opgevallen dat Lars gisteravond dronken was? Hij ligt beneden voor pampus voor de mijnschacht.'

'Dat verbaast me niets. Hij is nog te jong voor alcohol.'

'Hoe kan hij anders omgaan met het gemis van zijn vader?' Elie pakte een fluwelen lint uit de ladekast, frunnikte met haar haren, smeet toen het lint op de vloer en zei: 'Ik kan hier niet meer tegen.'

'Waar niet tegen?'

'Alles. Mensen die verdwijnen. Mensen die doodgaan. Dat we met te weinig zijn om ze te redden.'

De telefoon ging en Elie en Lodenstein sprongen op. Lodenstein nam de hoorn van de haak en antwoordde vriendelijk, op een toon die Elie als onecht herkende.

'Die officier van de buitenpost wil je vanavond zien,' zei hij nadat hij had opgehangen. 'Hij zegt dat er zich iets dringends heeft voorgedaan.'

Tegen de tijd dat Elie vertrok, was alles verduisterd. Ze reed langs huizen waar licht langs donkere gordijnen lekte en langs onzichtbare dorpen. Toen ze bij de buitenpost kwam, liep de officier te ijsberen. 'Ik heb net orders van het bureau van Goebbels ontvangen,' zei hij. 'En het gaat jou en mij de kop kosten als we niet over de brug komen.'

Hij overhandigde Elie een document van het ministerie van Volksvoorlichting en Propaganda waarop stond: 'Joseph Goebbels staat erop dat bijgevoegde brief van Martin Heidegger aan zijn optometrist Asher Englehardt wordt beantwoord door een filosoof in de Schrijversbunker die het antwoord dat Asher Englehardt zou hebben gegeven perfect kan nabootsen oftewel, als zijn bulkspreker optreedt – en dat dit antwoord, samen met de juiste bril, bij Martin Heideggers hut in Todtnauberg in het Zwarte Woud wordt afgeleverd. Absolute geheimhouding is vereist. Overleg is niet nodig.'

'Overleg is niet nodig' betekende dat wie hierover met Goebbels sprak zou worden doodgeschoten.

Elie trok aan de mouwen van haar dikke wollen jas. 'Waarom zou Martin Heidegger de moeite nemen om zijn optometrist te schrijven?' vroeg ze, erop bedacht kalm over te komen.

'Juist ja, waarom?' De officier ging in een leren oorfauteuil zitten en stak een sigaret op. Zijn onrust was verdwenen: hoe dodelijk ook, roddel was bedwelmend. Hij leek het te inhaleren, rechtstreeks uit Berlijn.

'Heidegger en hij hebben aan dezelfde universiteit gedoceerd,' zei hij. 'Maar toen ze ontdekten dat zijn vader Joods was, mocht hij daar niet meer doceren, dus toen heeft hij een optometriezaak geopend, en Heidegger is naar hem toe gegaan voor een bril. Ik weet niet waarom. Het is nogal een zonderlinge man.'

49

'Dat heb ik gehoord,' zei Elie.

'Ze zijn elkaar brieven blijven schrijven,' zei hij daarop. 'En dit najaar, toen Heidegger geen antwoord kreeg, is zijn vrouw zich ermee gaan bemoeien. Eerst heeft ze Himmler lastiggevallen, toen heeft Himmler Goebbels lastiggevallen, en toen heeft Goebbels met haar afgesproken.'

Elie draaide aan haar donkerrode sjaal.

'Waarom zou Goebbels met Heideggers vrouw afspreken?' vroeg ze. 'Zo'n doodgewone huisvrouw?'

'Sst!' zei de officier. 'De muren hebben oren. Je weet best waarom Goebbels met haar heeft afgesproken. Hij staat altijd op die marktplaats te praten over de oorlog. Dan is het toch geen moeite om een aangenaam uurtje door te brengen met een huisvrouw? Trouwens, als Goebbels blij is, hebben we daar allemaal profijt van.'

Hij overhandigde Elie twee foto's. De ene was van Asher Englehardts geplunderde optometriezaak, en de andere was van Asher Englehardt en Martin Heidegger. Op de eerste zag Elie 'rotjoden' gekrast over een oogmeetkaart en een oogmeetstoel vol glasscherven. Op de tweede zag ze Asher Englehardt bij een berghut met zijn handen op Martin Heideggers schouders. Bij de foto stond 'Zwarte Woud, 1929'.

'Het waren dikke vrienden,' zei de officier.

'Wat maakt dat uit?' zei Elie. 'De Gestapo houdt Heidegger al jaren in de gaten.'

'Dat zal best,' zei de officier. 'Maar zijn vrouw hoeven ze niet in de gaten te houden. Die staat op goede voet met de Partij.'

Elie staarde naar de klok tussen twee fietsen en probeerde te doen of ze niet ontdaan was over de orders. Aan de ene kant was het onmogelijk. Aan de andere kant leidden onmogelijke orders soms tot buitengewone reddingen.

'Wat is er?' vroeg de officier.

'Niets,' zei Elie. 'Behalve dat ik geen buikspreker ken die kan schrijven als een filosoof.'

'Dan zul je er een moeten vinden,' zei de officier.

'Maar deze brief is van afgelopen najaar.'

'Goebbels en Frau Heidegger hebben elkaar pas een maand geleden ontmoet. Trouwens, zijn vrouw wil zijn bril hebben. En Heidegger zelf wil een antwoord op zijn brief.'

De officier gaf Elie een houten kistje vol brillen. Elk had een wit labeltje met een andere naam. Op een daarvan stond FÜR MARTIN HEIDEGGER. Elie staarde naar Asher Englehardts handschrift.

'Jij moet de bril én een brief afleveren,' zei de officier.

'Ik begrijp het,' zei Elie, nog steeds erop bedacht kalm over te komen. 'Weet jij overigens wat er met de optometrist is gebeurd?'

'Wat denk je zelf, dat-ie met vakantie naar de Badensee is gegaan?' zei de officier. 'De ss'er die hem de hand boven het hoofd hield is doodgeschoten, en hij is naar Auschwitz gestuurd.' Hij gleed met zijn vinger over zijn keel, als het snijden van een mes. 'Misschien dat zijn moeder Arisch was, maar tegenwoordig heeft niemand geluk. En die Engel van Auschwitz heeft z'n kans gehad.'

Elie knikte. De officier drukte zijn peuk uit.

'Wil je verder nog iets?' vroeg hij, terwijl hij naar de muren wees.

'We kunnen altijd jassen gebruiken. En nog een kilo chocola.'

De officier droeg de jassen door de sneeuw, en Elie droeg alles uit Asher Englehardts optometriezaak, waaronder Heideggers bril en zijn brief aan Asher, waarvan de laatste zin luidde: 'Hoe hadden we ooit kunnen weten dat jij degene zou zijn die voor mij een echte bril zou maken – die verrassende aanleiding voor mijn gevoel uit de wereld te vallen?'

Elie, die Heidegger had ontmoet en Heidegger had gelezen, wist precies wat hij bedoelde. Maar ze beaamde dat de brief gestoord was. Ze kwamen aan bij haar jeep, ze liet het weer toe dat de officier haar lippen kuste en haar langer vasthield dan haar lief was. Toen reed ze naar de Noord-Duitse bossen en dacht aan Goebbels' orders. Op de open plek scheen ze met haar zaklantaarn op de foto's. Ze vouwde ze dubbel en duwde ze diep weg in haar zak.

Anna,

U moet niet geloven wat de mensen zeggen.
Het is hier goed, en als u deze brief krijgt
kan ik alleen maar zeggen dat u hiernaartoe
moet komen. Neem Moeder en Vader mee.
Alstublieft, neem iedereen mee.

Veel liefs,
Mordecai

$\mathcal{T}$oen Elie de hut binnen liep, zat Lodenstein in zijn marinejas aan de houten tafel te spelen met zijn kompas. Het was een vloeistofkompas van de Britse Koninklijke Marine dat hij voor de oorlog in een winkel had gevonden. Het kompas was op schepen gebruikt, maar Lodenstein had er plezier in hem op het land te gebruiken. Het hielp hem het gevoel te geven dat hij dicht bij de zee was, vooral bij de horizon waar hij de zon en maan over het verre water zag. Soms zei hij grappend tegen Elie: 'Stel je voor dat de aarde toch plat is. Als je dan bij de zee bent, kun je ontsnappen.'

Hij stak zijn hand uit naar de orders en Heideggers brief en las ze een paar maal door om te zien of ze gecodeerd waren. Maar de berichten waren precies zoals ze moesten zijn: van Heidegger genialiteit en grootspraak, van het bureau van Goebbels orders om Heideggers bril af te geven met een brief zonder een spoor van waar die vandaan kwam.

'Goebbels laat zich leiden door een huisvrouw,' zei Elie.

'Dat lukt zelfs generaals niet,' zei Lodenstein.

'Het is de vrouw van Heidegger,' zei Elie. 'Een uitstekend voorbeeld van *Kinder, Küche, und Kirche*.'

'Ik dacht dat haar Kinder inmiddels het huis uit waren.'

'Heidegger niet.'

Lodenstein lachte, en Elie verzweeg dat ze ooit op een feest bij de Heideggers was geweest en Frau Heideggers recept voor *Bundkuchen* had gekregen.

'Misschien is het allemaal verzonnen,' zei Lodenstein. 'Of misschien willen ze een reden om me te executeren.'

'Niemand wil een reden om jou te executeren,' zei Elie. 'En ik ben er vrij zeker van dat de optometrist echt is.'

'Waarom ben je daar zeker van?' vroeg Lodenstein. 'Vandaag de dag vinden massa's mensen zichzelf uit. Het zou me niets verbazen als iemand ons heeft uitgevonden.'

'Misschien is dat wel zo,' zei Elie. 'Maar ik heb Martin Heidegger toevallig wel ontmoet.'

'Ik dacht dat je linguïstiek studeerde.'

'Dat is ook zo,' zei Elie. 'Maar iedereen kende elkaar.'

Op de schouw stond een spiegel met een barst erin en Elie liep ernaartoe om het lint in haar haren te doen. Toen ze een strik had gemaakt die aan haar eisen voldeed, zei ze: 'Heidegger en Asher Englehardt waren vrienden. Ze schreven elkaar brieven. Ze gingen samen koffiedrinken.'

'Maar Englehardt is nu op een plek waar niemand brieven schrijft. Behalve dan die belachelijke exemplaren die jij te lezen krijgt.'

Elie liep terug naar de tafel. Haar ogen stonden buitengewoon helder.

'Misschien dat deze orders Englehardt vrij kunnen krijgen,' zei ze.

'Luister, Elie. Mensen verlaten Auschwitz niet.'

'Ik weet er wel een paar.'

'Ja. Als as.'

'Niet altijd,' zei Elie. 'Nog maar een week geleden heeft een ss'er zich gemeld bij de Kommandant en gezegd dat een van de gevangenen een lab had dat het Rijk nodig had voor de oorlog, en dat hij mee moest uit Auschwitz om de papieren te tekenen. Dat is toen gebeurd. En wat denk je? Er zijn helemaal geen gegevens van het lab, en niemand kent de ss-officier. Mensen denken dat hij niet echt was. Ze noemen hem de Engel van Auschwitz.'

'Wie heeft je dat verteld?'

'De officier van de buitenpost.'

'Die heeft ze niet meer allemaal op een rijtje,' zei Lodenstein.

'Maar het hele Rijk weet ervan. En Asher Englehardt is de enige buikspreker die we ooit zullen vinden.'

'Er zijn meer dan genoeg mensen die een goede brief kunnen schrijven.'

'Wie dan?'

Lodenstein zwaaide met zijn handen. 'Ik weet zeker dat we iemand kunnen vinden.'

'Maar deze orders zouden hem vrij kunnen krijgen.'

'Luister, Elie. Als we ze een kunstje flikken, laat Goebbels iedereen in de Bunker executeren. En deze orders zijn niet eens ondertekend. Ze kunnen van wie dan ook komen.'

'Maar de bril is echt. En ik zal het met Stumpf over de brief hebben.'

'Je kunt het proberen,' zei Lodenstein. 'Maar Major Stumpf is een dwaas.'

'Dat is precies de reden dat ik met hem wil praten,' zei Elie.

'Stumpf zal nooit iemand kunnen helpen,' zei Lodenstein. 'Het was al erg genoeg dat je hem bij het feestmaal had uitgenodigd.'

Dieter Stumpf was de man die woonde in de schoenendoos met uitzicht op de Schrijvers. Hij was kort en corpulent en deed Elie denken aan een shar-pei, een hond met rimpels over het hele lijf. De shar-pei was niet naar Duitsland gekomen, maar een Chinees schilderij van de hond was opgedoken in de buitenpost, en Elie had het meegenomen omdat het haar aan Stumpf deed denken. Het schilderij was een heimelijk grapje van haar en Lodenstein.

Stumpf was Oberst van de Bunker geweest totdat Lodenstein zijn plaats had ingenomen. Om redenen die niemand ooit nodig had geacht toe te lichten, had hij van de bovengrondse kamer moeten verkassen naar de schoenendoos die bereikbaar was via een wenteltrap. De schoenendoos was zowel zijn slaapkamer als zijn kantoor: daarin bevonden zich een bureau, een matras, kristallen bollen en boeken over de astrale wereld.

Er zat ook een groot raam in dat uitkeek over het hoofdvertrek van de Bunker. Eens hadden roulerende bewakers toezicht gehouden op de Schrijvers, maar nadat Duitsland de slag om Stalingrad had verloren, was alleen nog Lars over voor de bewaking van het bos en moest Stumpf toezicht houden. Hij praatte zijn degradatie voor zichzelf goed door zich in te beelden dat Goebbels het alleen aan hem toevertrouwde ervoor te zorgen dat de Schrijvers hun werk deden. Maar eigenlijk was het voor hem een marteling.

Voor Stalingrad had Stumpf het heerlijk gevonden antwoorden aan de doden te registreren en hij was dol op zijn grote, metalen stempel en zwarte, uit de kluiten gewassen stempelkussen. Maar de bewakers waren goed geweest met vreemde talen, en Stumpf had er nooit een geleerd. Wanneer de correspondentie in het Duits was, gebruikte hij zijn grote, metalen stempel zo hartstochtelijk dat de kristallen bol op zijn bureau rinkelde. Maar als de brieven in een vreemde taal waren, kon hij onmogelijk weten of de Schrijvers hem in de maling namen door onzin op te schrijven. Soms bleef zijn stempel in de lucht hangen. Soms kwam hij met een knal neer. En soms werd het hem allemaal te veel. Dan sleepte hij zich de wenteltrap af en riep naar het hoofdvertrek dat ze een stelletje uitvreters waren. Zijn tirade ging door totdat iemand – een Schrijver, of Lodenstein, als hij er was – twee vingers in de vorm van duivelshoorntjes achter zijn hoofd hield. Waarop iedereen moest lachen, de rimpels slap langs Stumpfs gezicht afhingen en hij met zo'n verloren blik afdroop naar zijn schoenendoos dat mensen medelijden met hem hadden. Maar dat duurde slechts even. Voor joker worden gezet was niets vergeleken met een vuurwapen tegen je hoofd krijgen of toezien hoe je kind in een veewagon wordt geduwd.

Liebe Mutter,

Ich hoffe, Du kannst diesen Brief lesen. Sie haben mich gebeten auf Hochdeutsch zu schreiben, nicht in unserer Mundart. Vielleicht werde ich helfen mit Übersetzungen. Lotte und ich vermissen dich.

Alles liebe,
Franz

Lieve Moeder,

Ik hoop dat u deze brief kunt lezen. Ze hebben mij gevraagd in Hoogduits te schrijven en niet in ons dialect. Misschien ga ik helpen met vertalen. Lotte en ik missen u.

Veel liefs,
Franz

Stumpf, die nog steeds veronderstelde dat Lodenstein de Schrijvers als gevangenen behandelde, verachtte hen omdat ze geen respect hadden voor wat hij beschouwde als de missie van de Bunker. Ze beantwoordden slechts de helft van wat ze per dag zouden kunnen beantwoorden en brachten de rest van de tijd door met schrijven in dagboeken en het verloten van Elies oude kamer: ze verlootten sigaretten, worsten – het maakte niet uit wat, zo lang ze er maar lol in hadden. Ondertussen arriveerden er maandelijks duizenden brieven vanuit de kampen, en Stumpf had bericht ontvangen van het bureau van Goebbels dat er over twee weken een inspectie zou plaatsvinden. Er waren te veel doden en het was uitgesloten dat alle brieven konden worden beantwoord. Daarom was hij, zeer tegen zijn principes in, van plan duizenden brieven te begraven in het roggeveld bij de boerderij van zijn broer in de buurt van Dresden. Hij was ervan overtuigd dat alle doden antwoord verdienden en van slag over zijn beslissing, maar het was beter dan geëxecuteerd worden. Stumpfs offers aan de doden hielden op wanneer het neerkwam op hen vergezellen.

Hij had post gesmokkeld naar zijn schoenendoos en zat uit te puzzelen of hij alle zeventien kratten met brieven in zijn Kübelwagen zou krijgen toen Elie Schacten op de deur klopte. Stumpf had zich zo gestoord aan zijn gebrek aan privacy dat hij vergulde deurgrendels had aangebracht – zeven in getal – als de tressen op een uniform. Stumpf schoof ze een voor een terug en Elie Schacten liep naar binnen met in haar hand een montuurloze bril met dunne gouden poten die heen en weer zwabberden als insectenpoten. Ze toonde hem een brief vol geraaskal en een recept voor de bril.

Stumpf tuurde naar de brief.

'Wat een geraaskal,' zei hij. 'En wat is er met die bril?'

'Die moet worden afgeleverd,' zei Elie. 'Echt afgeleverd.'

'Alles wordt afgeleverd,' zei Stumpf. 'In kratten.'

'Ik bedoel afgeleverd bij iemand die leeft,' zei Elie.

Ze liet hem de orders van het bureau van Goebbels zien. Stumpf hield het document tegen het licht om te zien of het papier de zegels van het bureau droeg, die hij vele malen had gezien in zijn tijd als onder-ondersecretaris. Nadat hij had vastgesteld dat de zegels echt waren, zei hij: 'Misschien heeft iemand anders de orders op papier gezet. Het is niet eens ondertekend.'

'Wie het ook mag hebben opgeschreven,' zei Elie, 'de buitenpost zegt dat het een order is.'

'Wat weet de buitenpost nou helemaal?' zei Stumpf.

'Het hele Rijk weet ervan,' zei Elie.

Stumpf zuchtte toen Elie het Derde Rijk noemde: ooit had hij zelf onderdeel uitgemaakt van belangrijke gesprekken achter imposante deuren en de zegels gebruikt die hij zojuist nauwkeurig had bekeken – zegels die de swastika er dieper indrukten dan zijn metalen stempel. Stumpfs huidplooien voorzagen hem van drie kinnen en maakten dat hij er vaak verbouwereerd uitzag. Nu zag hij er verdrietig uit – zelfs zijn onderkinnen. Elie gaf een klopje op zijn hand.

'Maar waarom moet dat nu?' vroeg hij. 'Deze man is in oktober naar Auschwitz gegaan.'

'Het is dringend,' zei Elie. 'Heidegger was vroeger rector van de universiteit van Freiburg en hij heeft zijn bril nodig.'

'Iemand die slim genoeg is om rector te zijn zou niet zo lang wachten op een bril,' zei Stumpf. 'Hij zou een nieuwe halen bij een Arische optometrist.'

'Dat doet er niet toe,' zei Elie. 'Ze willen dat Heidegger déze bril krijgt, en een antwoord op zijn brief.'

'Maar we schrijven alleen brieven aan de doden!'

Elie legde haar hand op zijn metalen stempel. 'Dit is een order,' zei ze rustig. 'Weet je wat dat betekent?'

'Hoe zou ik anders toezicht kunnen houden op die uitvreters?

Maar waarom zou Goebbels dit willen, denk je? Het druist in tegen onze missie.'

Stumpf leek werkelijk verbaasd, alsof hij altijd wist wat Goebbels wilde.

'Heidegger en de optometrist waren vrienden,' zei Elie. 'Vrienden die samen wandelingen maakten.'

'Maar Heidegger staat niet op goede voet met de Partij. De Gestapo houdt hem in de gaten.'

'Hij mag nog steeds een lezing houden in Parijs,' zei Elie. 'Trouwens, de optometrist en hij doceerden allebei filosofie.'

Dit leek Stumpf uit het lood te slaan en de radertjes in zijn hoofd begonnen te knarsen: als Heidegger en de Jood filosofie doceerden, dan schreven ze elkaar brieven die onbegrijpelijk waren. En als ze elkaar brieven schreven die onbegrijpelijk waren, dan zou Heidegger, volgens de strenge Gelijk Geschreven Antwoorden-regel, antwoord moeten krijgen van iemand die in staat was net zo'n onbegrijpelijke brief te schrijven.

Hij keek naar Elie en vergunde het zichzelf even te genieten van haar wirwar van blonde krullen en rozenparfum. Hij stelde zich zelfs voor dat hij echte natuur kon ruiken: pijnbomen, verse sneeuw, de geur van licht.

'Laat alles maar hier,' zei hij. 'Ik zal het aan iemand hogerop voorleggen.'

'Ik heb het al aan iemand hogerop voorgelegd,' zei Elie. 'Hij zei dat ik het met jou moest opnemen.'

'Dan zal ik er iets mee doen.'

'Dat denk ik niet.'

'Maar wie dan wel? Niet een van die daar beneden.'

Hij bedoelde de Schrijvers. Een groepje was bezig met een kruiswoordpuzzel op het schoolbord.

'Wat een akelig zootje,' zei hij.

'Ze zijn helemaal niet akelig,' zei Elie. 'Ze zitten alleen op een akelige plek.'

'Ik ook,' zei Stumpf. 'Maar ik doe wel gewoon mijn werk.'

Elie keek naar de kristallen bol en drie kandelaars op zijn ladekast. Met haar voet duwde ze tegen een postzak vol brieven. 'Wat is dit?' vroeg ze.

'Papieren om op te bergen,' zei Stumpf.

Elie pakte een briefkaart uit de postzak. Het was een onopvallende kaart, met een afgedwongen loftuiting van een gevangene en een paarse postzegel van Hitler. Stumpf keek naar Elie als een smekende hond. 'Leg terug!' zei Stumpf. 'Ik zorg ervoor dat-ie wordt beantwoord, dat beloof ik.'

Stumpf wilde niet praten met zijn opvolger, Gerhardt Lodenstein, die er naar zijn overtuiging alleen maar was om te voorkomen dat Stumpf nog seances hield. Hij besloot de kwestie Heidegger met niemand te bespreken en de orders, de brief, het recept en de bril te begraven bij de boerderij van zijn broer. Flauwekul verdiende geen antwoord. Ooit zou Goebbels hem dankbaar zijn.

Maar toen hij terugliep naar zijn bureau, realiseerde hij zich dat Elie alles had meegenomen, op het recept voor Heideggers bril na. En nu zag hij dat er een aantekening op het recept stond: 'Belangrijk – voor toekomstig gebruik in het geval ik verdwijn, Asher Englehardt.' Door die aantekening begon hij zich af te vragen of Heidegger bijzondere oogproblemen had – hij had ooit gehoord van ovale hoornvliezen – dus Joost mocht weten wat er verder allemaal mis kon zijn. En als Heidegger niet kon zien als gevolg van zijn nalatigheid en werd gerehabiliteerd, dan zou Stumpf wellicht worden geëxecuteerd.

Dus ging hij praten met *Generalmajor* Mueller die naar de Bunker was gekomen voor een geheimzinnige klus voor Goebbels en op het punt stond weer te vertrekken naar de Rijkskanselarij in Berlijn. Hij deed zijn wollen pantoffels uit, trok zijn laarzen aan, en liep vanuit zijn schoenendoos de wenteltrap af. Hij moest het hoofdvertrek door om bij het verblijf van Mueller te komen en struikelde toen hij de deur naar de straat opende. Maar niemand trok zich iets van hem aan.

Generalmajor Mueller, die er in zijn donkere jas en zwarte, leren handschoenen uitzag als een wasbeer, zat Fleischkonserve met augurken te eten in het ruime verblijf links van het hoofdvertrek. In zijn kamer stonden een palissanderhouten bed, een bijpassende ladekast, een mahoniehouten bureau, en twee vergulde spiegels die ramen moesten nabootsen. Mueller had veertien augurken op zijn bord liggen: twaalf meer dan het dagelijkse rantsoen. Hij at ze uit wraak omdat ze hem niet hadden uitgenodigd voor het feestmaal.

Mueller was op Stumpf noch op Lodenstein gesteld maar deelde met beiden zekere passies. Met Stumpf deelde hij een passie voor Elie Schacten en het Derde Rijk. Met Lodenstein deelde hij een passie voor Elie Schacten en patience. Hij had er de pest in dat Lodenstein zijn beide passies kon bevredigen terwijl hij dat slechts met een kon. En dat was patience, dat hij speelde terwijl hij zijn geheimzinnige papieren las, zijn geheimzinnige telefoontjes pleegde en terwijl hij at. Toen Stumpf binnen kwam speelde hij een spel dat Czarina heette en hij nam niet de moeite van zijn bureau op te kijken.

'Ik moet met je praten,' zei Stumpf.

Mueller veegde de kaarten bij elkaar.

'Vlug dan. Ik ga er zo vandoor.'

Stumpf was niet slim maar wel gezegend met een gave die hem eerst onmisbaar en later ongewenst maakte voor het Derde Rijk: hij onthield alles wat hij las – woord voor woord, komma voor komma – en somde nu nauwkeurig de orders op. Toen hij klaar was zei Mueller: 'Jouw taak is brieven beantwoorden van mensen die dood zijn. En Heidegger is nog niet dood.'

'Exact wat ik dacht,' zei Stumpf.

'Mensen zien het de laatste tijd niet meer helemaal helder,' zei Mueller. 'Zelfs Goebbels niet.'

'Zo zou je niet over hem moeten praten.'

'Waarom niet?' zei Mueller, terwijl hij nog een augurk pakte. 'Himmler is de kluts kwijt. En Goebbels gedraagt zich als een waanzinnige. Als regen tijdens een donkere nacht.'

Mueller vergeleek dingen vaak met het weer, en Stumpf wist nooit goed wat hij bedoelde. Regen viel op een en dezelfde plek, of het nu nacht was of dag.

'Ik geloof niet dat je het begrijpt,' zei hij. 'Heidegger en deze man waren vrienden.'

'Wat maakt dat uit?' zei Mueller. 'Aan de andere kant,' hij sloot zijn ogen, 'Goebbels heeft overal zo zijn redenen voor.'

'Welke zijn dat nu?'

'Ik zou zijn vertrouwen beschamen als ik je dat vertelde.'

'Een hint dan,' zei Stumpf.

'Zelfs een hint zou niet juist zijn,' zei Mueller, die geen idee had wat Goebbels wilde. 'Trouwens,' zei Mueller, terwijl hij tegen zijn hoofd tikte, 'deze hier moet ik zien te behouden en geheimen doorvertellen is een goede manier om hem te verliezen.'

'Elie Schacten zegt dat het is omdat ze vrienden waren,' zei Stumpf.

'Elie Schacten is bewonderenswaardig,' zei Mueller. 'Maar ze probeert iets helder te krijgen wat ze niet kan begrijpen.'

Een ogenblik stonden beide mannen stil bij hun eerbied voor Elie Schacten – verschafster van hun schnaps, draagster van rozenparfum.

'Hij verdient haar niet,' zei Mueller, waarmee hij Lodenstein bedoelde. Hij schoof zijn kaarten in een bewerkte leren hoes.

'Klote-Berlijn,' zei hij. 'Lodenstein zou moeten gaan.'

'Misschien moet hij dat binnenkort wel,' zei Stumpf.

'Niet met het geluk dat hij heeft. Die blijft lekker kaarten en het bed met haar delen.'

'Goebbels heeft het op hem gemunt,' zei Stumpf.

'Die heeft het gemunt op bijna iedereen behalve mij,' zei Mueller.

Stumpf kuchte. 'Zou je hem dan over de orders kunnen vragen?' zei hij. 'En de brief aan Heidegger?'

'Ben je gek? Dat wordt mijn dood. Mensen zijn zichzelf niet de laatste tijd. Ze stellen belachelijke eisen en houden seances.'

Van het woord seances raakte Stumpf zo nerveus dat hij een augurk van Muellers bord at. Hij verdacht Mueller ervan dat hij het bureau van Goebbels had ingelicht over een van zijn seances waarbij een kaars was omgevallen en brand was ontstaan in een hoek van de bovengrondse kamer. Mueller had geholpen de brand te blussen en was de enige die ervanaf wist.

'Ik geloof niet dat je iets moet doen,' vervolgde Mueller, terwijl hij de zwarte, leren koffer afsloot waarin hij zijn geheimzinnige papieren bewaarde. 'Die optometrist en Heidegger zaten bij dezelfde universiteit, maar toen wist Heidegger nog niet dat de optometrist een hond was. Trouwens, iedereen heeft het met Heidegger gehad. Wat mij betreft kan hij de pot op.'

'Jij zegt tegen de voormalige rector van de universiteit van Freiburg dat hij de pot op kan! Ik zou je moeten aangeven.'

'Ga je gang. Laat ze me maar doodschieten.'

Dit meende hij niet echt. Ook al was Mueller bang dat zijn dagen waren geteld, iedere dag was er een. Hij was kwaad dat hij, en niet Lodenstein, was teruggeroepen naar Berlijn. Hij was zo kwaad dat hij erover dacht een kogel door Stumpfs kop te jagen. Maar hij kon hem niet zomaar in het bos dumpen en met bladeren bedekken. Er zou een onderzoek volgen.

'Doe maar wat je wilt,' zei hij, terwijl hij zijn laarzen omhoog sjorde. 'Bezorg hem die verdomde bril en laat hem maar voor zijn hut liggen. Ik weet zeker dat Heidegger in kabouters gelooft. Denk trouwens maar niet dat de Schrijvers je zullen helpen,' ging hij verder. 'Dat is een stelletje niksnutten, met hun loterijen en woordspelletjes. Je zou ze moeten doodschieten.'

'Je kunt de Schrijvers niet doodschieten! Dan zou er niemand meer zijn om de brieven te beantwoorden.'

'Denk jij nou echt dat die stukken belangrijk zijn?'

Stumpf, die zijn ondergeschikte positie nooit vergat, krabbelde terug.

'Ik weet zeker dat de doden erop wachten,' zei hij.

'Dat gelooft niemand,' zei Mueller.

'Himmler wel.'

'Maar Goebbels niet,' zei Mueller. 'Die gelooft daar geen barst van.' Hij veegde stof van zijn laars en overhandigde Stumpf een klein ivoren doosje en een spel kaarten.

'Zeg maar tegen Lodenstein dat de kaarten een afscheidscadeau zijn,' zei hij. 'En het doosje is voor Elie Schacten.'

'Ik ben je knecht niet,' zei Stumpf, die alles terugschoof.

Daarop verliet hij de palissanderhouten kamer, nog steeds met een bezwaard gemoed omdat niemand in de Bunker de missie zo serieus opvatte als hij. Stumpf wist zeker dat het idee van het beantwoorden van brieven van de doden of binnenkort-doden hem op hetzelfde moment was ingevallen als het Thule-genootschap; net zoals twee mensen in de zeventiende eeuw – hij wist niet meer wie – op hetzelfde moment de infinitesimaalrekening ontwikkeld hadden. Lodenstein ging slordig om met het project, wat Stumpf dusdanig dwarszat dat hij vaak midden in de nacht wakker werd, ervan overtuigd dat de doden hem achtervolgden. Hij wist zeker dat hij ze nu hoorde.

Carissima Abramo,

ti prego, non preoccuparti. Abbiamo dovuto lasciare l'ufficio in fretta a causa di affari importanti. Qui si sta bene – molto meglio che a casa – e il cibo è abbondante. Se portassi i bambini, potremmo stare tutti insieme.

affettuosamente,
Vanessa

❦

Mijn liefste Abramo,

Maak je alsjeblieft geen zorgen. We moesten het kantoor halsoverkop verlaten vanwege belangrijke zaken. De omstandigheden zijn goed – veel beter dan ze thuis waren – en er is eten in overvloed. Als je de kinderen meeneemt, kunnen we allemaal samen zijn.

Liefs,
Vanessa

$\mathcal{N}$adat ze Stumpfs wachttoren had verlaten, ging Elie Schacten op een smeedijzeren bank zitten buiten bij het hoofdvertrek van de Bunker. Hans Ewigkeit had, samen met Thor Ungeheur, de binnenhuisarchitect van de Bunker, bepaald dat deze banken op willekeurige plekken langs de straat moesten worden gezet. Hiermee had hij de suggestie willen wekken van een weelderig stadspark.

Elie wist dat Stumpf niets zou ondernemen maar hoopte dat ze een zaadje had geplant. Ze stak een sigaret op en staarde naar een foto van Goebbels die naast de mijnschacht hing. De foto was een meter vijftig hoog, slechts vijftien centimeter korter dan hij daadwerkelijk was. Goebbels poseerde naast een ongebruikelijk kleine paraplu waardoor hij langer leek. Als Elie naar zijn gezicht keek, was het vol hoop. Maar als ze alleen naar zijn ogen keek, zag ze iets treurigs, iets waterigs. Ze haalde de foto's tevoorschijn – van Asher Englehardt en Heidegger, van Asher Englehardts vernielde winkel. Ze bekeek ze en stopte ze weer weg.

Een paar Schrijvers vroegen of het wel goed met haar ging, maar Elie weerde ze af door in haar donkerrode notitieboekje te bladeren. Zo nu en dan stopte ze met bladeren om iets te lezen – nooit meer dan een fragment – 'een bos vlakbij het huis/krakend ijs in het voorjaar' – maar ze werd onderbroken door Sonia Markova, een Russische ballerina die pliés oefende in een staat van permanente melancholie.

'Je ziet er bezorgd uit,' zei Sonia, terwijl ze naast haar ging zitten.

'Ik ben gewoon moe,' zei Elie, en ze sloeg het notitieboekje dicht.

Sonia's witte hermelijnen jas streek langs haar kasjmieren vest en heel even voelde Elie zich gevangen in Hans Ewigkeits droom: Sonia en zij zaten niet tien meter onder de grond in een verbouwde mijn, maar waren twee welgestelde dames in een stadspark. Ze was blij toen een groepje Schrijvers begon te kibbelen in de keuken en ze een excuus had om op te staan. Iedereen wilde koffie, maar niemand wilde voor de hele groep koffiezetten. Elie dook onder de kletterende pannen en zei dat zij het wel zou doen. Maar de Schrijvers zeiden dat zij al genoeg voor hen deed en gebaarden haar weg te gaan. Dus ging ze naar boven, waar Gerhardt Lodenstein zijn negende potje patience van die dag speelde.

Lodenstein kende meer dan vijftig spelletjes. Waaronder De Jaargetijden, De Toren van Hanoy, Adelaarsvleugels, Labyrint, Dertien in een Dozijn, De Halve Maan, Zes bij Zes, Zeven Combinaties, Het Hoefijzer, De Waaier, Het Klaverblad, Gevangen Vrouwen, De Dubbele Sprong, Gelijke Rijen en Bloementuin. Hij ordende kaarten in stapels of reeksen en voelde een zinnelijke tinteling als hij zijn laatste kaart uitlegde. Naast Elie Schacten was patience het enige wat hem behoedde voor waanzin. Toen ze de kamer binnen liep zat hij Czarina te spelen. Zijn kompas lag op de vloer. Ze legde hem op het nachtkastje.

'En,' zei hij, 'is Stumpf je engel?'

'Hij begreep er niets van,' zei Elie.

'Dat is toch nooit anders geweest?'

'Nee nooit. Maar ik dacht dat het deze keer in ons voordeel zou werken.'

'Ons voordeel?' zei Lodenstein. Hij keek haar strak aan. 'Mijn enige doel is de Schrijvers te behoeden voor een dodenmars.'

'Jij gaat van het ergste uit,' zei Elie.

'Waarom doe jij dan moeite om mensen te redden?'

Elie gaf geen antwoord en trok haar vest uit. Heideggers bril viel uit haar zak. Lodenstein raapte hem op.

'Denk jij dat het Goebbels ook maar iets kan schelen of Heidegger deze bril krijgt?' vroeg hij. 'Duitsland is de oorlog aan het verliezen, dan is er toch niets lekkerder dan onmogelijke orders uitvaardigen?'

'Hij wil niet dat de Heideggers iets van de kampen weten,' zei Elie, terwijl ze de bril terugpakte. 'En als zij niet krijgen wat ze willen, dan blijven ze rondneuzen.'

'Hij zou zich wel om hen bekommeren als ze erachter kwamen.'

'Hij wil zich niet om hen bekommeren. Hij wil dat wij dat doen. En de buitenpostofficier is over z'n toeren.'

Lodenstein legde een stapeltje kaarten opzij voor later in het spel, een zogenaamde pot.

'Zie je wel,' zei Elie, terwijl ze naar de kaarten wees. 'Er zijn altijd manieren om van de regels af te wijken.'

'Daarom hou ik van patience. Het is geen gevaarlijk spel.'

Elie bleef bij de ramen staan en keek toe terwijl de sneeuw de dennen met een laagje poeder bedekte. Ze vroeg zich af of het sneeuwde in Auschwitz.

'Het lijkt wel een schilderij buiten,' zei ze.

'Maar dat is het niet,' zei Lodenstein. 'Wie weet hoeveel vluchtelingen zich in die bossen verstoppen?'

'En ik had een van hen kunnen zijn,' zei Elie.

'Goddank ben je dat niet.'

'Behalve dat ik mezelf niet meer ben,' zei ze. 'Soms denk ik dat jij zelfs niet weet wie ik ben.'

'Natuurlijk weet ik wie je bent.'

'Je snapt wel wat ik bedoel.'

Wat Elie bedoelde was dat ze vaak het gevoel had dat ze twee verschillende personen was. De ene was Elie Schacten, geboren in Stuttgart, werkzaam als vertaler voor de importeur Schiff und Wagg. De andere was Elie Kowaleski, student linguïstiek te Freiburg.

Elie Schacten was in Duitsland opgegroeid met kinderliedjes en kooklessen. Ze was verloofd met een soldaat die was gesneuveld aan het front. Elie Kowaleski was bij Poolse nonnen opgegroeid die haar op de vingers sloegen totdat ze bloedden, had ouders die haar recalcitrant vonden, en een zus die ze elke dag miste. De twee Elies vormden een tandem: de eerste was behoedzaam, knoopte connecties aan met de zwarte markt en voorzag de Bunker van eten. De tweede was onverschrokken, bemachtigde meer eten dan mensen ooit van plan waren geweest te geven en smokkelde mensen naar Zwitserland.

'Ik wou dat je me je echte achternaam vertelde,' zei Lodenstein – niet voor de eerste keer.

'Die is geheim,' zei Elie – niet voor de eerste keer.

'Maar het is niet goed dat je het gevoel hebt dat je twee personen bent,' zei hij.

'Maar ik ben twee personen. En op een dag stellen ze je misschien de verkeerde vragen. Dus hoe minder je weet, hoe beter.'

Ze werden onderbroken door Generalmajor Mueller, die zonder te kloppen binnenkwam en een spel kaarten naar Lodenstein schoof.

'Welk spel kan ik Goebbels vertellen dat je tegenwoordig speelt?' vroeg hij. 'Perzisch Patience? Even en Oneven?'

'Vertel hem maar dat ik Mueller Schuift Papieren speel,' zei Lodenstein.

'Lazer toch op,' zei Mueller. Hij sloeg de deur dicht. Ze hoorden zijn plunjezak door het verlaagde deel slepen.

'Je hebt hem op stang gejaagd,' zei Elie.

'Ga het buiten maar weer goedmaken,' zei Lodenstein.

'Waarom zou ik? Hij is een varken.'

'Ik wil Goebbels tevreden houden.'

'Dus zelfs jij hebt de andere Elie nodig.'

'Jij weet gewoon hoe je mensen moet inpalmen,' zei Lodenstein, terwijl hij haar in zijn armen nam. 'Maar voor mij ben je altijd dezelfde.'

Chère Yvonne,

Quand j'ai franchi la frontière, on m'a pris tous mes papiers et on m'a envoyé dans un endroit agréable. Alors je ne voyage plus incognito. De l'avis général, on est vraiment bien ici et tout le monde devrait venir, y compris toi.

Avec tout mon amour,
Maurice

Lieve Yvonne,

Toen ik de grens overstak, hebben ze mijn papieren afgenomen en me naar een fijne plek gestuurd. Ik reis dus niet meer incognito. Men vindt het hier aangenaam en meent dat iedereen hiernaartoe zou moeten komen – zelfs jij.

Alle liefs,
Maurice

*E*lie liep achter Mueller aan, die een vreemde aanblik bood met zijn elegante koffer van bewerkt leer en afgetrapte plunjezak. Vanaf de herdershut leidde een pad van ovale stenen naar de open plek. Mueller draaide zich om toen hij Elies laarzen op het ijs hoorde kraken.

'Wat heerlijk om je te zien,' zei hij, en hij nam haar bij de arm.

Elie hield haar arm van zich af en keek hoe zijn elleboog naar de lucht gebaarde. Die was van een duizelingwekkend helder blauw.

'Konden we maar zijn als het weer,' zei Mueller.

'Wie zegt dat dat niet kan?' zei Elie.

'De oorlog,' zei hij. 'Regen betekent wachten met aanvallen, zon betekent doorstoten, en winter betekent Stalingrad.'

'Maar Stalingrad was afgelopen winter.'

'En de winter zal nooit meer hetzelfde zijn,' zei Mueller.

Elie probeerde haar arm te bevrijden. Mueller hield hem steviger vast.

'Ik heb een advies voor je,' zei hij. 'Laat die orders voor wat ze zijn.'

'Welke orders?'

'Je weet best welke orders. En je weet ook dat het alleen door een zekere officier komt dat wij niet meer tijd met elkaar hebben doorgebracht.'

'Ik weet niet zeker of ik je goed begrijp.'

'Natuurlijk wel,' zei Mueller. Hij zette zijn bagage neer en kuste Elies hand. Ze voelde hoe zijn snor haar vingers prikte en wenste dat ze handschoenen had aangetrokken.

'Dat is heel aardig van je,' zei ze.

'Je weet dat ik helemaal niet aardig ben.'

'Nou, ik weet zeker dat je goed zult doen, waar je ook naartoe mag gaan,' zei ze. 'Gerhardt is daar ook van overtuigd.'

'Je liegt,' zei Mueller. 'Jij zult goed doen. Dat doe je altijd. Maar je bent wel te aardig voor die mensen daarbeneden.'

'In een oorlog lijdt iedereen.'

'Maar sommige mensen hebben het minder verdiend om te lijden dan andere,' zei Mueller.

Ze waren bij zijn Kübelwagen aangekomen en Mueller, die er prat op ging dat hij geen buitgemaakte Amerikaanse jeep wilde, klopte op een raam, boog zich naar Elie en sprak toen zachtjes.

'Wat betreft die bril,' zei hij. 'Ik zou het compleet negeren. Mensen zijn zichzelf niet tegenwoordig, en zelfs een figuur als Heidegger is geen probleem. Wie kan het iets schelen als hij zijn bril niet krijgt? Niets kan de wil van het Derde Rijk buigen. Zelfs de doden niet.'

Elie probeerde vol ongeloof te kijken. 'Denk je dat heus?'

'Natuurlijk,' zei Mueller. 'De Führer komt zijn bunker niet uit en Goebbels staat altijd maar op dat marktplein te praten over de oorlog. Wie weet zijn die orders wel helemaal niet van hem afkomstig.'

'Ik weet wel zeker van niet,' zei Elie.

'Ik ben blij dat we het eens zijn.'

Mueller trok zijn handschoen uit en klopte op Elies hand.

'Ik zal je missen,' zei hij.

'En ik zal jou missen,' zei ze, met een stem die zo ver weg klonk dat hij uit het bos leek te komen.

'Zou Oberst Lodenstein er bezwaar tegen hebben als ik je kuste?'

'O… weet je… laten we maar liever geen onrust zaaien.'

'Uiteraard,' zei Mueller. 'Maar als ik je ooit kan helpen, laat het me dan weten. En let er ondertussen op dat die lui brieven beantwoorden. Ze zitten daar met te veel talen. Het wordt de toren van Babel als ze niet bezig blijven. En Stumpf zou met zijn handen van Sonia Markova moeten afblijven.'

'Daar heb je gelijk in,' zei Elie.

'Nou, dan toch maar een kus,' zei Mueller. En hij drukte zijn lippen tegen die van Elie, zo stevig dat ze zijn medailles voelde prikken in haar kin.

'Je hebt geen idee hoe hoog ik je heb zitten,' zei hij.

'En ik jou,' zei Elie. 'Maar ik bevries zo zonder jas.'

Ze draaide zich om en maakte aanstalten om weg te lopen, maar Mueller trok aan haar mouw en overhandigde haar het ivoren doosje. 'Het is een geheim doosje,' zei hij. 'Probeer het maar open te maken.' Elie bewoog de paneeltjes totdat het doosje openvloog. Binnenin zat een ivoren pruimenboompje.

'Op de lente!' zei Mueller. 'Op een nieuw seizoen!'

'Wat prachtig,' zei Elie, terwijl ze het doosje teruggaf.

'Het is voor jou,' zei Mueller.

'Maar dingen verdwijnen hier.'

'Of een zekere Oberst wordt jaloers,' zei Mueller, die haar het doosje aanreikte. 'Hoe dan ook, als je het niet aanneemt, moet ik Goebbels het een en ander vertellen.'

Hij maakte een sierlijke buiging en reed weg over het onverharde pad. De wielen van zijn Kübelwagen braken het ijs, wat Elie aan verbrijzeld glas deed denken.

Tijdens Muellers vertrek zat Dieter Stumpf in zijn schoenendoos te bedenken welke Schrijver de brief van Martin Heidegger aan Asher Englehardt moest beantwoorden. Zelfs het schrijven van slechts één brief aan de levenden was al vervelend genoeg, aangezien er zo veel doden wachtten op antwoord. Maar als hij alles zou weten af te leveren, zou Goebbels zeker beslissen dat Lodenstein in de schoenendoos moest wonen en hém weer tot Oberst van de Bunker benoemen.

Met dit in gedachten keek hij omlaag naar de immense kamer en raadpleegde een lijst waarop van iedere Schrijver de achtergrond nauwkeurig was beschreven. De lijst, die was opgesteld door de ss, vermeldde waar iedere Schrijver was geboren, eventuele broers en zusters, waar ze op school hadden gezeten en wat ze hadden gestudeerd. Terwijl hij de lijst doornam, opende Elie Schacten de deur naar het hoofdvertrek en nam plaats achter haar bureau dat uitkeek over de Schrijvers. Ze schoof pennen in potjes, stopte papieren weg en haalde haar donkerrode notitieboekje tevoorschijn. Ze keek op naar Dieter

Stumpf in zijn schoenendoos. Hij keek weg.

De grote kamer, die door olielantaarns werd verlicht, zou somber zijn geweest zonder de spetters kleur van de vrolijke sjaals en vingerloze handschoenen van de Schrijvers. Stumpf keek van de kamer naar de lijst en weer terug naar de kamer. De laatste keer dat hij had geteld, waren er vierenvijftig Schrijvers, die stuk voor stuk iets hadden gestudeerd wat hij niet begreep. Slechts vijf hadden filosofie gestudeerd. Dat waren Gitka Kapusinki, een blonde vrouw uit Polen, die er ietwat verlopen uitzag. Ze was uit een deportatierij getrokken toen een ss'er haar Tsjechisch hoorde spreken. En haar minnaar, Ferdinand La Toya, die een lange zwarte jas droeg en dikke Spaanse sigaren rookte. Hij was weggerukt uit een deportatie toen een bewaker tegen hem had gezegd dat hij in de stront kon zakken, waarop hij – eerst in het Catalaans, en daarna in het Italiaans – had geantwoord: 'Hoe stelt u zich dat precies voor?' En Niles Schopenhauer – geen familie van dé Schopenhauer – die hiernaartoe was gestuurd vanuit een werkkamp omdat hij zeven talen sprak. En dan was er nog Sophie Nachtgarten, van wie een verhandeling was verschenen met de titel *Time and The Unicorn: A Treatise on Necessary Truth.* Zij had een bewaker verrast wiens moeder uit Noorwegen kwam, hem onderhouden met Noorse drinkliedjes en met haar charmes een tocht naar de Bunker in plaats van Bergen-Belsen bewerkstelligd. En Parvis Nafissian, met zijn zwarte borstelige wenkbrauwen en keurige sikje. Hij was de enige Schrijver die gedwongen was een brief te schrijven. Maar toen een bewaker in Treblinka zag dat hij er een in het Turks en nog een in het Farsi had geschreven, trok hij hem uit de rij en duwde hem in een Kübelwagen. Nafissian beantwoordde vrijwel geen brieven. Hij las alle detectives die Elie te pakken kon krijgen.

Stumpf besloot dat elk van hen zou volstaan, en aangezien elk van hen zou volstaan, konden ze met z'n vijven de brief schrijven. Hij stond op het punt zijn wenteltrap af te dalen om met ze te praten toen Sonia Markova op zijn deur klopte, waarop Stumpf omslachtig de deur ontgrendelde. Sonia, die ooit bij het Bolsjoj Ballet had gedanst, had stiekem Rusland verlaten om een minnaar in Berlijn op te zoeken maar was op de terugweg gesnapt. Toen had ze drie Russische dialecten laten horen. Ze had prachtige benen, hoge jukbeenderen, groene ogen, een doorschijnende huid en zwarte krullen. Daarnaast was ze helderziend en soms deed ze mee aan geheime seances – niet alleen voor mensen die waren gestorven in kampen en getto's maar ook voor gewone mensen, zoals de negentiende-eeuwse kleermaker, wiens seance de brand in de bovengrondse kamer had veroorzaakt, of een vrouw die een brief had geschreven naar haar minnaar die in de Krimoorlog vocht. Stumpf had deze brieven stiekem meegenomen van zolders van mensen die waren gedeporteerd of uit magazijnen en oude archieven van overheidsinstellingen. Daar zaten brieven bij van knopenmakers, koetsenbouwers, pelsmakers, botenbouwers, wagenmakers, drukkers, illusionisten en kunstenaars. Hij vond dat alle doden recht hadden op antwoord.

Nu kwam Sonia binnenlopen met een somber gezicht en zei dat ze zich nergens op kon concentreren omdat het haar nichtjes verjaardag was.

'Ze is tien,' zei Sonia. 'En ze weet niet eens waar ik ben.'

Stumpf zei dat ze zich beter zou voelen als ze een van zijn kristallen bollen zou vasthouden. Hij hoopte dat dit zou uitmonden in een seance voor alle doden van wie de brieven zouden worden begraven in het roggeveld van zijn broer en hij wilde een verzamelbrief sturen waarin hij om vergiffenis vroeg voor het niet individueel beantwoorden van de brieven. Maar Sonia, die op de vloer was gaan zitten en net een bergje sneeuw leek in haar hermelijnen jas, begon te huilen. Toen Stumpf vroeg waarom ze huilde, zei ze dat ze haar hele familie miste.

'Zelfs degenen die ik niet mocht.'

Stumpf trok haar jas uit en omhelsde haar voorzichtig, zich bewust van zijn omvang. Sonia was vaak verdrietig en dit kon zijn eigen verdriet aanwakkeren – diep, sluimerend, nu ze hem onder de grond hadden gestuurd. Maar als hij zich op haar lichaam concentreerde, kon hij haast genieten van haar droefheid omdat ze hem toestond haar te troosten. Soms eindigden ze op zijn matras – zij huilend, hij tastend. Maar vandaag niet. Sonia trok haar jas weer aan en zei dat ze te ellendig was voor liefde.

76

'Ga alsjeblieft niet weg,' zei Stumpf. Hij pakte een van Sonia's hermelijnen mouwen vast.

'Zaten we maar niet in de onderste laag!' zei hij.

'Wat?' Sonia trok haar arm weg.

'Was er maar een laag onder ons,' zei Stumpf. 'Met mensen die konden helpen.'

'Bedoel je nog lager dan wij met nog minder lucht om te ademen? Hoe kun je zo denken? We leven al als beesten.'

Sonia streek de mouw glad die Stumpf had vastgepakt en liep naar beneden. Enkele ogenblikken later zag hij haar aan haar bureau zitten – witte vingers staken uit donkerrode handschoenen.

Ze zag er kwaad en onweerstaanbaar uit. Stumpf liep de wenteltrap af om te vragen of ze terug wilde komen. Maar dat hij tijd besteedde aan iets anders dan werk wilde hij verhullen, dus onderwierp hij de attributen langs de muren aan een onderzoek. Hij wist dat hij het enige toonbeeld van ijver was in de Bunker en niet te veel tijd moest verdoen. Dus ging hij vlug, lukraak, door de spullen en stootte een rol wol om. De rol viel tegen de telescoop, de telescoop viel tegen de paspop en de paspop viel tegen een klok. De Schrijvers applaudisseerden en Stumpf wilde net terugsluipen naar zijn schoenendoos toen hij Elie Schactens rozenparfum rook.

'Dieter,' zei ze zachtjes. 'Precies de persoon die ik wilde zien.'

Zelfs vandaag, nadat ze listig had meegenomen wat hij had willen begraven, was Stumpf blij dat hij werd tegengehouden door Elie Schacten. Altijd als hij haar zag, of iets wat van haar was, voelde hij een onverklaarbare opwinding. Dit gold ook voor haar enorme bureau, dat uitkeek over de grote groep Schrijvers. Het had iets almachtigs, iets onverschrokkens – net als Elie.

Bij dit bureau schoof hij een stoel aan. Elie legde een lijst opzij – ze veinsde nooit dat ze de Schrijvers in de gaten hield – en gaf hem een likeurbonbon.

Stumpf genoot van de brandewijn die in zijn mond explodeerde. Elie gaf hem nog drie bonbons. De manier waarop Elie dingen voor elkaar kreeg stond hem tegen, maar de chocola en schnaps die ze meebracht naar de Bunker nam hij met smaak tot zich. Hij wist zeker dat ze een uitstekend team zouden vormen als zij nou maar – net als hij – geloofde dat Duitsland de oorlog ging winnen. Hij keek droevig naar Elie en hoopte dat ze zijn gedachten kon lezen. Ze glimlachte naar hem en zei: 'Ik heb medelijden met Goebbels, Dieter. Hij heeft te veel aan zijn hoofd op het moment.'

'Het is moeilijk als je op de rand van de overwinning staat,' zei Stumpf.

'Precies,' zei Elie. 'En Gerhardt wil hem niet lastigvallen. Maar de orders zijn niet eenduidig. Dus misschien helpt het als jij hem zou bellen. Jij weet hoe je met hem moet praten.'

Stumpf had een tic bij zijn linkeroog. Die begon te trekken.

'Niemand belt met Goebbels,' zei hij.

'Maar jij hebt invloed,' zei Elie.

'Natuurlijk heb ik invloed,' zei hij. 'Maar hoe meer invloed je hebt, hoe voorzichtiger je bent met het aanwenden ervan.'

Elie raakte zijn arm aan en boog haar hoofd naar hem toe. Opnieuw werd hij gehuld in de geur van theeroos. 'Misschien dat de optometrist hier kan komen en zelf de brief kan schrijven,' zei ze. 'Per slot van rekening heeft Heidegger hem geschreven.'

Elies hand voelde zalig, maar de tic leidde hem af.

'Dat is onmogelijk,' fluisterde Stumpf. 'We schrijven alleen naar de doden. Ze hebben ons nodig. Ze wachten op antwoord.'

'Daarom zijn de orders niet eenduidig,' zei Elie. 'Trouwens… ik heb net een verhaal gehoord over iemand die het gelukt is Auschwitz te verlaten.'

'Je bedoelt toch niet die verdomde engel waar iedereen het over heeft?'

'Nee, nee,' zei Elie, terwijl dat precies was wat ze bedoelde. 'Het was een vrouw die haar man heeft vrij gekregen. Zijn moeder was Arisch, net zoals die van Asher Englehardt.'

'Hoe heeft ze haar man leren kennen?'

'Bij een bijeenkomst van de *Hitlerjugend*.'

'Dan is hij daarom vrijgelaten,' zei Stumpf. 'Alle jongeren zouden daarheen moeten gaan.'

Stumpf keek naar de vierkante doos vol brillen op Elies bureau. Hij schoof dichterbij en raakte de doos met heimelijk ontzag aan.

'Zijn die allemaal van Heidegger?' vroeg hij.

'Eentje maar,' zei Elie.

'Hoe weet je dat?'

'Omdat die gelabeld is,' zei Elie. Ze trok de doos naar zich toe.

'Heeft Heidegger oogproblemen?'

'Zou kunnen,' zei Elie, die wist dat hij slechts bijziend was.

'Dan moeten we hem zijn bril brengen.'

'Maar niet zonder de brief,' zei Elie. 'Anders krijgt Frau Heidegger het op haar heupen.'

'Wat heeft zij ermee te maken?'

'Goebbels heeft een ontmoeting met haar gehad,' zei Elie. 'Daarom hebben ze die orders geschreven.'

'Goebbels een ontmoeting met Frau Heidegger? Hij heeft het veel te druk.'

'Toch is het zo,' zei Elie. 'Ze hebben een uitgebreide ontmoeting gehad bij hem op het bureau.'

De tic speelde weer op, en Stumpf legde zijn hand op zijn voorhoofd om hem te onderdrukken. Maar het bleef trekken en heen en weer schieten alsof zijn voorhoofd in brand stond. Toen herinnerde hij zich weer de vijf Schrijvers die de brief moesten beantwoorden – een kwestie die urgent leek nu hij over Frau Heideggers ontmoeting met Joseph Goebbels had gehoord.

Hoe meer Elie bleef doorzagen over een antwoord, hoe meer Stumpfs tic trok en heen en weer schoot. Uiteindelijk draaide hij zich om naar de Schrijvers en riep: 'Ik wil de vijf filosofen spreken.'

'In godsnaam,' zei Elie, 'laat hen erbuiten.'

'Brieven schrijven is hun werk.'

En weldra stonden tot Elies ontzetting Gitka Kapusinki, Sophie Nachtgarten, Parvis Nafissian, Ferdinand La Toya en Niles Schopenhauer rond haar bureau; waarop Stumpf de brief voorlas en hun opdroeg die te beantwoorden.

'Maar we schrijven alleen brieven naar de doden,' zei Parvis Nafissian.

'Of de binnenkort-doden,' zei Gitka Kapusinki.

'Of de nagenoeg-doden,' zei Sophie Nachtgarten.

'Bij Heidegger ligt het anders,' zei Stumpf.

'Daarom kunnen wij de brief ook niet beantwoorden,' zei Ferdinand La Toya. 'Het druist tegen de missie in.'

Daarop leunden de vijf over Elies bureau en begonnen over Heidegger te praten alsof Stumpf er niet bij was.

'Bij hem gaat het allemaal over paden en open plekken in het Zwarte Woud,' zei Niles Schopenhauer. 'Het is onmogelijk daar in deze kerker over na te denken.'

'Met alleen frisse lucht ben je er ook nog niet,' zei Sophie Nachtgarten. 'Hij is een mysticus, verstrikt in etymologie.'

'Dat ben ik niet met je eens,' zei Gitka Kapusinki. 'Hij heeft het vaak bij het juiste eind. Maar hij heeft geen flauw benul hoe het in de praktijk werkt.'

Door dit onbegrijpelijke gesprek begon Stumpfs tic weer te trekken en knijpen. Hij sloeg op Elies bureau en las het begin van de brief zo luidkeels voor dat de hele kamer het kon horen:

'Met betrekking tot je recente opmerking over de aard van het Zijn, wil ik nogmaals benadrukken dat het de afstand tot mijn bril was die hem naderbij bracht.'

De Schrijvers lachten en Niles Schopenhauer zei dat ze de brief moesten vertalen in hun zelfverzonnen taal, die ze 'Droomatoria' noemden.

Stumpf wuifde met zijn hand naar Niles. Die schampte zijn wang. 'Vergeet je plek niet,' zei hij. 'Je bent maar een luizige Schrijver.'

'Betrek ze hier toch niet in,' zei Elie. 'Zij kunnen er niets aan doen. Als we betrapt worden op het afleveren van een brief hebben we een probleem, en als we er geen afleveren hebben we ook een probleem.'

'Een paradox!' zei La Toya.

'Reken maar!' zei Gitka.

De gedachte aan een paradox werd Stumpf te veel. Hij liep naar Sonia en vroeg of ze mee naar boven ging. Maar die zei dat het horen van de brief haar aan het denken had gezet, en dat ze aan haar bureau wilde nadenken over afstand.

Très cher Xavier,

Mon voyage s'est très bien passé, avec des victuailles à profusion. Il fait nuit à présent. Le ciel est si clair que je ne peux voir la lune ou les étoiles, mais je suis sûre que si tu venais, nous pourrions reprendre nos promenades nocturnes comme par le passé.

Baisers,
Marie-Claire

Lieve Xavier,

Mijn reis is zonder problemen verlopen en er was voldoende te eten. Nu is het nacht. De hemel is zo helder dat ik de sterren noch de maan kan zien, maar ik weet zeker dat als je komt, we weer net als vroeger samen kunnen wandelen.

Alle liefs,
Marie-Claire

*D*e tic hield aan terwijl Stumpf terugliep naar zijn schoenendoos, zijn gedachten schoten alle kanten op. Met ernstige twijfels en bedenkingen besloot hij in te gaan tegen een strikt bevel en een Schrijver te benaderen die het verboden was Duitstalige brieven te beantwoorden: dit was Mikhail Solomon.

Bij het ontwerpen van de Bunker had Hans Ewigkeit de meeste ruimtes rondom de mijnschacht gegroepeerd. Als je met je rug naar de mijnschacht stond, was de keuken aan de linkerkant, de kamer van de bewakers en het officiersverblijf aan de rechterkant, en het hoofdvertrek direct tegenover je. Maar de keienstraat liep dertig meter verderop dood tegen een muur waarachter een ondergrondse doorgang naar de dichtstbijzijnde stad schuilging. Op een steenworp afstand van die muur stond een wit huisje met vier potten met kunstrozen, een namaakperenboom en een glas-in-loodraam. De straat had geen naam, maar het huis had wel een nummer – 917 – dat in brons op de deur stond.

Mikhail Solomon woonde in dit huis met zijn vrouw, Talia. Zij waren bestempeld als *Echte Juden*, en verantwoordelijk voor het beantwoorden van alle correspondentie die in het Hebreeuws was opgesteld – brieven van mensen die volgens het Derde Rijk vroom waren. Om er zeker van te zijn dat de brieven in overeenstemming met het Gelijk Geschreven Antwoorden-motto waren, woonden de Solomons in een huis zoals binnenhuisarchitect Thor Ungeheur zich had voorgesteld dat ze in Polen hadden gewoond voordat ze naar het getto van Lodz waren gestuurd. Ze hadden twee kleine keukens, waarin onmogelijk kon worden gekookt, en mochten hun gebruiken in ere houden, binnen het vage begrip dat het Derde Rijk had van menora's en gevlochten kaarsen. Op zaterdag mochten ze niet werken.

De Solomons waren een opmerkelijk paar, weggerukt uit de muil van een veewagon die op het punt stond vanuit het getto van Lodz naar Auschwitz te vertrekken. Mikhail was een tengere, gladgeschoren man die een keppeltje droeg. Talia was een kop groter, had een schaduw van een snor, brede schouders, en rood haar dat ze in een lange vlecht droeg. Voor de oorlog was Mikhail docent ethiek geweest aan de universiteit van Berlijn, en Talia docent Engels. De Solomons waren niet orthodox. Ze negeerden Goebbels' orders zich afzijdig te houden van de rest en kwamen iedere dag naar het hoofdvertrek om woordspelletjes te doen en sigaretten te ruilen. Daarnaast gebruikten ze de gemeenschappelijke keuken.

Naast het privilege van een eigen huis, had Mikhail als enige persoon naast Elie Schacten de vrijheid de Bunker na middernacht te verlaten. Lang nadat Elies oude kamer was verloot, de Schrijvers de liefde hadden bedreven, elkaar hadden afgeluisterd en briefjes hadden doorgegeven, was het alleen Mikhail nog toegestaan te laten merken dat hij wakker was. Dan klopte Lars Eisenscher op zijn deur en leidde hem langs het hoofdvertrek met de bureaus vol lichamen, ritselende papieren en glissandi van gesnurk. Ze namen de mijnlift, liepen door het verlaagde deel omhoog en over een stenen pad links van de Bunker, waar ze een wachttoren op klommen, bijna twaalf meter van de ingang.

De wachttoren had een steile ladder die leidde naar een platform met een panoramisch uitzicht op de nachthemel. En op dit platform deed Mikhail alsof hij de sterren las. Hij had de nazi's uitgelegd dat hij kabbalist was, en kabbalisten moesten na middernacht over de hemel mediteren. Besefte Hitler dan niet dat de sterren engelen waren en de toekomst konden voorspellen?

Zodra ze dit bericht ontvingen, stuurden ze een memo: 'Laat de Jood de sterren lezen.' Dit verbaasde Mikhail niet. Iedereen wist dat Hitler een astroloog raadpleegde over de oorlog, en dat Churchill er bij een te rade ging om Hitlers strategieën te kunnen voorspellen. Mikhail geloofde zelf niet in engelen en astrologie. Hij snakte alleen naar frisse lucht en de grenzeloze vrijheid die hij ervoer wanneer hij naar de hemel keek. Die trok zich niets aan van oorlog, had geen loopgraven, landen of grenzen.

Soms beeldde hij zich voor zijn plezier in dat iedere ster een woord was, en de hemel een stuk papier. Dan vormden de sterren een zin, een proclamatie voor slechts één avond. Soms deelde hij die de volgende ochtend met het hoofdvertrek. De laatste was 'de onvergankelijkheid van vuur' geweest.

Lieve Moeder,

Ik wachtte op u bij de trein maar u kwam
niet. Er waren veel kinderen in de trein
en sommigen van hen hadden moeders en
vaders. Mijn schoenen zaten te strak
dus ik trok ze uit en ik verloor ze.
Kom alstublieft hier bij mij.

Ik houd van u.
Miep

*M*ikhails grootvader, die daadwerkelijk geloofde dat de sterren engelen waren, had ooit tegen Mikhail gezegd dat hij, als hij iets wilde – schaatsen of een nieuwe jas – een kaars aanstak om twaalf uur 's nachts en tot de sterren bad. Mikhail vond dit buitenissig maar moest tot zijn schaamte bekennen dat hij sinds de nationaalsocialisten aan de macht waren gekomen wenste dat zijn grootvader gelijk had gehad. Maar als de sterren engelen waren, dan waren het zwijgende, onverschillige engelen. Niet eenmaal hadden ze aangeboden om te helpen.

In de nacht na de komst van Heideggers bril waren de sterren verbijsterend helder. Mikhail zag Cassiopeia's troon, in afwachting van koningin Cassiopeia. En Aquarius die water droeg – te ver weg om de aarde te bereiken. Zes Plejaden dansten en de zevende was, zoals altijd, verborgen.

Deze nacht keek hij korter dan anders naar de hemel. Vandaag had Stumpf hem meer dan dertig brieven van kinderen gegeven. Hij had er een paar gelezen, niet een beantwoord, en hij had geen zin om inventief te zijn. Het merendeel van de brieven was over de afrastering van het getto van Lodz doorgegeven voordat een veewagon de kinderen afvoerde naar Auschwitz. Waren deze kinderen vroom omdat ze het Hebreeuwse alfabet gebruikten? Mikhail wist niet meer wat het woord vroom betekende. Hij voelde slechts opluchting dat hij niet een van de namen had herkend.

Lars zat stil naast hem. Ze hadden een prettige vriendschap opgebouwd tijdens de nachten dat Mikhail de sterren las. Lars voelde aan wanneer Mikhail, die ongeveer even oud was als zijn vader, tijd nodig had om na te denken en wanneer hij wilde praten. Na een tijdje zei Lars: 'Is er een boodschap vannacht?'

Mikhail glimlachte. Lars had dezelfde intens groene ogen als zijn zoon en dezelfde leergierigheid.

'De engelen slapen,' zei hij.

'Maar jij zei dat ze elkaar aflossen,' zei Lars.

'Soms doen ze dat,' zei Mikhail. 'Maar zelfs engelen hebben rust nodig.'

Lars klom op een reling en staarde naar de lucht. Hij zag er jonger uit dan de achttien jaren die hij telde.

'Hebben ze helemaal niets gezegd?'

'Eén ding maar,' zei Mikhail. 'Haniel, wachter van de Westelijke Poort, zei: "Waarom moeite doen om brieven te beantwoorden? Het is beter als de doden nieuwsgierig zijn."'

'Ik durf te wedden dat ze gelijk hebben,' zei Lars. 'Ik heb mijn oma nooit bedankbriefjes gestuurd, en ze heeft me nooit lastiggevallen.'

'Zie je wel,' zei Mikhail.

'Maar wat denk jij?' vroeg Lars. 'Zullen de doden de brieven in die kratten ooit lezen?'

'Als de doden al iets doen,' zei Mikhail, 'dan is het hun vingers in hun oren stoppen wanneer Stumpf begint te praten.'

Lars lachte, en ze gingen samen op het houten platform zitten en deelden een sigaret. Geen van beiden wilde terug naar de Bunker. 's Nachts verloor de Bunker alle schijn van een plek om te wonen en werd het een mijn met een overweldigende ijzerachtige geur. Toen de sigaret op was, stak Mikhail er nog een op en vroeg Lars of hij iets van zijn vader had gehoord.

Lars schudde zijn hoofd. Zijn vader was dominee en was drie keer in de gevangenis gezet voor het uiten van kritiek op Hitler. Hij was bang dat Lars problemen kon krijgen met brieven dus schreef hij zelden.

'Het is vast moeilijk voor hem zonder jou,' zei Mikhail.

'Het is ook moeilijk voor mij,' zei Lars.

Op de terugweg stopten ze bij de put en namen een grote slok water uit de tinnen scheplepel. Lars scheen met zijn zaklantaarn het bos in.

'Voorzichtig,' zei Mikhail. 'Je zou iemand in de verleiding kunnen brengen.'

'Ik geloof niet in geesten,' zei Lars.

'Nee,' zei Mikhail, 'maar ik geloof wel in de ss.'

Mikhail en Lars kwamen aan bij de hut, liepen door de verlaging en daalden via de mijnschacht af naar de keienstraat, waar Elie en Stumpf op een smeedijzeren bank zaten. Stumpf droeg zijn wollen pantoffels en hield zijn handen smekend, dwingend voor zich uit. Elie schudde haar hoofd.

'Ik moet die bril hebben,' zei hij. 'Heidegger verdient het om te kunnen zien.'

'Jij gaat hem toch alleen maar begraven,' zei Elie. 'En die brief zul je nooit sturen.'

'Iemand die zo slim is om een voordracht in Parijs te ritselen weet dat je geen antwoord van een Jood kunt verwachten,' zei Stumpf.

Lars loodste Mikhail snel de straat door. Hij vond het al erg genoeg dat Mikhail zich zorgen maakte dat hij brieven te lezen kreeg van mensen die hij kende, hij hoefde niet ook nog eens Stumpf te horen jammeren over Heideggers bril en die verdomde Joodse optometrist. Maar Stumpf kwam achter hen aan rennen en met z'n drieën liepen ze verder onder de bevroren sterren.

'Wat denk jij?' vroeg Stumpf aan Mikhail, zonder te doen alsof er een uitleg nodig was.

'Er zijn veel goede Arische optometristen,' zei Mikhail. 'Heidegger heeft inmiddels vast een nieuwe bril.'

'Ik wil geen woord meer horen over Arische optometristen,' zei Stumpf. 'Een man bestelt een bril en hoort nooit meer iets.'

'Heidegger houdt van het onbekende,' zei Mikhail.

'We hebben het niet over het onbekende,' zei Stumpf. 'We hebben het over een bril. Bovendien waren ze bevriend. Ze schreven elkaar brieven.'

'Hoe weet jij dat?' vroeg Mikhail.

'Ik heb onderzoek gedaan.'

Stumpf zei altijd tegen Mikhail dat hij onderzoek deed.

Ze waren aangekomen bij het witte huis met de vier namaakrozenstruiken, de namaakperenboom, en het bronzen plaatje met '917'. Mikhail liep om een bloempot heen en opende de deur. Stumpf duwde Lars opzij en raakte Mikhails schouder aan.

'Mag ik binnenkomen?'

Stumpf had een gekwelde gezichtsuitdrukking, de blik van mensen die vrezen dat ze eraan gaan. Mikhail kende die blik. Hij had hem in Talia's ogen gezien toen de ss hun huis binnenviel, en in de ogen van zijn zoon toen de gettopolitie hem naar voren duwde op het plein in Lodz.

'Eventjes dan,' zei hij. 'Maar laat me eerst welterusten zeggen tegen Lars. Je weet dat hij zich zorgen om me maakt.'

.

Liebe Ania,

Ich habe einige Tage gewartet, um Dir zu schreiben, denn die Reise war lang. Aber die Landschaft ist wunderschön, und es gibt Wälder und Plätze für Kinder zum Spielen. Komm doch bitte hierher zu mir.

Alles Liebe,
Christofer

Lieve Ania,

Ik heb een paar dagen gewacht met schrijven omdat het een lange reis was. Maar het landschap hier is prachtig en er zijn bossen en plekken voor de kinderen om te spelen. Kom alsjeblieft bij me.

Alle liefs,
Christofer

Olielampen uit de negentiende eeuw, het tijdperk waartoe de Solomons zich volgens Thorsten Ungeheur nog steeds moesten beperken, verlichtten een kamer die Mikhail en Stumpf slechts kenden van gravures – een kamer vol donker hout, gepoetst koper, en met fluweel beklede meubels. In de zitkamer stonden paarse fluwelen stoelen, een paarse fluwelen bank, een schommelstoel met een gehaakte antimakassar en tafeltjes met lampen met een koperen voet. Aan de muren hingen schilderijen van mannen met baarden en keppeltjes – zogenaamde voorouders – geschilderd in opdracht van Thorsten Ungeheur, die niet wist dat orthodoxe Joden een beeldverbod hebben. Verder waren er voetenbankjes bekleed met borduurwerk met Hebreeuwse letters die tezamen geen woorden vormden. Talia sliep in een nis in de rechterhoek van de zitkamer.

Mikhail stak een van de lampen aan en de twee mannen namen plaats op de getufte fluwelen stoelen. Stumpf zat krampachtig met beide wollen pantoffels op de grond, Mikhail ontspannen met zijn benen over elkaar. Stumpf bood hem een sigaret aan. Mikhail stak hem aan en zei dat het uiteinde helderder was dan de sterren.

'Klopt,' zei Stumpf. 'Maar sterren kun je niet doven.'

'Met de juiste rook kan dat wel,' zei Mikhail.

Stumpf reageerde niet maar overhandigde hem een kopie van Heideggers brief, die hij uit zijn hoofd had gereproduceerd.

Mikhail knikte toen hij las over het Derde Rijk dat het Wezen van technologie niet begreep en keek verbaasd toen hij las over het belang van Duitse stamwoorden. Toen hij klaar was met lezen, legde hij de brief op een bijzettafeltje.

'Wat een hersenspinsels,' zei hij.

'Maar jij kunt toch minstens zo goed spinnen?'

'Dat denk ik niet,' zei Mikhail.

'Waarom niet?' vroeg Stumpf. 'De brief is duidelijk.'

'Echt? Beantwoord jij hem dan maar.'

'Ik ben een praktische man.'

Mikhail lachte naar Stumpf. 'Maar ik ben een *Echte Jude*,' zei hij. 'Ik beantwoord alleen brieven in het Hebreeuws en het Jiddisch.'

'Maar een goede Duitse brief schrijven kun je wel,' zei Stumpf.

'Echt?' zei Mikhail. 'Denk jij dat iemand die de Talmoed heeft bestudeerd zomaar een onderwerp kan nemen, dat op z'n kop kan zetten en er dan een verhaal uit ratelen waarmee een willekeurige filosoof blij is? Trouwens, mijn handschrift is anders.'

Stumpf zwaaide met het uiteinde van zijn sigaret: een vallende ster.

'De brief kan worden getypt,' zei hij.

'Goebbels heeft besloten dat *Echte Juden* niet kunnen typen.'

'Ik besluit anders,' zei Stumpf.

Daarop begon Mikhail over typemachines: dat er zo veel naar de Bunker waren gebracht. Dat ze als een heg om het hoofdvertrek stonden. Dat ruim vijftig mensen die typten klonk als geschutvuur.

Stumpf luisterde zonder het te begrijpen, totdat Mikhail zei dat het niet om typemachines ging, maar om een deal. Mikhail had namelijk een voorwaarde – iets wat alleen zij twee mochten weten – en hij zou de brief alleen schrijven als Stumpf aan die voorwaarde voldeed.

De deal

Beste Oom Johannes,

Ik schrijf u na een prachtige reis naar Theresienstadt. Het is hier zeer mooi. Er is een plek waar ik verstoppertje kan spelen met andere kinderen en we gaan in een opera spelen op een echt podium. We missen u allemaal. Ik heb papa en mama al dagen niet gezien, maar de bedden zijn warm en papa en mama hebben gezegd dat ik u moest vertellen dat er ook een heleboel tabak is voor uw pijp.

Veel liefs,
Pieter

*H*ans Ewigkeit was oorspronkelijk van plan geweest de mijn te voorzien van dikke bakstenen muren. Maar al voor de nederlaag bij Stalingrad zat het Derde Rijk krap bij kas. In plaats van bakstenen muren had de Bunker dunne muren van grenenhout met een enkele laag stucwerk. Werklieden hadden vijf lagen verf aangebracht. Maar de Bunker had een flinterdun geraamte: Schrijvers hielden hun handen over hun oren als ze wilden nadenken. Mueller had oorkleppen gedragen.

De enige geluiddichte ruimtes binnen de Bunker grensden aan de muren van de oorspronkelijke mijn. Het waren er vier, en verreweg de beste lag tussen twee steunpilaren en was bereikbaar via een luchtrooster in het plafond van de kleinste wc. Het was er onaangenaam en benauwd, maar de ruimte was hermetisch afgesloten. Naar deze ventilatieschacht gingen Dieter Stumpf en Mikhail Solomon om over Mikhails voorwaarde te spreken.

Ze verlieten het huis van de Solomons na een uur 's nachts, maar in de keuken stonden nog Schrijvers te lachen. Gewoonlijk zou Stumpf heibel hebben gemaakt omdat ze na de avondklok nog op waren. Maar nu sloop hij met Mikhail naar de krappe wc. Ze gingen op een krat staan, openden het luchtrooster, hesen zich in de onafgewerkte holte en sloten het rooster achter zich. De holte was nog geen meter hoog, dus ze moesten hurken.

Mikhail en Stumpf pasten zich aan de ruimte aan en bewaarden afstand in het aardedonker. Beiden hoopten vurig dat niemand van de wc gebruik zou maken want soms zaten mensen in deze afgeschermde ruimte gevangen omdat de ene na de andere onfortuinlijke persoon naar de wc ging. Stumpf noch Mikhail wilde met de ander opgesloten zitten. Te horen hoe iemand plaste of zich ontlastte was ook erger dan te worden gestoord door een andere groep die door het luchtrooster naar boven kwam voor een vertrouwelijk gesprek. Het was een stilzwijgende overeenkomst dat iedere bewoner van de Bunker de nauwe schacht als toevluchtsoord gebruikte. Zelfs als er bij de groep die stoorde officieren zaten, dan boden ze hun excuses aan en gingen weg.

Mikhails voorwaarde voor het beantwoorden van Heideggers brief was de redding van zijn nichtje, de enige dochter van zijn zus. De afgelopen vijf maanden had zij zich schuilgehouden in een kruipruimte van een huis in Noord-Duitsland. Elke week kwamen er ss'ers naar het huis en hielden een stethoscoop tegen de vloer omdat ze ervan overtuigd waren dat het huis een hartslag had. Tot dusver hadden ze de exacte locatie van de hartslag niet kunnen vinden, maar dat was slechts een kwestie van tijd. Mikhail wilde dat Stumpf zijn nichtje naar de Bunker haalde voordat ss'ers haar zouden doodschieten of laten deporteren naar een van de kampen.

De deportaties waren zogenaamd niet algemeen bekend, maar Stumpf nam niet de moeite iets te ontkennen. In plaats daarvan probeerde hij Mikhail met een kluitje in het riet te sturen door te zeggen dat besloten was in de Bunker geen kinderen toe te laten: ouders schreven niet aan kleine kinderen dus hadden ze geen kind nodig voor het beantwoorden van brieven. Mikhail zei dat zijn nichtje niet bepaald een kind was en dat het nooit bij hem was opgekomen dat ze brieven zou moeten beantwoorden. Het ging hier om het redden van een leven.

'Maar iedereen hier moet nuttig zijn,' zei Stumpf.

'In dat geval kan ik Heidegger niet antwoorden, omdat jij me niet wilt helpen,' zei Mikhail.

Ook al kon Mikhail hem niet zien, Stumpf keek toch de andere kant op om zijn teleurstelling te verbergen. Toen vroeg hij: 'Hoe oud is het meisje?'

'Bijna zestien. Hoezo?'

'Omdat ze door het dorp zou moeten lopen en kalm zou moeten blijven,' zei Stumpf. 'Kan ze dat, kalm blijven?'

'Natuurlijk kan ze kalm blijven. Hoe had ze anders vijf maanden in een kruipruimte kunnen doorbrengen?'

Stumpf spreidde zijn handen in een gebaar van hulpeloosheid – onzichtbaar in het donker. Hij raakte per ongeluk Mikhails schouder aan, haalde met een ruk zijn hand weg en zei dat hij niet wist wat hij moest doen. Goebbels' orders waren dat de bril bezorgd moest worden bij Heidegger, samen met een overtuigend antwoord op zijn brief. Maar Stumpf kon zelf geen antwoord schrijven.

'Ik ben een praktische man,' zei hij nogmaals.

'Een dilemma,' zei Mikhail.

'Een paradox,' zei Stumpf.

Ze klauterden moeizaam uit de ventilatieschacht, en Stumpf zei tegen Mikhail dat hij over de kwestie zou nadenken. Hij sloop langs de keuken naar zijn schoenendoos en keek omlaag naar de Schrijvers, die dicht opeengepakt op bureaus lagen en met dekens worstelden om warm te blijven. Het viel hem in dat ze op boa constrictors leken.

Iemand gilde het uit in zijn slaap. Iemand anders zei 'kop dicht'. Toen volgde er een salvo van 'koppen dicht' en klonk overal gefluister.

Stumpf sloeg op de ruit en riep: 'Orde!'

Waarop een Schrijver riep: 'Stil! We proberen te slapen!'

Stumpf keek vol minachting toe terwijl Schrijvers nog meer dekens rechttrokken en papieren verspreid over de vloer belandden. Hij overwoog de vijf filosofen een ham en een extra voorraad sigaretten te bieden in ruil voor het schrijven van de brief. Maar een opvallende omkoping kon leiden tot roddel, en roddel kon leiden tot chaos, en er heerste al genoeg chaos in de Bunker.

Vorige week nog had iemand 'Droomatorium' gekrabbeld boven de hoofddeur. Stumpf had het met water weggepoetst, maar de volgende dag was het er weer op gekrabbeld. Hij overwoog naar beneden te gaan om het eraf te poetsen. Maar binnen enkele seconden zat hij te slapen in zijn stoel, met zijn hoofd tegen het venster van de wachttoren.

Iedere middag tussen een en half twee was het Stumpfs taak de Schrijvers te bevelen zich een voorstelling te maken van Joseph Goebbels, hoofd van het ministerie van Volksvoorlichting en Propaganda. Dit was ter voorbereiding op Goebbels' bezoek aan de Bunker, een gebeurtenis die constant werd aangekondigd en uitgesteld. De reden dat ze zich een voorstelling moesten maken, zo was aan Stumpf uitgelegd, was dat dan niemand door zijn verschijning overweldigd zou zijn en ze zijn vragen zouden kunnen beantwoorden. Gerhardt Lodenstein stond toe dat Stumpf zijn opdracht uitvoerde zodat hij zich nuttig kon voelen – een illusie die de Schrijvers behoedde voor uitvoerige tirades.

Voor de oefening moesten de Schrijvers hun typemachine naar de rand van hun bureau schuiven en hun pennen en brieven opbergen. Dan moesten zij zich Goebbels in de juiste volgorde voorstellen – te beginnen met zijn laarzen, gevolgd door zijn rijbroek en dan zijn gezicht. Over zijn klompvoet werd nooit iets gezegd. En wie zich niet een voorstelling in de juiste volgorde maakte, zou worden gestraft.

Stumpf liep heen en weer tussen de bureaus; tot zijn spijt kon hij de Schrijvers niet opdragen zich een voorstelling te maken van Heinrich Himmler en hij vroeg zich af hoe hij iets wat hij niet kon zien kon controleren. Hij staarde naar Schrijvers die hun lachen probeerden in te houden en gaf bevelen:

'Sneller voorstellen!'

'Doorgaan met voorstellen!'

'Denk aan de juiste volgorde!'

Nafissian gniffelde. Stumpf liep naar zijn bureau en vroeg wat hij zich voorstelde.

'Goebbels' laarzen,' zei Nafissian.

'Hoe zien die eruit?'

'Zwart.'

'Glimmen ze?'

'Ja.'

'Fout. We weten niet wat voor dag Goebbels achter de rug zal hebben bij zijn bezoek. Misschien heeft hij wel door de modder gelopen. Misschien heeft hij een eeltknobbel en draagt hij sandalen.' 'Jullie moeten op alles voorbereid zijn,' vervolgde hij. 'Misschien draagt Goebbels wel een haarnet. Maar zo hoog zullen jullie niet kijken.' 'Of een huisjurk,' zei La Toya. 'Kop dicht!' zei Stumpf.

De Schrijvers persten hun lippen op elkaar tegen het lachen. Ze probeerden zich nooit een voorstelling te maken van Goebbels. Ze dachten aan een smakelijke kop koffie of wie ze die avond zouden proberen te verleiden als ze Elies oude kamer wonnen in de loterij. Ze probeerden niet te denken aan wat hen hier had gebracht of wat er was gebeurd met de mensen die ze hadden achtergelaten.

Maar op andere momenten van de dag – willekeurige momenten – op weg naar de keuken voor koffie, of terwijl ze op de keienstraat stonden te roken, zagen ze de een meter vijftig hoge foto van Goebbels bij de mijnschacht en maakten zich ongewild een voorstelling van hem. Hij was hun bedreiging en redding, de reden dat ze nog leefden, voor een vrijwel gewisse dood waren behoed en hiernaartoe waren gebracht. En slechts Goebbels' bereidheid om dit bespottelijke project voort te zetten zorgde voor de handhaving van de duistere kamer waar zij hun brieven aan de doden schreven die in kratten werden opgeslagen.

Vandaag, toen het halve uur voorbij was, liet Stumpf zijn blik over de Schrijvers gaan. Zoals altijd na afloop van de oefening voelde hij opluchting en euforie. Hij tikte op het schoolbord en kondigde aan dat de Bunker er een nieuw lid bij kreeg, een meisje van bijna zestien dat zou intrekken bij de *Echte Juden*.

'Zoals bekend,' zei hij, 'hebben we al geruime tijd behoefte aan een kind om de brieven van ouders aan kinderen te beantwoorden conform onze strikte Gelijk Geschreven Antwoorden-regel. Daarom zal *Fraulein* Schacten een meisje naar de Bunker halen. Dit meisje zal voornamelijk brieven beantwoorden van ouders die als vroom worden beschouwd. Maar als de tijd het toelaat zal ze ook brieven beantwoorden van ouders die niet als vroom worden beschouwd. Dus als jullie een brief krijgen die duidelijk van een ouder aan een kind is gericht, leg die dan opzij voor een mogelijke inzameling.'

'Mogelijke of vermoedelijke inzameling?' vroeg Parvis Nafissian.

'Allebei,' zei Stumpf.

'En waarschijnlijke?' vroeg Ferdinand La Toya.

'Ook.'

La Toya knipoogde naar Gitka, die een knipoog terug gaf. Stumpf ving de knipoog op en reageerde nijdig. 'Je kunt knipogen wat je wilt, maar we hebben straks wel een extra mond te voeden.'

Lieve Moeder,

Ik weet niet waar u en vader zijn, maar ik schrijf naar huis in de hoop dat u dit ontvangt. Marc en ik maken het goed en er is meer dan voldoende te eten. Als u en vader ook komen, zijn we weer allemaal samen.

Liefs,
Pia

*W*olfgang Maulhaufer, de ingenieur van de Bunker, was zo blij geweest met de ontdekking van een ondergrondse beek voor de verwerking van afval, dat hij niet meer gedacht had aan een watervoorziening voor de Bunker. En Thorsten Ungeheur, de binnenhuisarchitect, hield zich bezig met verhevener kwesties dan drinken en wassen.

Daarom was de Bunker voor vers water geheel afhankelijk van de waterput van de oorspronkelijke mijn. Die lag aan de rand van het bos, zo'n negen meter van de herdershut. Voordat Duitsland de slag om Stalingrad had verloren, haalden twaalf bewakers de dagelijkse voorraad water in emmers naar binnen. Maar na de slag om Stalingrad waren alle bewakers, op Lars Eisenscher na, naar het front gestuurd. Lars en Lodenstein konden met z'n tweeën niet voldoende water dragen voor de hele Bunker. En Stumpf en Mueller beschouwden de klus beneden hun waardigheid.

Dus in het late voorjaar van 1943 begonnen de Schrijvers zelf met water halen, waarbij alleen Lars ze in de gaten hield. Dit tot ontsteltenis van Stumpf, die Lodenstein echter gelijk moest geven toen die zei dat de Bunker de veiligste plek was in deze fase van de oorlog, en dat niemand zou proberen te ontsnappen.

De eerste keer dat de Schrijvers naar de waterput waren gelopen, had er een feeststemming geheerst. Sophie Nachtgarten, die vanwege haar claustrofobie soms urenlang de keienstraat op en neer liep, zei dat het voor het eerst in maanden was dat ze kon ademhalen. Ferdinand La Toya en Gitka Kapusinki dansten een mazurka. Parvis Nafissian en Sonia Markova waren aan de rand van het bos gaan liggen.

Nu, bijna een jaar later, was naar de waterput lopen zo'n routine ge-

worden dat de meeste Schrijvers de frisse lucht vanzelfsprekend vonden – met uitzondering van Sophie Nachtgarten, die Lars omkocht
met sigaretten zodat ze zo vaak naar buiten kon gaan als ze wilde. De
andere Schrijvers haalden twee keer per dag water, meestal met z'n
tweeën.

Maar nadat Stumpf de komst had aangekondigd van een meisje dat
de brieven van kinderen ging beantwoorden, droegen Gitka Kapusinki, Ferdinand La Toya, Sophie Nachtgarten, en Parvis Nafissian om
beurten de emmer. Gitka droeg een felrode sjaal boven een zwarte
bontjas van een niet nader te duiden dier en rookte een sigaret in een
lange sigarettenhouder. La Toya rookte een sigaar en droeg een lange
zwarte jas. Zijn rijzige gestalte gaf hem de aanblik van een conifeer.
Sophie droeg een groene geborduurde sjaal over een blauw fluwelen
jasje – van dikke kleren kreeg ze zo'n opgesloten gevoel. En Parvis
Nafissian, die zijn onberispelijke baardje met water uit de put kamde,
droeg een bomberjack en hield een spiegel vast. Knerpend over het ijs
voerden ze een gesprek.

'Wat een zak,' zei Gitka, waarmee ze Stumpf bedoelde.

'Hij moest iemand zover zien te krijgen om die brief te schrijven,'
zei La Toya. 'En volgens mij is dat Mikhail.'

'Die zou nooit iets doen voor Stumpf,' zei Sophie.

'Hoe kun je het anders verklaren?' zei La Toya. 'Plotseling is er een
kind bij de Solomons en Stumpf kondigt het aan. Ik durf te wedden
dat die twee een deal hebben gesloten. En het is begonnen met Heideggers vrouw.'

'Hoe weet je dat?' vroeg Nafissian.

'Dat heeft Elie me verteld,' zei La Toya. 'Ze heet Elfride. Elfride
Heidegger.'

De naam klonk hen raar in de oren. Ze lachten.

'Volgens Elie is het nogal een huisvrouw,' zei La Toya. 'Blonde opgestoken vlechten. Een gerespecteerd Partijlid.'

'Hoe weet Elie dat?' vroeg Nafissian.

La Toya haalde zijn schouders op. De overige drie begrepen het.
Soms zinspeelde Elie op haar verleden, zonder ooit namen te noemen.

Zo nu en dan deed de schemering haar denken aan de avondmaaltijd met het gezin. Of riep de geur van verse inkt en papier de herinnering op aan haar tijd als student in Freiburg. Ze vertelde niemand ooit haar echte achternaam. Of dat ze een zusje had dat ze iedere dag miste. Maar ze wisten allemaal iets van wie Elie was geweest voordat ze naar de Bunker kwam. Ze waren opgelucht dat zij Heidegger nooit uitvoerig hadden bestudeerd en zouden het moeilijk vinden de brief te beantwoorden.

'Zijn vrouw heeft Goebbels zo erg lastiggevallen dat ze een afspraak hebben gemaakt,' zei La Toya. 'Dus nu heeft Goebbels nog een missie hier – een brief aan de levenden.'

Ze waren bij de waterput aangekomen en bleven staan om naar het bos te kijken en water te drinken uit de tinnen scheplepel. Sophie zwaaide naar Lars Eisenscher, die de wacht hield bij het bos.

'Wat afschuwelijk dat de bossen zo beangstigend zijn,' zei ze. 'Toen ik nog een kind was, waren de bossen prachtig in de winter.'

'Ze kunnen nog beangstigender worden als Mikhail probeert die brief te beantwoorden,' zei Nafissian. 'Heidegger is niet gek, hij heeft het door als de brief nep is. Misschien hadden we toch moeten proberen een antwoord te schrijven.'

'We zouden er een zootje van hebben gemaakt,' zei Sophie. 'En Mikhail heeft Heidegger bestudeerd, dus zijn brief komt vast niet over als nep.'

Gitka en Nafissian staken nog een sigaret op, La Toya stak zijn sigaar opnieuw aan. De wind wakkerde aan in hun rug terwijl ze om de beurt de emmer naar de Bunker droegen. Nafissian zei dat het net leek alsof ze aan het reizen waren.

'Doe niet zo raar,' zei La Toya, 'niemand reist hier.'

'Als de wind maar hard genoeg waait wel,' zei Nafissian.

'Kom op, we nemen de benen,' zei Gitka lachend.

'Waarheen?' zei La Toya.

'Naar het einde van de wereld,' zei Gitka.

Liefste Bendykta,

Ich habe nicht viel Zeit zum Schreiben, weil ich zu Arbeiten habe. Bitte komm schnell.

In Eile und Liebe,
Lucas

❦

Liefste Bendykta,

Ik heb maar weinig tijd om te schrijven omdat ik moet werken. Kom alsjeblieft snel.

In haast en met liefs,
Lucas

*D*ieter Stumpf had nooit enige intentie gehad Mikhails nichtje zelf te gaan halen. Als hij naar een onderduikadres ging werd hij misschien wel herkend en doodgeschoten. Daarnaast was het belangrijker om ervoor te zorgen dat zo veel mogelijk doden antwoord kregen op hun brief. Dus vroeg hij Elie Schacten om het meisje te gaan halen.

'Haar naam is Maria,' zei hij, terwijl hij haar het onderduikadres en een briefje van Mikhail aan het meisje overhandigde. 'En Mikhail zal de brief schrijven als we haar hebben gehaald. Je kent Mikhail. Altijd in voor een deal.'

'Natuurlijk haal ik haar, Dieter,' zei Elie.

'Ik wist dat je het zou doen. Jij redt iedereen.'

'Ik doe dit alleen maar voor jou,' zei Elie.

Stumpf leunde voorover en koesterde zich in haar rozenparfum.

'Laten we het vooralsnog onder ons houden,' zei hij, waarbij hij Elies arm aanraakte. 'Lodenstein kan die hele brief geen barst schelen, en hij heeft een hekel aan deals. Misschien probeert hij je anders wel tegen te houden.'

Elie, die inmiddels had besloten dat het hier om meer dan een deal ging, stemde toe. Ze ging naar boven en zei tegen Lodenstein dat er een toevloed van brieven was op de buitenpost. Toen stak ze haar pols uit zodat hij het rode zijden koordje kon vastknopen.

'Denk je soms dat het hier allemaal vanzelf gaat?' vroeg hij.

'Nee,' zei Elie. 'Waarom denk je dat?'

'Omdat je je soms zo gedraagt. Ik vraag me af of je wel weet hoeveel briefjes ik naar Goebbels stuur om hem gelukkig te houden. "Beste Goebbels: We zijn dol op je verhalen over de overwinning. Ga zo door.

En de manier waarop je de Endlösung ontkent is adembenemend."'
'Ik zal iets bijzonders voor je meenemen,' zei Elie.
'Zorg maar gewoon dat je terugkomt,' zei Lodenstein.
Hij liep met haar mee naar haar jeep. Ze reed weg over de onverharde weg, die verraderlijk glad was. Maar toen ze de verharde weg op reed, voelde ze geen opluchting, want daar waren meer auto's, en geen enkele redding was zonder gevaar. Bij haar laatste strooptocht had Elie drie kinderen verstopt onder een marmeren beeld bedekt met dekens. Alles was soepel verlopen totdat een ss-officier bij de Zwitserse grens het beeld begon uit te pakken. Elie zei dat het bestemd was voor Frisch – een bankier die hij volgens haar wel moest kennen. Hij kneep even in haar arm, zij kneep terug, en er ontstond een erotische spanning. 'Ga!' had hij gezegd. 'Ga maar snel!'

Ze bleef maar in haar achteruitkijkspiegel kijken – een eindeloze weg vol auto's. Ze had spijt dat ze tegen Lodenstein had gelogen en werd achtervolgd door een visioen waarin hij rende om haar bij te houden.

Het onderduikadres van Maria was in een stad pal ten zuiden van de Bunker en tot Elies opluchting moest ze hiervoor afslaan van de hoofdweg. Ze reed langs boerderijen en een dicht bos, waar ze een man met een kind zag achter een boom. Ze dacht aan de Engel van Auschwitz die een laboratorium als ruilmiddel had ingezet voor een mensenleven. Ze vroeg zich af of je met een brief hetzelfde kon bereiken.

De stad van het onderduikadres was een mengelmoes van bedrijvigheid en verwaarlozing, net als andere steden die in deze fase van de oorlog nog niet onherkenbaar waren veranderd door bombardementen. Gammele bouwwerken en eilandjes van welvaart wisselden elkaar af. De ene straat had dichtgetimmerde gebouwen waar de naargeestigheid van afdroop, de andere elegante winkels. Weer een andere een treinstation vol mensen met koffers. Ze droegen mooie jassen, maar Elie wist dat ze binnen een week gestreepte uniformen zouden dragen. Ze parkeerde de jeep op een drukke plek en begon te lopen. Een jeep met een swastika voor een onderduikadres zou de aandacht trekken.

Het begon licht te sneeuwen – dwarrelend wit op grijs. De straten werden breder, smaller, weer breder, dijden uit en slonken, alsof ze ademhaalden. Niets voelde echt voor Elie – de hemel, noch de lucht, noch een koffiehuis waar klanten uit opvallend grote koppen surrogaatkoffie dronken. Mensen liepen haastig voorbij, omringd door bleekgrijze lucht, het enige wat hen bij elkaar leek te houden. Elie liep door een modderige straat met een afrastering, gevolgd door een rij voorname huizen. De stad viel in stukken uiteen, en het leek of zij samen met de stad in stukken uiteenviel. De sneeuwvlokken werden dikker, iedereen werd door wit omhuld. We zijn slechts verbonden door sluiers, dacht Elie, tere toevallige momenten van samenhang.

Door de sneeuw was niemand echt goed te zien, en even dacht Elie dat ze haar zusje zag. Ze droeg een donkerrode jas en hield haar handen in een witte mof. Ze glimlachte en was weer verdwenen.

Aan de rand van de stad liepen de straten in bogen. Elie liep langs grijze rijtjeshuizen, bakstenen gebouwen, nog meer rijtjeshuizen. De laatste stonden dicht bij Maria's schuilplaats. Maar voordat ze voor de laatste keer afsloeg, hield een Gestapo-officier haar tegen. Hij zei dat hij zijn horloge had verloren en vroeg hoe laat het was. Haar hart sloeg op hol en haar antwoord – veertien uur twintig – klonk als een bekentenis. Hij dankte haar en vroeg of hij haar kon helpen met het vinden van een adres. Elie zei nee, en dat ze alleen maar een ommetje liep. Hij vroeg om haar papieren – zijn vlezige handen vielen haar op – en hij keek beduusd toen ze hem het rode zijden koordje toonde.

'Wat doe je hier aan de rand van de stad?' vroeg hij.

'Ik werk voor Goebbels,' zei Elie. 'En ze zouden me doodschieten als ik er verder iets over zeg.'

De Gestapo-officier schudde zijn hoofd. 'Goebbels zou zo'n mooie vrouw nooit doodschieten. Alleen de ongewensten: doodschieten of onthoofden. Kies maar.'

Hij lachte bij de woorden kies maar, en zei tegen Elie dat ze hem aan zijn vrouw deed denken. Toen nam hij haar bij de arm en liep met haar ver weg van de rijtjeshuizen, naar een stadspark waar de kale takken van een linde bedekt waren met ijs. Ze liepen naar een standbeeld van Hitler en daarna langzaam om het park heen. Uiteindelijk keek de Gestapo-officier op het horloge dat hij nooit had verloren en zei: 'Mijn god. Ze schieten me dood als ik niet terugga naar mijn post.'

Tegen de schemering moest Elie door de gebogen straten haar weg terug zien te vinden. Ze klopte viermaal op de deur van een rood bakstenen gebouw, precies zoals Stumpf haar had gezegd. Een pezige man in donkere kleding stak zijn hoofd naar buiten.

'Wat is de code?' vroeg hij.

'Vallen,' zei Elie.

Hij knikte en leidde haar naar een muffe hal waar het naar oud tapijt en aardappelpuree rook. De hal kwam uit op een donkere ondergrondse doorgang. Als een nachtdier sloop hij met haar door het zwarte doolhof. Toen opende hij een deur naar een ander gebouw en overhandigde Elie een zaklantaarn.

'Loop de hal in,' zei hij. 'Klop op de eerste deur links, wacht drie tellen, en klop dan driemaal. Vertrek via deze doorgang en houd de zaklantaarn. Ik heb leren zien in het donker.'

Elie kwam boven uit in een andere muffe hal. Ze klopte op de linkerdeur, wachtte drie tellen, en klopte driemaal. Na een pauze die oneindig lang leek te duren, deed een verbluffend mooi meisje de deur open. Ze had blonde haren, blauwe ogen – uitgelezen Arische trekken, dacht Elie, die waarschijnlijk haar redding waren geweest. Ze keek vol achterdocht naar Elie. Elie stak haar armen uit.

'Maria,' zei ze. 'Bij mij ben je veilig.'

Maria deinsde terug, en Elie, die besefte dat het meisje een bewijs van haar goede intenties wilde, toonde haar de papieren die ze bij zich had en het briefje van Mikhail. Zodra Maria dit zag, lachte ze en stak haar armen uit. Elie pakte brood uit haar tas. Maria schudde haar hoofd.

'Ik heb maandenlang in die kruipruimte gezeten,' zei ze. 'Het enige wat ik nu wil is naar buiten.'

Elie keek naar haar jurk, die van dunne katoen was. En haar schoenen. Dat waren zomersandalen.

'Heeft niemand je een trui of laarzen gegeven?' vroeg Elie. 'Of een jas? Heb je zo over straat gelopen?'

'Ik red het wel met een jurk en kousen.'

'In de sneeuw? De ss pakt je meteen op.'

Er stond een kast in de hal, die zo lang was dat Elie zich afvroeg of die naar de straat leidde. De kast stond vol porseleinen servies, tafelzilver, platen en foto's. Helemaal achterin vond Elie een paar stevige schoenen, een dikke trui, een sjaal en een zwarte jas met een bontkraag. Ze trok de jas uit de kast. Daarachter, ineengedoken tegen de achterwand van de kast, zag ze een jongetje van een jaar of zeven. Hij had grote, angstige ogen en zat zo stil dat hij van steen had kunnen zijn.

'Hoe heet je?' fluisterde Elie. Hij gaf geen antwoord. Ze nam hem in haar armen en droeg hem naar de kamer.

'Mijn god. Waar komt hij vandaan?'

'Hij zat in de kast,' zei Elie.

'Al die tijd,' zei Maria. 'En ik heb hem nooit gehoord.'

Het lege appartement had openslaande deuren die waren afgedekt met dunne witte katoen. Ze vulden de ruimte met luchtig licht, creeerden een gevoel van hoogte, zelfs nu het schemerde. Elie zat op de vloer met het jongetje in haar armen. Hij begon te bibberen.

'Hoe heet je?' fluisterde ze nogmaals.

Hij schudde zijn hoofd en begroef zich in de holte van Elies elleboog.

'Hij is bang,' zei Maria.

'Wat vind je ervan als we je een naam geven?' vroeg Elie. 'Vind je Alberto leuk?'

Tot haar verbazing schudde hij nee.

'Wat vind je van Sergei?' zei Maria.

Hij schudde nee op Sergei, en op Luca en op drie andere namen. Maar toen Elie Dimitri zei knikte hij.

'Is dat je echte naam?' vroeg ze.

Hij schudde nee en dook weer weg in Elies arm.

'Dimitri,' zei ze. 'We gaan nu naar buiten. Ik zal je in een paar dekens wikkelen en dragen. En als iemand iets vraagt, dan zeggen we dat je niet lekker bent.'

'Begrepen?' vroeg ze aan Maria.

Maria, die er weelderig uitzag in haar jas met bontkraag, knikte. Natuurlijk begreep ze het.

De stad was bijna verduisterd toen ze het onderduikadres verlieten. Elie hield Dimitri voorzichtig in haar armen, en Maria genoot met volle teugen van de buitenlucht. Meerdere malen keek ze naar haar weerspiegeling in een winkelruit.

'Je moet nergens naar kijken,' zei Elie. 'En niet staren naar mensen met koffers!'

Toen ze bij de jeep kwamen, legde Elie Dimitri er voorzichtig in en bedekte hen beiden met dekens. Dimitri was zo stil als Maria onder de vloerplanken was geweest. Maar Maria keek zo vaak onder de deken vandaan dat Elie zei dat ze tevoorschijn mocht komen als ze maar onder het raam gebukt bleef. Het werd donker, de weg werd smaller, het dennenbos dichter, en Elies angst voor het donker kreeg haar in zijn greep. Ze probeerde het de kop in te drukken door verhalen te vertellen die zij en haar zusje elkaar ooit 's nachts onder een donkerrood dekbed hadden verteld. Ze gingen over wolven die wensen lieten uitkomen en sneeuwfeeën die konden praten. Ze begon zich net veilig te voelen toen Maria zei: 'Geloof je dat echt allemaal?'

'Vroeger wel,' zei Elie.

'Ik heb het nooit geloofd.'

'Misschien moet je daar dan mee beginnen,' zei Elie.

Eenmaal aangekomen bij de onverharde weg begon de auto te horten en stoten, en Elie realiseerde zich dat ze niet wist waar Dimitri zou moeten slapen. Of wat ze tegen Lodenstein zou moeten zeggen wanneer hij hen ontdekte.

Kedves Max,

Nyilván megdöbbent, hogy sikerült ezt hozzád csempészelni. "Jó" őrök. Gyere a laktanya szélére. Beszélgethetünk.

Nyikolaj

Beste Max,

Je zult wel verrast zijn dat het me is gelukt dit naar jou te smokkelen. "Goede" bewakers. Kom naar de zijkant van de barakken. Daar kunnen we praten.

Nyikolaj

*W*as het maar een ander landschap, dacht Elie. Een brede weg, telefoondraden, verlichte huizen. Dan kon ik op welke deur dan ook kloppen en zouden mensen die ik nog nooit had gezien het meisje bij zich in huis nemen. Achter die huizen zou ze de straten uit haar jeugd vinden, waar zij en haar zusje touwtje sprongen en jongens pestten. En achter die straten zou ze het klooster vinden waar ze de andere meisjes aan het lachen maakten met hun imitaties van Zuster Ignatius, die een nerveus kuchje had, en Zuster Hildegard, die krijt van haar vingers likte. Jullie zijn halsstarrig, zei haar vader steevast als ze op hun vingers waren getikt. Jullie staan nooit stil bij hoe dingen aflopen.

Dat is niet zo, dacht Elie. We verveelden ons alleen. Ze zag het gezicht van haar zusje voor zich. Het was aandachtig, alert. Haar blik hield haar gevangen.

'Waar denk je aan?' vroeg Maria.

'Hoe mooi de bossen zijn,' zei Elie.

'Dat is inderdaad zo,' zei Maria. 'Maar er kan zomaar iemand van achter die bomen tevoorschijn komen en ons doodschieten.'

'Dat gebeurt niet,' zei Elie.

De auto slipte over het ijs en zwaaide de open plek op, die wonderbaarlijk leeg was. De herdershut was de enige vorm in de sneeuw, een donkere hoop, afgetekend door het maanlicht. Elie droeg Dimitri over het stenen pad naar de hut en Maria volgde hen. Ze was niet verrast door de deur naar het verlaagde deel; camouflage was haar duidelijk niet vreemd. Ze leek het evenmin vreemd te vinden dat Elie haar snel langs de kamer loodste die ze deelde met Lodenstein. Maar Maria was stomverbaasd toen ze de keienstraat en de bevroren hemel zag.

'Is dit een echt dorp?' vroeg ze.

'Dat leg ik je later wel uit,' zei Elie.

'Wonen hier nog meer kinderen?' vroeg ze.

'Dat leg ik je ook nog wel uit.'

Maria keek naar de enorme deur van het hoofdvertrek en lachte toen Parvis Nafissian naar buiten kwam. Elie duwde haar verder naar het witte huis waar Lars bij de perenboom stond. Niets zeggen, mimede ze naar hem.

Zodra ze Maria zag, sloot Talia haar in haar armen en merkte op hoe groot ze was geworden. Ze raakte de sneeuw aan op Maria's jas en zei dat ze echt weer had meegebracht. Maria lachte en zei dat echt weer naar haar was toe gekomen. Ze omhelsde Mikhail, keek naar de kamer en zag toen een spiegel.

'Ik heb mezelf al vijf maanden niet gezien,' zei ze.

Aanvankelijk had Talia het jongetje in Elies armen niet opgemerkt. Maar toen ze hem zag, duurde het nog geen hartslag voordat ze hem ook omhelsde.

'Dit is Dimitri,' zei Elie.

'Waar kom jij vandaan?' vroeg Talia aan Dimitri.

'Wil je dat vertellen?' vroeg Elie.

Dimitri schudde zijn hoofd.

'Uit een kast op dat onderduikadres,' zei Elie. 'Er is niemand voor hem gekomen.'

Ze ging op de bank zitten en wikkelde de deken van hem af. Dimitri kroop achter haar weg, als een muis in een holletje.

'Hij moet wat eten,' zei Talia.

'Ze moeten allebei wat eten,' zei Elie.

Maria draaide rondjes, liep naar het raam en keek naar de bevroren hemel met zijn maan en sterren. 'Dit is een magische plek,' zei ze.

Al snel heerste er kalmte, alsof de kinderen er altijd al hadden gewoond. Talia haalde aardappelsoep uit de gemeenschappelijke keuken. Mikhail vertelde Dimitri een sprookje. Maria stond voor de spiegel en draaide haar haren in een knot. Ze wilde weten wanneer ze de sneeuw weer kon zien en was teleurgesteld toen Mikhail zei: 'morgen.'

116

De rust deed Elie denken aan haar eigen familie 's avonds, wanneer ze breiden, lazen, of huiswerk maakten. En terwijl ze zich koesterde in deze kalmte, bedacht ze wat ze tegen Lodenstein zou kunnen zeggen: ze had de kinderen in het bos gevonden. Of in de jeep bij terugkomst van haar strooptocht. Of een vrouw op de markt had haar gesmeekt ze mee te nemen. Elk verhaal leek beter dan het vorige. Verreweg het beste verhaal was dat ze de kinderen had aangetroffen onder een hek bij het treinstation. Terwijl Elie haar verhaal oppoetste, hoorde ze iemand op de ruit kloppen en zag ze Stumpfs grote gezicht voor het raam. Ze zette Dimitri bij Mikhail op schoot en rende naar buiten.

'Wat doet die jongen daar!' schreeuwde hij. 'Je zou er toch maar één meenemen?'

'En de ander laten barsten?'

'De deal was voor één kind,' zei Stumpf.

'De deal? Ik dacht dat we levens aan het redden waren,' zei Elie.

'Ik bedoel, we hebben alles georganiseerd voor slechts één kind,' zei Stumpf.

'Hoe bedoel je georganiseerd? Zoals de post in jouw kantoor?'

Stumpf sloeg wat slokken schnaps achterover en wuifde met zijn handen naar het hoofdvertrek. 'Het is hier een kippenhok,' zei hij. 'We hebben geen plaats voor nog een kind.'

'Dat jongetje had minstens een dag in zijn eentje op dat onderduikadres gezeten,' zei Elie.

'Des te meer reden om hem daar te laten.' Stumpf ijsbeerde en leek na te denken. Uiteindelijk zei hij: 'Ik wil niets met hem te maken hebben. Hij is van jou.'

'Ik zou het niet anders willen.'

Achter hem klonk een doffe dreun: Lodenstein liet een schaakbord vallen.

'Dus dit heb je meegenomen van de buitenpost,' schreeuwde hij naar Elie.

'Ik heb haar gezegd zich er niet mee te bemoeien,' zei Stumpf.

'Bek dicht,' zei Lodenstein.

Hij trapte tegen een bank. Talia rukte aan Maria, die uit het raam stond te kijken.

'Ik wist dat het een slecht plan was,' zei Stumpf.

'Ik wil geen woord van jou horen,' zei Lodenstein. 'Jullie twee hebben dit achter mijn rug gedaan.'

'Dat hebben we niet,' zei Elie.

Lodenstein pakte een pot met kunstrozen en smeet die aan diggelen.

'Is twee vluchtelingen meebrengen soms hetzelfde als post meebrengen?'

Elie trapte tegen een scherf. 'Ik wil er nu niet over praten,' zei ze. 'Je gaat tekeer als een beest.'

Ze liep het huis van de Solomons binnen en sloeg de deur zo hard dicht dat de namaakperenboom ervan schudde.

'Ik heb het voor Elie gedaan,' zei Stumpf toen Elie weg was. 'En de deal was voor één kind.'

'Hoe bedoel je, deal?' vroeg Lodenstein.

'Ik bedoel dat het voor Elie was,' zei Stumpf. 'Ze heeft een goed hart maar ze denkt niet na. Hier, neem wat schnaps.'

'Ik wil geen schnaps. Ik wil weten wat er aan de hand is.'

'Elie is naar een stad gegaan en heeft ze meegenomen. Ik zal ervoor zorgen dat ze hen terugbrengt.'

'Je bent een leugenaar en een imbeciel.'

'Schreeuw niet zo! Dit is een persoonlijke kwestie.'

'Wat nou, kwestie.' Lodenstein raapte het schaakbord op en hield het boven Stumpfs hoofd.

'Ik zou zo je schedel kunnen inslaan,' zei hij, 'en niemand zou het merken. Zo'n stom rund ben je.'

De tic boven Stumpfs oog begon te trekken.

'Alsjeblieft!' zei hij. 'De muren hebben oren!'

En alle Schrijvers spitsten inderdaad hun oren. Er ging niks boven een flinke ruzie. Misschien zou Lodenstein Stumpf vermoorden, dan konden ze hem in het bos begraven.

'Ik zei al dat er heibel van zou komen,' zei Ferdinand La Toya.
'Misschien is er geen heibel,' zei Parvis Nafissian.
'Neem maar van mij aan dat er heibel is,' zei La Toya. 'We hadden dic brief toch moeten schrijven.'

Binnen de kortste keren klonk het gekletter van pannen door de Bunker – Stumpf, die zich te buiten ging aan worst om zijn angst te sussen. Elie begroef haar gezicht in de bank van de Solomons.

'Wat is dit voor een plek?' vroeg het meisje.

'Iemands verzinsel,' zei Mikhail.

'Maar leven mensen hier echt?' vroeg Maria.

'Bij wijze van spreken,' zei Mikhail.

'Waar slapen ze dan?'

'Voornamelijk in een grote kamer,' zei Talia. 'Maar jij slaapt hier.'

'Mag ik die kamer zien?' vroeg Maria.

'Morgen,' zei Mikhail.

'Ik wou dat ik hem nu mocht zien.'

Talia en Mikhail keken elkaar teleurgesteld aan. Maria, die de laatste keer dat ze haar hadden gezien negen was geweest, deed hen denken aan hoe Aaron was geweest voordat ze naar Lodz waren gegaan: gefascineerd door de wereld, hoe die wereld ook mocht zijn, en niet erg geïnteresseerd in hen.

Elie wendde zich tot Dimitri. 'Wil jij de kamer ook zien?'

'Nee,' zei hij. Het was het eerste woord dat hij had gezegd.

Elie was blij dat hij iets had gezegd. Ze kuste hem en vroeg: 'Waarom niet?'

'Omdat dit zo zacht is,' zei Dimitri, terwijl hij over een kussen aaide.

Talia en Mikhail keken ongemakkelijk. Toen zei Talia: 'Hij is zo klein. Jullie kunnen vannacht wel met z'n tweeën op de bank slapen.'

'Ik vind het niet erg om in die grote kamer te slapen,' zei Maria.

'En daar is altijd plek voor een extra Schrijver,' zei Elie.

Mikhail lachte. 'Altijd plek voor een extra Schrijver?' zei hij. 'Nu klink je als het Rijk.'

'Maar ik denk niet als het Rijk,' zei Elie. Ze omhelsde Dimitri en zei tegen Talia en Mikhail dat ze hem bij haar moesten brengen als hij bang was.

'Verlies Maria niet uit het oog,' mimede Talia.

'Dat zal ik niet doen,' mimede ze terug.

Terwijl ze over de keienstraat liepen, wees Elie naar het bevroren hemelgewelf en zei tegen Maria dat ze zich geen zorgen moest maken over het gekreun van katrollen en takels – dat is gewoon de hemel die van nacht in dag verandert en weer terug. Maria antwoordde dat ze zich alleen zorgen maakte over het geluid van geweerschoten.

Al bijna een jaar was er geen nieuwkomer meer geweest en Maria kreeg een staande ovatie van Parvis Nafissian, Niles Schopenhauer en een man die Knut Grossheimer heette en nooit een woord met iemand wisselde. Toen het geklap ophield, nam Elie Maria weer mee de straat op en vroeg of ze wel eens had gehoord van *French letters*, zoals condooms doorgaans werden genoemd. Maria zei dat ze er een paar had gekregen van een soldaat die haar uit de rij voor de gaskamers had weggerukt, maar dat ze er maar één had hoeven gebruiken.

Dus zo heeft ze zichzelf gered, dacht Elie. Ze nam Maria mee naar haar bureau, liet haar zien waar ze ze in de bovenste la kon vinden, en drukte haar op het hart ze altijd te gebruiken. Maria knikte en keek naar de muur.

'Wat is dat allemaal?'

'Een uitdragerij,' zei Elie. Ze haalde een blauwe jas tevoorschijn en hield die bij Maria's gezicht.

'Kijk,' zei ze. 'Deze jas heeft de kleur van water. Die zou je heel mooi staan.'

Maar Maria – die plotseling leek te zijn teruggekeerd naar het moment waarop ze zag hoe haar ouders naar de gaskamers werden geleid – zei dat ze niets moois wilde hebben. Ze zag er heel jong uit en het leek of ze op het punt stond te gaan huilen. Parvis Nafissian kwam zachtjes aan gelopen, pakte met een zwaai de jas aan van Elie en legde die om Maria's schouders.

'Je bent meer dan mooi,' zei hij tegen haar.

'Parvis,' zei Elie. 'Ze heeft al genoeg meegemaakt.'

'Dat vind ik ook,' zei La Toya.

'Wat heb jij ermee te maken?' vroeg Gitka.

'Hij ontneemt haar haar onschuld,' zei La Toya.

'Die onschuld zat in een vernietigingskamp als-ie niet al eerder was afgenomen,' zei Gitka. Ze hield haar bontjas open en toonde La Toya een zwart, kanten corselet, delicaat opengewerkt. La Toya wendde zijn blik af, en Elie herinnerde zich – niet zonder pijn – dat ze Gitka's corselet van de beste korsettennaaister in Berlijn had gekregen, als dank omdat ze haar zoon naar Zwitserland had gesmokkeld. Ze duwde de telescoop opzij en pakte wat dikke bontjassen om een bed te maken voor Maria en haarzelf.

'Waar komen al die jassen vandaan?' vroeg Maria.

Elie aarzelde en zei toen: 'Van mensen die minder geluk hadden.'

De Schrijvers maakten zich klaar voor de nacht. Een paar die niet de loterij voor Elies oude kamer hadden gewonnen begonnen bureaus tegen elkaar te schuiven zodat in nauwe tunnels de liefde kon worden bedreven. Er klonk gekras, gebons, gedwarrel van papier, en 'Verdomme! Maar beter dan een bed in Auschwitz'.

Elie zonk weg in een dikke laag jassen en zat met haar armen om Maria heen. De ene na de andere lamp ging uit totdat de hele kamer donker was.

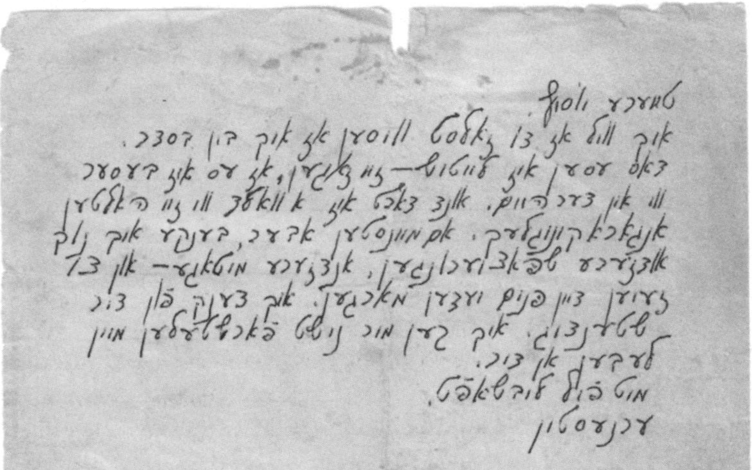

Lieve Joseph,

Ik wil dat je weet dat ik het goed maak. Het eten is prima – beter dan thuis, zo wordt gezegd. En er is een bos waar ze angorakonijnen houden. Maar wat ik vooral mis is samen wandelen, samen eten – en 's ochtends je gezicht zien. Ik denk constant aan je. Ik kan me een leven zonder jou niet voorstellen.

Heel veel liefs,
Ernestine

*M*idden in de nacht verliet Elie de Schrijvers die op bureaus en in tunnels lagen te slapen en klopte op de deur van de Solomons. Dimitri lag te slapen op de fluwelen bank, half onder een witte gehaakte sprei. Talia lag te slapen in de nis. En de eeuwige halvemaan scheen buiten het raam. Elie trok de sprei over Dimitri heen en kreeg een vredig gevoel. Totdat ze op de bijzettafel een schaakspel zag staan.

'Was Gerhardt hier?' vroeg ze aan Mikhail.

'Hij hield zich vijf zetten goed en ontplofte toen. Hij zei dat hij Maria zou hebben gehaald als ik het hem had gevraagd. Slaapt ze?'

'Anders zou ik hier nu niet zijn,' zei Elie. 'Ze kreeg trouwens een staande ovatie. Ze is een beeldschoon meisje. Dat is haar redding geweest.'

'Dat weet ik,' zei Mikhail.

'En Gerhardt heeft gelijk,' zei Elie. 'Hij zou haar hebben gehaald als je hem dat had gevraagd.'

'Ook dat weet ik,' zei Mikhail.

'Maar in plaats daarvan heb je een deal gesloten met Stumpf.'

'Hoe weet je dat zo zeker?'

'Omdat Stumpf mij heeft gevraagd Maria te halen. En hij heeft me alles verteld.'

Mikhail zette een lantaarn recht en bladerde door een Duits woordenboek.

'Is dat alles wat je erover gaat zeggen?' vroeg Elie.

'Ik moest mijn nichtje redden,' zei Mikhail. 'Dus ik heb mijn tanden moeten laten zien.'

'Zeg maar gerust je slagtanden,' zei Elie, 'dat is wel nodig bij een dwaas als Stumpf.'

Ze keken elkaar vlak aan, niet zonder wrok. Elie, gedwongen om te reizen, niet in staat te stoppen met mensen redden; Mikhail, afgezonderd, nauwelijks in staat zijn eigen nichtje te redden. Elie liep naar het raam en stak een sigaret op. Toen zei ze: 'Ik ben blij dat ik Maria heb kunnen redden. Maar nu wil ik een gunst van jou.'

'In ruil voor het redden van een kind? Wat bezielt je?'

'Ik wil dat je een brief schrijft die Asher Englehardt nooit zou schrijven,' zei Elie, alsof Mikhail niets had gezegd. 'Een brief aan Martin Heidegger waaruit niet wijs te worden is.'

'Dat was de opdracht niet.'

'Je bent nooit Goebbels' marionet geweest, dus wees dan ook niet Englehardts buikspreker.'

'Dit is een brief, geen circusnummer.'

'Een circusnummer is precies wat het Rijk wil,' zei Elie.

'Ik ben niet van plan te spotten met Heideggers intelligentie,' zei Mikhail. 'Of die van mijzelf, trouwens. Weet je wat hij heeft geschreven? Je ziet een schilderij dat scheef hangt en valt uit de vertrouwde wereld. Dat getuigt van een opmerkelijke geest, zelfs al is hij een nazi.'

'Ik weet alles van die scheef hangende schilderijen,' zei Elie. 'Maar ik heb Maria voor je gehaald. Als je iets schrijft wat Asher Englehardt nooit zou schrijven, zal Heidegger dat doorhebben en stennis trappen om hem te vinden.'

'Sinds wanneer weet jij wat er in Heideggers hoofd omgaat?'

Elie aarzelde. 'Niet doorvertellen,' zei ze, 'maar ik kende hem in Freiburg. En iedereen wist dat Asher Englehardt en hij goede vrienden waren. Asher had een zoon. Die zal inmiddels wel zeventien zijn.'

'Een kind dus nog,' zei Mikhail.

'Ongeveer zo oud als Maria,' zei Elie.

Ze stak haar hand in haar zak en liet Mikhail de foto's zien van Asher Englehardts zaak en van Heidegger en Englehardt in het Zwarte Woud. De bergen en buitenlucht hadden iets onwezenlijks in de krappe, donkere kamer.

'Je mag het nooit doorvertellen,' zei ze nogmaals.

Mikhails blik werd mild. 'Natuurlijk doe ik dat niet,' zei hij. 'Maar we kennen allemaal wel een beroemde zonderling binnen de Partij. Ik kan er wel honderd noemen, en die hebben niemand geholpen. Heidegger is niet anders. En hij is niet meer geliefd binnen de Partij.'

'Hij krijgt nog steeds zijn zin,' zei Elie.

'Misschien wel,' zei Mikhail. 'Maar de brief die je me wilt laten schrijven kan de hele boel opblazen.'

'De brief die je Stumpf hebt beloofd ook.'

Elie hield een glazen presse-papier bij een lantaarn. En terwijl het licht zich over de muur verstrooide, vertelde ze Mikhail over de Engel van Auschwitz. Het verhaal vulde de kamer met een allesoverheersende aanwezigheid – eventjes maar.

'In Lodz gonsde het van dergelijke geruchten,' zei Mikhail. 'Daar kwam echter nooit wat van uit.'

'Maar ik heb je Maria gebracht,' zei Elie. 'Ze ligt nu te slapen in het hoofdvertrek.'

'Jij kon Maria redden omdat ze haar nog niet hadden gevonden,' zei Mikhail. 'Iemand uit Auschwitz weghalen is een droom.'

'Zonder mij zou Maria hier niet zijn. En nu kunnen we deze orders aangrijpen om twee levens te redden.'

Elie liep naar de boekenkast en pakte er een foto uit. Het was een foto van Mikhails zoon Aaron.

'Iedere redding heeft zin.'

'Niet als mensen al dood zijn,' zei Mikhail.

Er werd op de deur geklopt; het was Lars, die klaar stond om Mikhail mee naar buiten te nemen om naar de hemel te kijken.

'Je kunt niet de hele wereld redden,' zei Mikhail terwijl hij opstond.

Elie liep in haar eentje onder de bevroren sterren en ging nog even kijken bij Maria, die er jonger en kleiner uitzag onder de stapel jassen. Toen nam ze de mijnlift naar de kamer die ze met Lodenstein deelde. Hij zat aan de wodka en mishandelde zijn patiencekaarten door ze op de grond te smijten. Elie bleef een moment bij de deur naar hem staan kijken. Toen zei ze: 'Dus je praat niet tegen me.'

'Waarom zou ik?' zei Lodenstein. 'Je hebt achter mijn rug om met

Stumpf gepraat en twee vluchtelingen gehaald.'

'Het spijt me,' zei Elie zachtjes. 'Ik had te weinig tijd.'

'Maar genoeg tijd om mij je koordje te laten vastknopen. Daar was ik goed genoeg voor.'

'Gerhardt, alsjeblieft. Ik heb twee kinderen gered. Daar gaat het om.'

'Waarom was Stumpf er dan bij betrokken? Hij geeft niets om mensen redden. Waarom heb je het mij niet gevraagd? Waarom heb je mij er buiten gelaten? Je hebt ons allemaal in gevaar gebracht.'

Elie ging op het bed zitten en legde haar hand op zijn arm.

'Omdat het allemaal te snel ging,' zei ze.

Lodenstein scheurde een van zijn kaarten doormidden.

'Je geeft nooit antwoord,' zei hij. 'Ik weet nooit wie je bent. Misschien zijn er inderdaad wel twee Elies.'

'Het is Mikhails nichtje, Gerhardt. Hij was in alle staten. En het jongetje trof ik alleen aan op dat onderduikadres.'

'Je hebt tegen me gelogen, Elie. En als ik de buitenpost had gebeld omdat ik dacht dat je daar was, waren we misschien wel allemaal doodgeschoten.'

Hij stond op en haalde een van de kastladen leeg. Dassen, hemden en sokken vlogen door de kamer. Toen de la leeg was, rukte hij hem uit de kast en smeet hem tegen de muur.

'Hoe heb je kunnen samenspannen met die klootzak? Hoe is het ooit in je opgekomen?'

'Zo is het niet gegaan.'

'Hoe is het dan wel gegaan?'

'Mikhail was in alle staten.'

'Dat heb je al gezegd.'

Lodenstein smeet het matras op de grond. De grijze quilt lag er verfomfaaid naast. Hij trok een verweerde hutkoffer open, pakte er een wolkam uit en sloeg die stuk op een stoel.

'Niet doen!' riep Elie. 'Die is voor in ons huis na de oorlog.'

'Welk huis? Ze zullen ons doodschieten omdat we vluchtelingen verbergen.'

'Niemand zal erachter komen.'

'En wat als ze er wel achter komen?'

'We kunnen de kinderen verstoppen. En het waren niet jouw orders.'

'Van wie dan wel? Stumpf? Die kan geen orders geven. Heb je hem gechanteerd zodat je weer iemand kon redden?'

'Ben je gek?'

'Waarom heb je het me dan niet verteld?'

'Dat kan ik niet uitleggen.'

'Dat kun je nooit.'

Elie begon het matras terug te slepen naar het bed, maar bleef halverwege staan.

'Ik ga beneden slapen,' zei ze.

'Daar heb je geen bed.'

'Hier ook niet. Ik slaap wel op jassen.'

'Neem die van mij maar. Die is warm.'

'Ik moet die rotjas van je niet. Ik moet helemaal niets van je.'

Pieter,

Dici che stai bene, ma non abbiamo un vero indirizzo, solo quello di un ufficio di Berlino. Per favore, dimmi dove sei.

Ti amo, mi manchi,
Eleanora

Pieter,

Ze zeggen dat je het goed maakt, maar een echt adres heb ik niet van je – alleen maar een kantoor in Berlijn. Zeg me alsjeblieft waar je bent.

Ik hou van je, ik mis je,
Eleanora

*M*ikhail had misschien wel nooit de brief geschreven die Elie wilde als de week daarna niet nog meer nachtlopers waren opgedoken. Dit was de benaming voor vluchtelingen die 's nachts onder bescherming van het duister liepen en overdag sliepen op onderduikadressen. Ze lieten alles wat ze hadden achter, op de sicraden na die ze in hun kleding konden naaien, en liepen over ongemarkeerde paden naar havens waar een schip ze zou kunnen meenemen naar Denemarken. Een stad in de buurt van de Bunker lag aan zee. Zo nu en dan regelde Elie dat nachtlopers konden overnachten in het voormalige officiersverblijf.

Het was half zes 's ochtends toen een tiental gehavende mensen opdook uit de mijnschacht. Mikhail, die in de keuken thee aan het zetten was, zag hoe ze naar de zonsopgang staarden, een manoeuvre die Hans Ewigkeit niet goed was gelukt; de gele bol kreunde en schommelde aan een katrol en het zilverkleurige koord werd verlicht totdat schijnwerpers de sterren wegwisten. De nachtlopers bleven op een kluitje bij de mijnschacht staan.

'Jullie kunnen daar gaan zitten,' zei Mikhail, terwijl hij naar de banken wees.

'In dit inferno?' vroeg een vrouw die twee mutsen en drie sjaals droeg. 'Straks smelten we.'

Mikhail ging op een van de banken zitten, en toen ze zagen dat hij niet smolt, gingen de nachtlopers ook zitten en begonnen hun kleren af te pellen. Ze droegen jassen met daaronder weer andere jassen, drie of vier truien, extra broeken, rokken, blouses, sokken. Enkele mensen keken naar hun broek- en rokbanden waarin ze juwelen hadden genaaid.

Omdat er gewaarschuwd was dat de ss hen op het spoor was, bleven de nachtlopers een dag extra terwijl Elie een gids vond met een ss-uniform. Ze schaakten, leerden woorden van Droomatoria, en dronken schnaps die Stumpf was vergeten te verstoppen. Op hun laatste avond was er een bescheiden feest en Elie stak kaarsen aan. La Toya bereidde een pittige aardappelsoep. Lodenstein sprak een toost uit. Na de maaltijd bleven mensen in het hoofdvertrek zitten praten. Eerst gingen de gesprekken over de oorlog, over hoe moeilijk het was om vervalsers te vinden en hoe verbazingwekkend het was dat mensen nog steeds geloofden dat de vergassingen geruchten waren. Uiteindelijk ging het over vrienden die zonder waarschuwing waren verdwenen en kinderen die nooit thuis waren gekomen uit school. Een man vertelde over hoe hij had gezien dat zijn dochter midden op straat werd doodgeslagen.

'Je moet niet denken aan die dingen,' zei Sophie Nachtgarten.

'Jij hebt makkelijk praten,' zei de vrouw die de Bunker een inferno had genoemd. 'Jullie leiden hier een beschermd leventje.'

'Ook weer niet zo beschermd,' zei Sophie.

'Beschermd genoeg,' zei de vrouw. 'Mijn oom was zeventig, en de ss heeft hem zo tegen zijn winkelruit gesmeten; hij leek net een vogel die tegen een raam vloog. Toen hebben ze hem doodgeschoten.'

Toen de gids met het ss-uniform kwam, vertrokken de nachtlopers, en de Schrijvers haastten zich om te gaan slapen. Maar Elie en Mikhail bleven op en keken naar de kaarsen. Toen die begonnen te sputteren, legde Mikhail zijn hand op Elies arm.

'Ik zal de brief schrijven die je wilt,' zei hij. 'Voor Asher Englehardts zoon. En ik zal hem schrijven voor Aaron. Ik schrijf hem ook voor Aaron.'

Droga Matko i Ojcze,

Czy widzieliście mój odjazd z wszystkimi innymi dziećmi?
Mam nadzieję że tak. Widzieliście Łucję? Nigdzie nie czuję
waszej obecności.

Kocham,
Leokadia

Lieve Vader en Moeder,

Heeft u mij zien weggaan met alle andere kinderen? Ik hoop
het. Heeft u Lucia gezien? Ik kan u nergens meer voelen.

Liefs,
Leokadia

*T*alia was geïrriteerd toen Mikhail zei dat hij de brief ging schrijven waar Elie om had gevraagd en dat zij moest oefenen op Ashers handtekening. Ze was een bedreven vervalser en had aan het begin van de oorlog identiteitskaarten gemaakt, maar onderdeel uitmaken van een onbezonnen plan stond haar tegen.

'Hoezo denk je dat een brief iemand vrij kan krijgen?' vroeg ze. 'Of dat ze überhaupt nog leven?'

'Ik moet hem sowieso schrijven. Stumpf blijft me maar lastigvallen en als ik het niet doe, kan het zijn dat hij Maria overdraagt aan de ss.'

'Je kunt mensen niet vrij krijgen uit Auschwitz,' zei Talia. 'Kijk maar wat er met Aaron is gebeurd op het dorpsplein. En Maria hier krijgen was al moeilijk genoeg.'

'Lodz was een getto,' zei Mikhail. 'En misschien klopt het verhaal van de Engel van Auschwitz wel. Hoe dan ook, ik moet iets schrijven. En Elie gaat de brief brengen.'

'Elie is geen Engel van Auschwitz.'

'Ze heeft Maria gehaald,' zei Mikhail. 'En ze weet mensen voor zich te winnen.'

'Vertel mij wat,' zei Talia.

Ze frunnikte aan haar haren; theoretisch gezien zou ze een pruik moeten dragen maar dat had ze nooit gedaan en dat zou ze nu ook zeker niet meer doen. Ze maakte haar haarspeld los en liet de lange rode krullen op haar schouders vallen.

'Dus doe je wat zij wil,' zei ze.

'Stel dat Aaron was gered met een brief?'

'Maar dat is niet gebeurd,' zei Talia. 'En een vel papier kan nooit een kogel stoppen.'

Terwijl Talia Ashers handtekening bestudeerde op het recept van Heideggers bril, begon Mikhail na te denken over Heideggers opgetogenheid – of, beter gezegd, over wat hem een slecht humeur zou bezorgen. Deze gedachten begonnen iedere minuut van de dag te beheersen. Toen hij naar de sterren ging kijken, sprak hij nauwelijks met Lars. En toen hij weer beneden kwam, las hij Heideggers brief aan Asher nogmaals en ontrafelde hij met een Duits woordenboek de etymologie die volgens Sophie Nachtgarten onzin was.

Stumpf had hem het woordenboek gegeven. Hij had gezegd dat er meer woorden in stonden dan in welk woordenboek ter wereld ook, en Mikhail raakte zo geobsedeerd door ieder woord van Heideggers brief, dat hij hem begon te geloven: Heidegger speelde met het woord 'entfernen' – afstand nemen – als in 'ik heb afstand genomen van het geschil'. Vanuit 'entfernen' had hij 'ent-fernen' bedacht, wat Mikhail opvatte als 'het opheffen van afstand, ont-verren'. Het amuseerde hem dat Heidegger met woorden speelde. Het deed hem denken aan redeneringen in de Talmoed.

Vanavond keek Mikhail naar de verlamde horizon buiten zijn raam en zag Aries en Chiron en de Poolster in een hemel die niet echt was. Het riep bij hem hetzelfde gevoel op als de keer dat hij een aardappelkar had zien omvallen in Kraków, waardoor de straat was veranderd in een groentebak. Hij had zich heel even niet meer kunnen herinneren waartoe straten dienden – een ogenblik zonder wegwijzers of houvast. Zo moest Heidegger zich hebben gevoeld toen hij zijn bril niet herkende.

Mikhail stak een sigaret op en wuifde rook weg bij de bank waarop Dimitri lag te slapen. Hoeveel mensen hadden deze kwestie overdacht op de manier waarop Heidegger dat had gedaan? En had Heidegger enig idee van de gaskamers wanneer hij tirades afstak over mensen die geen begrip hadden van het Wezen van machines en technologie?

Hij bleef een hele tijd bij het raam staan, probeerde zich de brief voor te stellen die Asher Englehardt zou schrijven, en de brief die Asher Englehardt nooit zou schrijven. De eerste zou diepzinnig en intelligent zijn. De tweede zou onzinnig zijn.

Hij wilde de eerste schrijven, al was het maar om door zijn ondraaglijke gevoel van isolement heen een andere geest te bereiken. Maar hij wist dat hij de tweede moest schrijven, omdat die Ashers zoon zou kunnen redden, die – mocht hij nog in leven zijn – doodsangsten moest uitstaan. Hij herinnerde zich Aarons ogen vlak voordat hij was doodgeschoten en verving die door een herinnering aan een negenjarige Aaron nadat hij modder had gegooid tegen mevrouw Merciers portiek. Hij was trillend thuisgekomen, en Mikhail had gezegd: 'Wees maar niet bang, mevrouw Mercier gilt graag.'

Behalve het woordenboek had Stumpf hem ook een typemachine gegeven, een Adler. Mikhail begon te typen, waarbij hij etymologie achterwege liet omdat hij geen onzin wilde maken van 'entfernen'.

Terwijl hij schreef, hoorde Mikhail een voortdurend geruis in het hoofdvertrek. Het leek met zichzelf te praten, alsof het een eeuwigdurend gesprek oppakte dat overdag niet mogelijk was. Misschien klaagde het over de geur van inkt en aarde. Of misschien maakte het zich zorgen over de missie van de Bunker. Hij hoorde ook gemompel dat als een seance klonk. Stumpf had hem verteld dat hij een knopenmaker uit de negentiende eeuw ging oproepen. 'Een van de respectabele doden,' zoals hij zei.

Mikhail peinsde toen hij bij het gedeelte van Heideggers brief kwam dat over het Wezen van machines ging. In Kraków had hij een oude Renault gehad die om de haverklap kapot ging. De auto bestuurde zijn leven in plaats van dat hij de auto bestuurde.

Maar over een auto schrijven kon hij niet omdat hij niet wist of Asher Englehardt er ooit een had gehad. En verder kon hij alleen maar denken aan de gaskamers. Dus schreef hij niet over machines. In plaats daarvan leefde hij zich uit door wat te schrijven over etymologie. Toen verzon hij een denkbeeldige tekst uit de Talmoed; het grootste gedeelte streepte hij echter weer door omdat hij vond dat hij de Talmoed erbuiten moest laten. Niet dat hij nog ergens in geloofde.

Toen hij klaar was, las hij de brief nog een keer door en zag dat hij gepast bespottelijk was. 'De verborgen brief,' schreef hij in zijn gecodeerde notitieboekje. 'De woorden die we slechts dromen.'

'Wat een onzin allemaal,' zei Talia toen ze de brief las.

'Misschien betekent het de redding van een kind,' zei Mikhail.

'Ik heb er genoeg van andermans kinderen te redden,' zei Talia. Ze trok de brief naar zich toe en kopieerde Ashers handtekening. Zijn achternaam liet ze achterwege omdat Heidegger slechts met 'Martin' had ondertekend.

Terwijl Talia schreef, was Mikhail zich bewust van Dimitri's rustige ademhaling op de bank, het geruis in het hoofdvertrek en het gemompel van de seance. Plotseling klonk er geschutvuur, gevolgd door een reeks stemmen die 'stilte' en 'gebruik verdomme je pen' riepen. Het was La Toya, die van plan was na de oorlog zijn memoires te publiceren.

Toen was het stil en was het gemompel opgehouden. Sonia's prachtige achterwerk had Stumpf ongetwijfeld afgeleid, en Mikhail overwoog even hem niet eerst de brief te laten zien maar die direct aan Elie te geven. Aan de andere kant hing Stumpf de hele tijd bij hem rond. En hij had Maria helpen redden, ook al had Elie het echte werk gedaan.

'Wat een onzin,' zei Talia weer toen ze klaar was.

Mikhail antwoordde dat het ook als onzin was bedoeld en nam de brief mee naar boven naar de schoenendoos. Hij hoorde de zeven grendels schuiven en stapte een kamer binnen die doortrokken was van wierook. Stumpf was zo in zijn nopjes met de volstrekte onbegrijpelijkheid van de brief dat hij Sonia achterliet en Mikhail naar de keienstraat vergezelde. Lars, die Mikhail zou meenemen om naar de sterren te kijken, kwam aanrennen.

'Het is goed zo,' zei Mikhail. 'Vanavond ga ik met Stumpf.'

Mikhail en Stumpf liepen over de open plek, waarbij ijs onder hun schoenen kraakte. Stumpf sjokte de trap van de wachttoren op en Mikhail volgde hem. De sterren waren buitengewoon helder.

'Wat zie je?' vroeg Stumpf.

'Een wereld om uit te vallen,' zei Mikhail.

'Hoe bedoel je?' zei Stumpf. 'De wereld is hier.' Hij gebaarde van het platform de verte in. 'Je wordt omringd door bos. Duitsland – het vaderland.'

Hij bleef maar naar het bos wijzen, alsof het hem toebehoorde. Toen zei hij: 'Het is een prachtige brief. Ik zal hem zelf afgeven.' 'Nog niet,' zei Mikhail, terwijl hij hem terugpakte. 'Talia moet Ashers achternaam er nog bij schrijven. Anders trapt Heidegger er niet in.'

'Maar het waren vrienden,' zei Stumpf.

Mikhail negeerde hem en liep terug naar de herdershut, hij snelde door het verlaagde deel, met Stumpf hijgend achter zich aan. Toen ze de straat waren uit gelopen en bij de perenboom aankwamen, pakte Stumpf het woordenboek van de bank.

'Je hebt hier goed gebruik van gemaakt,' zei hij.

Mikhail knikte en opende de deur. Binnen enkele seconden voelde hij hoe het woordenboek met een klap op zijn hoofd neerkwam en de brief uit zijn handen werd gegrist. Tegen de tijd dat Stumpf naar het hoofdvertrek was gerend en de doos met brillen van Elies bureau had gegraaid, had Mikhail het bewustzijn verloren. Hij hoorde niet hoe Dimitri schreeuwde. Hij wist niet dat Lodenstein achter Stumpf aan rende en hem probeerde te verhinderen weg te rijden over de lange, smalle weg.

Het Zwarte
Woud

Beste Martin,

Ik heb je brief met veel interesse gelezen en wat gedachten gewijd aan het woord 'ent-fernen'. Je bent duidelijk nog steeds gepreoccupeerd met het element van afstand nemen van voorwerpen om ze te kunnen zien, een preoccupatie die ik uiteraard deel. Wanneer we voorwerpen niet zien als voor ons gebruik aanwezig, zien we ze op een andere manier, zoals iemand uit een andere cultuur ze wellicht zou bekijken. En in dit kader is het woord 'ent-fernen' uitermate interessant.

Desondanks vrees ik dat je met bladeren aan de bomen speelt terwijl je naar het bos zou moeten kijken. (En uitgerekend jij zou kennis moeten hebben van bossen!) Het mysterie van het Wezen, gevonden in het vallen door de paden, is in deze tijd van het allergrootste belang. En paden kunnen abstract worden tenzij het echte paden zijn, en je die daadwerkelijk bewandelt. Ik moet je vertellen dat ik onlangs een oude tekst heb aangetroffen (in de Zohar nota bene!), waarin wordt gesproken over het Mysterie van de Driehoek, en om de een of andere reden heeft die mijn aandacht getrokken. De tekst luidt als volgt:

'De driehoek is de meest paradoxale der menselijke betrekkingen. Het geheim van alle verbintenissen en een aanleiding voor verraad. De driehoek is een ware beproeving voor het menselijk hart omdat hij het vermogen bezit ongelofelijke goedheid tot stand te brengen en ongelofelijk verdriet te veroorzaken, alsmede te leiden tot een gemoedstoestand van zowel extase als waanzin. Een integere inzet van de driehoek staat in dienst van God.'

Ook al betreft het een archaïsche tekst, volgens mij beantwoordt hij aan de behoefte aan een goede verstandhouding tussen mensen, vooral in moeilijke tijden. Waar twee dingen zijn, is een derde nodig om de balans te verzekeren. Dit derde ding moet de eerste twee dingen op hun plaats houden zonder echter ooit de energie van hun interactie te verstoren.

Wat poëzie betreft: poëzie kan gevoelens opwekken. En ik denk dat poëzie mensen vaak tot de kern van de beleving brengt. Maar verwijzingen naar etymologie, hoe prachtig de oorsprong ook, gaan vaak aan mensen voorbij.

En je wilt dat ze het begrijpen, Martin, zodat ze op een gevaarlijke rand kunnen geraken waarvandaan ze in een nieuw begrip durven te springen. Dat is wat er met je bril is gebeurd, toch? (Hierbij tref je overigens je nieuwe bril aan.) Jij ervaart hem – voor zover iemand daartoe in staat is – als een voorwerp op zich, en dat moeten we met alles doen, vooral met elkaar.

Je trouwe vriend,
Asher

Stumpf reed als een bezetene, zijn banden gierden over het ijs en een paar kilometer van de Bunker slipte hij in een sneeuwbank. Drie grote tanks met benzine kletterden achter in de jeep tegen elkaar. Stumpf was als de dood dat Lodenstein hem achtervolgde. Hij had geen schep bij zich, dus sleepte hij stenen onder de achterbanden, die hij genadeloos liet ronddraaien totdat de jeep vrij kwam. Een gunstig teken, dacht hij. Goebbels wil vast dat ik vanavond alles aflever.

Maar toen hij bij de hoofdweg aankwam, voelde hij paniek en angst. In zijn haast om weg te komen, zijn opgetogenheid dat hij de brief had weggegrist en de bril had gevonden, was hij vergeten dat het Zwarte Woud zes uur rijden was. Hij had zich ingebeeld dat het een uur rijden was – een rustig ritje in het maanlicht – niet zes uur over een donkere, verlaten weg.

Hij herinnerde zichzelf eraan dat Duitsland een immens land was, dat op het punt stond zelfs nog groter te worden, en dat hij zich bevoorrecht moest voelen dat hij zo'n afstand kon rijden. Maar de uitgesproken verlatenheid van de weg joeg hem angst aan. En steeds weer moest hij denken aan Mikhail die voorover op de grond lag nadat hij hem een klap had gegeven met het woordenboek. Hij zag Mikhails hoofd, halfbedekt door zijn keppeltje, zijn armen slap uitgestrekt over het oosterse tapijt. Hij wist zeker dat hij Mikhail niet vermoord had. Hij wist zeker dat hij hem zelfs geen pijn had gedaan. Niettemin leidde hij zichzelf af door zich voor te stellen hoe hij de brief en de bril het best kon afgeven.

Moest hij '*Heil* Hitler!' zeggen voor- of nadat hij had aangeklopt bij Heideggers hut? En wat als Heidegger hem uitnodigde om binnen te komen? Moest hij dan zeggen dat hij weer door moest of een glas schnaps met hem drinken? Hij was vergeten dat de order luidde alles af te geven zonder een spoor na te laten van waar het vandaan kwam en hij bleef dezelfde alternatieven maar herhalen: naar binnen gaan of weggaan. Zeggen dat hij nog meer missies had of geheimzinnig doen. Goebbels wilde waarschijnlijk dat hij wat zou drinken met Heidegger; hij was een voorstander van omgang met mensen en stond elke dag minstens een uur op het marktplein te praten over Duitslands overwinning. Aan de andere kant, Stumpf had zijn ss-jas vergeten, en het was puur geluk geweest dat hij zijn laarzen droeg, en niet zijn wollen pantoffels, toen hij Mikhail een klap op het hoofd had gegeven en de Bunker uit was gerend. Het beste was 'Heil Hitler!' zeggen en weggaan. En niet te suggereren dat hij nog meer missies had.

Tegen de ochtend begon licht uit de hemel te sijpelen en langs de weg doemden dennen op. De koude, grijze ochtend kwam te dichtbij, en Stumpf zette de auto langs de kant om zich te oriënteren, waarbij hij de sneeuwbanken behoedzaam vermeed. Hij leunde naar achter, begon te dutten en schrok wakker toen hij zijn zak hoorde kraken. Het was Mikhails brief, die nu te verkreukeld was om naar Heidegger te brengen zonder het Derde Rijk te schande te maken. Goddank was hij bij zijn vertrek het Duitse woordenboek blijven vasthouden, dat zou de kreukels gladstrijken. Maar toen hij de bloedspatten op de kaft zag, kreeg hij visioenen van Goebbels' razernij wanneer bleek dat hij Mikhail had doodgeslagen, per slot van rekening een *Echte Jude* – zo belangrijk voor de zaak.

Stumpf stak de brief in het woordenboek zonder naar het bloed te kijken en reed de hoofdweg weer op. Terwijl de zon opkwam, verschenen er meer auto's en de swastika op de Kübelwagen leverde een hoop gezwaai en getoeter op. Door het gezwaai en getoeter voelde Stumpf zich bemoedigd en hij wist zeker dat Goebbels hem zou prijzen. 'Uitstekend,' hoorde hij hem zeggen. 'Uitstekend gedaan.'

Maar toen hij twee uur later aankwam bij het Zwarte Woud en geen richtingaanwijzers vond naar Heideggers hut voelde hij zich ontmoedigd. Hij had een bord met 'Todtnauberg' verwacht zodra hij de hoofdweg af reed. Maar hoe verder hij reed, hoe hoger de dennen werden en hoe zwakker het licht werd, tot hij door het duister werd omhuld. Stumpf herinnerde zich een verhaal over een weg die naar een plek leidde waar het altijd nacht was. Twee boeren hadden over die weg gelopen en waren nooit meer gezien. Hij keerde om – een gevaarlijke manoeuvre. Maar ook de open weg maakte hem van slag. Hij had knusse hutjes verwacht omringd door lage bomen. In plaats daarvan waren er grote hutten, ver van elkaar op kale heuvels. De bewoners waren niet onder de indruk van zijn pet toen hij aanklopte en gaven hem zuinige aanwijzingen naar Todtnauberg. Hij reed verder omhoog de sneeuwvelden in tot hij een monsterlijke berghut aantrof met twee zolders, donker houtwerk en een laag overhangend dak. Hier woonde Heidegger.

'Goed gedaan,' hoorde hij Goebbels nogmaals zeggen terwijl hij de hut naderde. Maar zijn stem was nauwelijks hoorbaar. Stumpf snoot zijn neus en sloeg het woordenboek open. Twee uur tussen al die woorden had er niet voor gezorgd dat de kreukels in Mikhails brief waren gladgestreken. Ze waren nog net zo diep als de lijnen in een oude handpalm. En aangezien geen enkel respectabel lid van het Derde Rijk een brief in een dergelijk onooglijke staat zou afgeven, besloot Stumpf alles buiten voor de hut achter te laten en zo snel mogelijk weg te rijden. Hij rommelde in de doos met brillen, ervan overtuigd dat Elie hem er een had laten zien met een labeltje FÜR MARTIN HEIDEGGER, maar kon hem niet vinden. Dus koos hij voor een exemplaar dat hem bekend voorkwam maar dat geen labeltje had. Toen sloop hij naar het huis, waarbij zijn voeten afdrukjes achterlieten in de sneeuw. Voor de donkere deur van de hut lagen drie glibberige treden, en Stumpf besloot geen risico te nemen. Dus legde hij de bril en de brief op een steen en draaide zich om. Hij stond als aan de grond genageld toen een stem riep: 'Wat moet dat daar bij mijn hut?'

Stumpf draaide zich om en zag een kleine, stugge man met zwarte laarzen en een dikke zwarte overall. Dit moest Martin Heidegger zijn.

Heidegger had een wandelstok, waarmee hij voor Stumpfs gezicht heen en weer zwaaide.

'Verklaar je nader,' zei hij.

'Ik kom iets afgeven,' zei Stumpf.

'Wat kom je afgeven?' zei Heidegger.

'Iets belangrijks.'

'Waarom sloop je dan weg, als het zo belangrijk is?'

'Omdat ik nog meer dingen moet afleveren,' zei Stumpf.

'Dat is geen goede reden om zomaar weg te gaan,' zei Heidegger. Hij wees naar de hut alsof Stumpf een hond was. Binnen was het donker – een spelonk die hem zou kunnen opslokken. Stumpf deed een stap naar achter en pakte de bril en de brief.

'Blijf daar niet als een halvegare in de sneeuw staan,' zei Heidegger. Hij pakte Stumpfs arm en sleurde hem mee naar een klein, koud vertrek vol jassen, handschoenen, paraplu's, laarzen en sjaals.

'Leg daar maar neer,' zei hij. Hij wees naar een melkkrukje met drie poten dat thuishoorde in een schuur.

'Dat kan niet,' zei Stumpf. 'Het is te belangrijk.'

'Dan gaan we naar de keuken,' zei Heidegger. Hij loodste Stumpf naar een kamer met lage balken en een bed achter het fornuis. Bij een raam dat flets licht binnenliet stond een tafel. Op de tafel lagen een brood, een paar vorken en Aristoteles' *Metafysica*. Heidegger pakte het op en wuifde ermee naar Stumpf.

'Niets kan tippen aan de Grieken,' zei hij. 'Ik ga terug naar de bron.'

'Ik wil u niet storen,' zei Stumpf.

'Dat heb je al gedaan,' zei Heidegger. 'En al een keer eerder ook, op een bijeenkomst over de aard van het Zijn.'

'Bij zoiets ben ik nooit geweest,' zei Stumpf.

'Dan was het iemand anders van jullie groep', zei Heidegger.

'Ik hoor helemaal niet bij een groep', zei Stumpf.

'Wat is dat dan?' vroeg Heidegger, en hij wees naar het insigne op Stumpfs pet.

'Iets wat bezorgers dragen,' zei Stumpf, die besefte dat hij de pet niet had moeten opzetten.

'Sinds wanneer heeft de ss zijn eigen postdienst?'

Stumpf stond op het punt te zeggen dat dat altijd zo was geweest, maar besefte toen dat hij moest zeggen dat dat nooit zo was geweest. Hij hoorde vervolgens Goebbels zeggen dat hij niets moest zeggen. Hij legde de brief en de bril op de tafel en draaide zich om om weg te lopen. Maar Heidegger greep hem bij zijn schouder.

'Jij gaat met mij een stukje wandelen,' zei hij. 'Ik wil weten waar jullie mee bezig zijn.'

Stumpf zei nogmaals dat hij moest gaan omdat hij nog een missie had. Maar Heidegger lachte.

'Denk maar niet dat je kunt vertrekken zonder nadere uitleg,' zei hij. 'Denk maar niet dat je daarmee wegkomt.'

Hij loodste Stumpf terug naar het koude vertrek en haalde een jas, een groen puntig hoedje met een veer en laarzen tevoorschijn. Alles was voor Heidegger zelf, niet voor Stumpf, die zich nu realiseerde dat Heideggers overall eigenlijk een skipak was. Wie, behalve een gevaarlijk en zonderling persoon, droeg er nou binnenshuis een skipak? dacht hij. Niet iemand met wie je veilig kon gaan wandelen.

Ze verlieten de hut, en Heidegger leidde de weg omhoog een besneeuwde heuvel op.

'Vertel me nu maar eens over je fout,' zei hij.

'Welke fout?' vroeg Stumpf.

'Je weet best welke fout. Die verdomde onderbreking.'

'Ik weet niets van een onderbreking.'

'Natuurlijk wel,' zei Heidegger. 'Jij bent onderdeel van de kudde, en elk dier van de kudde weet van de andere dieren wat ze doen.'

Ze waren aangekomen bij een steiler stukje. Stumpf hield zich vast aan een dennentak om te voorkomen dat hij omviel.

'Ik weet niet wat u bedoelt,' zei hij.

'De Gestapo onderbrak me,' zei Heidegger. 'Ze namen me mee naar de hal. Maakten een hoop ophef. Tijdens een belangrijke internationale bijeenkomst.'

'Ik weet niets van internationale bijeenkomsten.'

'Waarom houdt de Gestapo me dan in de gaten?' vroeg Heidegger.

Stumpf was vergeten dat de Gestapo Heidegger in de gaten hield. Nu was hij ervan overtuigd dat ze zich schuilhielden onder een hoop sneeuw, klaar om hem te bespringen. Hij besloot niets te bevestigen en niets te ontkennen.

'Die verdomde kudde,' vervolgde Heidegger. 'Natuurlijk begrijp je het niet, want je bent een van hen. Een groep neuzen die achter andere neuzen aanloopt. Jullie zijn vergeten waar jullie vandaan komen. Het enige wat jullie kunnen doen is grazen.'

Stumpf had geen flauw benul waar Heidegger het over had en hij kon hem slechts hijgend bijhouden. Ze kwamen aan bij een dennenbosje, wat hem even een beschut gevoel gaf, maar een paar passen verder stonden de dennen dicht opeengepakt en was de lucht haast zwart. Ze kwamen weer bij een open plek in het bos – veel te veel licht. En toen weer in een dichtbegroeid deel waar Heidegger aan de dennentakken schudde en Stumpf onder sneeuw bedolf. Hij ratelde maar door over de bijeenkomst en Stumpf bleef maar zeggen dat de enige bijeenkomsten waar hij iets van wist bijeenkomsten van de Partij waren.

Telkens als ze aankwamen bij een open plek zei Heidegger dat het was als je weg vinden in de filosofie. Telkens als ze aankwamen bij een dennenbosje zei hij dat het was als je weg verliezen. Toen zei hij: 'We bewandelen altijd paden die ons terugbrengen naar waar we verdwalen.'

Stumpf vroeg zich af of dit een paradox was en bromde wat. Tweemaal bleef de veer van Heideggers hoedje achter een tak hangen en moest Stumpf hem losmaken. Hij vroeg zich af wat Heidegger met de veer deed als hij in zijn eentje een wandeling maakte.

Stumpf raakte buiten adem in het donkerste deel van het bos en moest even uitrusten op een boomstam. Hij keek om zich heen of hij wolven zag die zich tussen de dennen schuilhielden. Heidegger sloeg hem op de knie met zijn wandelstok.

'Je hebt me nog niet verteld over de bijeenkomst,' zei hij.

'Ik heb alles verteld wat ik weet,' zei Stumpf.

'En hoe zit het met de Gestapo?'

Stumpf probeerde zich te herinneren waarom de Gestapo Heidegger in de gaten hield. Hij wist zeker dat het er iets mee te maken had dat Heidegger de doelen van de Partij niet respecteerde, maar hij wist ook dat de geringste zinspeling hierop tot grote woede zou leiden bij Heidegger. Dus keek hij naar de dennen en vroeg zich af of zich daar nog andere schepsels schuilhielden behalve wolven; kabouters, bijvoorbeeld, die hem precies het verkeerde zouden laten zeggen. Hij luisterde maar hoorde slechts de wind. Heidegger stond op en trapte tegen de sneeuw.

'Je bent een waardeloze ambtenaar,' zei hij.

Tegen de tijd dat ze terugkwamen bij de hut was de hele wereld vol schaduwen. Stumpf zei dat hij ervandoor moest voor een andere missie, maar Heidegger trok hem mee naar de keuken, waar een blonde vrouw met opgestoken vlechten in een pan soep stond te roeren.

'Moet je dit zien,' zei hij, terwijl hij naar Stumpf wees.

Stumpf zei 'Heil Hitler!' en Elfride Heidegger salueerde zonder zich om te draaien. Toen keek ze hem aan en kneep haar ogen tot spleetjes.

'Wie is dat?' vroeg ze aan Heidegger.

'Een of andere zak van de Partij.'

'Zo moet je niet praten,' zei Elfride. 'En die hoed moet je niet dragen in de sneeuw.' Ze pakte hem van zijn hoofd en streek over de veer. 'Zo gaat-ie kapot,' vervolgde ze. 'Bewaar hem nou tot het voorjaar.'

'Zit niet te zeuren over die hoed,' zei Heidegger. 'Maar moet je dit zien.' Hij liet haar de bril en de brief zien. Elfride Heidegger kneep haar ogen nogmaals tot spleetjes.

'Wat doen jullie?' vroeg ze aan Stumpf.

'Wij geven dingen af,' antwoordde hij.

'Wie is wij?' vroeg ze.

'Een dienst.'

'Je zei dat je niet bij een dienst zat,' zei Heidegger. Hij pakte Aristoteles' *Metafysica* en liep naar een andere kamer.

'Zoek jij maar uit wie hij is,' zei hij tegen Elfride.

Elfride klakte met haar tong en richtte zich weer op haar soep.

'Ga maar zitten,' zei ze tegen Stumpf.

Stumpf wilde niet gaan zitten. De donkere houten meubels en het fletse licht dat door de ruit naar binnen scheen gaven hem het gevoel dat hij buiten de tijd stond; niet de dromerige tijd van seances, maar de verwrongen, onheilspellende tijd van sprookjes. Maar hij voelde zich behekst, net als arme mensen in sprookjes, en ging zitten op een kruk die eveneens drie poten had en thuishoorde in een schuur. Hij keek naar de balken. Hij was ervan overtuigd dat ze op zijn hoofd konden vallen.

Elfride bleef roeren in de soep. 'Bij welke dienst zit je?' vroeg ze. 'Ik ken ze allemaal.'

'Nergens bij.'

'Waarom draag je die kleren dan?'

'Protocol.'

Elfride Heidegger schudde haar hoofd.

'Een uniform is een uniform,' zei ze. 'Iets als protocol bestaat niet.'

Ze rommelde in een kast, zette bij Stumpfs voeten een emmer neer en gaf hem een mes en vijf aardappels.

'Schillen graag', zei ze.

Stumpf schilde gespannen en rommelig en de helft van de schillen belandde op zijn laarzen. Onder het schillen staarde hij naar Elfrides blonde vlechten. Ze leek precies op een vrouw die Frieda heette en met wie hij haast was getrouwd.

Frieda stond vast ook soep te maken, dacht hij, maar in een gewoon huis met fijne meubels. Waarom had hij haar laten gaan en was hij zo verstrengeld geraakt met de burelen? En hoe kon hij zo in vervoering zijn van Sonia, die soms in de semibeslotenheid van de schoenendoos sprongen, pirouetten en arabesken maakte, waarbij ze met haar lichaam vormen maakte die op het alfabet leken, waardoor de letters bijna menselijk werden; beide hielen op haar schouders voor M, een siddering voor s, een buiging achterover voor o, een been tegen haar voorhoofd voor D. Sonia kon alle letters van de wereld worden, zelfs van het cyrillische alfabet. Maar toen hij naar Elfride keek, realiseerde Stumpf zich dat hij altijd vergat dat Sonia een Russische Jodin was en in niets leek op de vrouw met wie hij ooit had willen trouwen.

Terwijl hij de aardappels schilde, sprak Elfride Heidegger over Partijbijeenkomsten waar hij niets vanaf wist omdat hij was veroordeeld tot het leven van een ondergronds wezen, opgesloten in de Bunker. Hij dacht nogmaals aan Frieda, die soep maakte in een keuken zonder bed. Hij wist zeker dat ze vaker naar Partijbijeenkomsten ging dan Elfride en minstens vier kinderen had.

Elfride Heidegger voegde de aardappels toe aan de soep en veegde de schillen van de vloer. 'Heeft Goebbels je gestuurd?' vroeg ze.

'Dat is precies wat ik wil weten,' riep Heidegger vanuit zijn studeerkamer.

Stumpf zei dat hij geen informatie kon prijsgeven maar dat hij als persoonlijk gezant diende. Hij was niet meer dan een schakel tussen belangrijke personages: een boodschapper, een link, een tussenpersoon.

Andrzej,

Wciąż nie ma wiadomości od Ewy i dzieci. Rozmawiałem z
kimś kto może się swobodnie poruszać i mam inne wiadomości.
Spotkaj się ze mną na skraju baraków.

Janusz

Andrzej,

Nog steeds geen nieuws van Ewa en de kinderen. Maar ik
heb gesproken met iemand die zich vrijelijk kan bewegen
en ik heb nog meer nieuws. Kom naar de omheining bij de
barakken.

Janusz

*D*e soep was aardappelsoep met donker brood. Hij was stevig maar lang zo lekker niet als de soep die de Schrijvers maakten. Stumpf dacht aan Parvis Nafissian die met pannen in de weer was, Niles Schopenhauer die aardappels schilde, Gitka Kapusinki die specerijen strooide, Sophie Nachtgarten die het brood erbij deed, en een van de Russen die altijd zei 'maak er nou geen zootje van'. La Toya stopte er altijd iets opmerkelijks in, zoals wodka en kaneel, wat de soep meer smaak gaf, en Elie verraste ze met worst of extra kaas. En plotseling, als een kind dat ver van huis is, miste hij de bedompte ijzerachtige geur en het ondergrondse comfort van de Bunker. Hij miste zelfs de Schrijvers die hem voor de gek hielden en de woordspelletjes die hij niet snapte. Tegelijkertijd miste hij de steeds denkbeeldiger Frieda, die soep opdiende in een behaaglijk huis met gewone meubels. Met andere woorden, hij miste alles tegelijk, en dit bouwde zich in hem op als een blatend lam, ook al kon hij niet huilen. Hij probeerde de uitnodiging om te blijven slapen te ontwijken en was de wanhoop nabij toen Elfride hem van de rechthoekige tafel naar het bed achter het fornuis leidde. Ze zei dat zij met de kippen op stok gingen en opstonden, en dat hij bij het krieken van de dag weer op pad kon zijn. Stumpf stapte in het bed en besefte dat hij de geur van aardappelschillen erger vond dan de bedompte geur van de mijn. De schaduwen van de potten en pannen leken net beren, klaar om te happen als vergelding voor de klap die hij Mikhail op zijn hoofd had gegeven terwijl die zo veel moeite had gedaan om een brief te schrijven.

Stumpf had niet meer bovengronds geslapen sinds het bezoek aan de boerderij van zijn broer in het najaar. Hij lag een tijd roerloos in het kleine bed te luisteren naar het gekuch van de Heideggers en zich er zorgen over te maken dat de ruisende dennen ss'ers waren, die zijn rampzalige bezoek bespioneerden. Hij kroop naar het raam en zag een eenzame den. Maar hij vertrouwde de duisternis niet en zag voordelen van ondergronds slapen. Dat deed de Führer nu zelf ook.

Hij liet zijn gedachten de vrije loop en begon zich een voorstelling te maken van Frieda in een grote slaapkamer zonder haar man, die net als iedere verstandige Duitser naar het front was. Helaas was hij gesneuveld, en Frieda was eenzaam. Stumpf bewoog zijn hand langzaam in de richting van haar borsten toen hij licht uit de eetkamer op het plafond zag flakkeren. Hij hoorde een harde dreun en Heidegger die riep: 'Ik zie niets door deze bril!'

Stumpf kwam overeind en stootte zijn hoofd tegen een pot. Om de een of andere reden waren deze twee mensen, die met de kippen op stok gingen en opstonden, midden in de nacht wakker.

Hij kroop achter het fornuis vandaan. Beide Heideggers zaten aan tafel in hun ochtendjas. Die van hem was donkerbruin, die van haar lichtblauw. Het deed Stumpf denken aan een fries in Himmlers kantoor met twee Griekse goden die zaten te werken. Stumpf vroeg aan Heidegger of hij zeker wist dat hij niets kon zien door de bril, en Heidegger zei dat hij dat natuurlijk zeker wist. Hoe zou hij het niet zeker kunnen weten?

'Goed,' zei Elfride. 'Vertel ons nu maar waar die vandaan komt.'

Stumpf zei dat hij dat niet kon zeggen.

'Waar komt die verdomde brief dan vandaan?' zei Heidegger.

'Een bureau,' zei Stumpf. 'Die geven ons kleinere dingen.'

'Vind jij dit betoog over "ent-fernen" klein? Of dit bespottelijke gedoe met driehoeken?'

'Het Rijk vindt niets klein.'

'Je hoort dus wel bij het Rijk.'

Stumpf herhaalde dat hij een gezant was. En toen zei hij, alsof hij was vergeten wat hij verborgen moest houden, dat Asher Englehardt zijn winkel was kwijtgeraakt, en dat mensen die hun winkel kwijtraken soms vreemde dingen doen. Misschien had Asher de bril gemaakt aan de hand van een verkeerd recept. Of een rare brief geschreven.

Het drong niet tot Heidegger door dat Asher zijn winkel was kwijt-geraakt, maar wel tot Elfride Heidegger.

'Hoe weet je dat?' vroeg ze.

'Dat hebben we gehoord van een bureau,' zei Stumpf.

'Wie is we?'

'Dat kan ik niet zeggen.'

'Ze zeggen nooit iets,' zei Heidegger. Hij stopte de brief in de soep-terrine waar die tussen de aardappelschillen wegzakte. Stumpf viste hem eruit en depte hem droog met zijn mouw.

'Iemand met wie je samenwerkt?' vroeg Elfride.

'Dat mag ik niet zeggen.'

Heidegger sloeg met een dreun op tafel. 'Natuurlijk mag je dat wel!'

Stumpf stond op het punt nader in te gaan op mensen die hun win-kel kwijtraakten. Hij zou vertellen over de papierrommel, over ver-keerd geordende documenten, uitpuilende postzakken. Maar Heideg-gers gedreun en de rinkelende terrine maakten dat hij ver weg wilde zijn van deze donkere, sombere hut, in een straat met zachte verlich-ting waar mensen bontjassen droegen, en de geur van rozenparfum de geur van aarde verdrong. Hij rook de theeroos alsof hij in de Bunker was. Hij zag de lamp op Elies bureau en het rode koordje om haar wit-te arm die de chocola pakte die ze hem altijd gaf. En hij rook de geur die 's winters om haar heen hing – echt weer, geparfumeerde sneeuw.

'Dieter,' hoorde hij haar zeggen. 'Elie,' zei hij hardop. Elfride Heideg-ger sperde haar ogen open.

'Elie,' zei ze, alsof de naam een bijzondere bijklank had. 'Elie.'

Stumpf hield zijn onderkinnen vast. Heidegger keek dreigend naar de soepterrine.

'Ik vraag me af of het die Elie is,' zei Elfride.

'Welke Elie?' vroeg Heidegger.

'Dat loeder dat op mijn feest kwam,' zei Elfride. 'Ik heb haar mijn recept voor Bundkuchen gegeven.'

'Ik weet niet wie u bedoelt,' zei Stumpf.

'Er was een Elie in Freiburg,' zei Elfride. 'De ene dag was ze er nog en de volgende dag was ze verdwenen. Ze heeft zelfs niets gezegd tegen haar hospita. Een van die Arisch ogende Poolse vrouwen met blonde krullen en blauwe ogen. Iedereen zei dat ze was ondergedoken.'

'Er zijn heel wat Elies met blond haar en blauwe ogen,' zei Stumpf.

'En deze Elie komt uit Letland.'

'Er zijn er niet zo veel die zijn verdwenen,' zei Elfride. 'En niet zo veel die rondslopen.'

Stumpf voelde zijn hoofd zwaar worden. Hij liet het op zijn kinnen rusten. Heidegger pakte de brief.

'Vertel ons nu over Asher Englehardt,' zei hij.

'Dat kan ik niet doen.'

'Is hij dood?'

'Nee,' zei Stumpf, die geen idee had.

'Hoe zit het met die andere gezant?' vroeg Heidegger.

Stumpf gaf geen antwoord. Heidegger hield Stumpfs stoel vast bij de biezen zitting en trok hem van de grond.

'Ik wil dat je me meeneemt naar Asher Englehardt,' zei hij. 'Ik wil van hem horen of hij deze absurde brief heeft geschreven.'

'Dat kan ik niet doen. Geloof me, als het kon, deed ik het, maar dat kan ik niet doen.'

'Dan geeft Elfride je aan. En die Elie ook.'

Dreigementen waren aan de orde van de dag, de hele oorlog al. Ze kwamen in de vorm van een knikje met het hoofd, een snauw, een briefje, een revolver in je ribben, een knipoog zelfs.

Stumpf overdacht Heideggers dreigement terwijl Heidegger de stoel in de lucht hield. Hij was ervan overtuigd dat Mikhail een prachtige brief had geschreven, en iedereen had de verkeerde bril kunnen pakken. Aan de andere kant was hij de enige persoon uit de Bunker die door de Heideggers was gezien en hij kon doodgeschoten worden voor het verraden van het project. En ook al dacht Stumpf af en toe dat hij het niet erg zou vinden als ze hem zouden doodschieten, dan was hij nog altijd wel degene die besliste waar en wanneer dat zou gebeuren. Dus hoorde hij zichzelf zeggen wat hij zich nooit had kunnen voorstellen – het ondenkbare, het onuitsprekelijke.

'Ik zal een manier bedenken om u bij Asher Englehardt te brengen.'

Heidegger liet de stoel zakken.

'Wanneer?' vroeg hij.

'Dat kan ik niet zeggen,' zei Stumpf. 'Dat gaat niet zomaar. Ondertussen zal ik Asher een verklaring laten tekenen dat hij de brief heeft geschreven.'

'Ik vertrouw verklaringen niet,' zei Heidegger. 'Ik wil het van hem zelf horen. En ik wil mijn bril.'

'We wachten twee weken, maar niet langer,' zei Elfride.

'Twee weken, dat beloof ik. Mag ik de brief nu?'

'Nee,' zei Elfride, terwijl ze hem in haar badjas stopte. 'We houden alles hier totdat je Martin bij Asher brengt. Een geweldige man, overigens. Je zou nooit denken dat zijn vader Joods was.'

Het plan beviel Heidegger. Hij begon over het Wezen van verloren voorwerpen – zijn bril, in dit geval. 'Of misschien is hij niet verloren,' zei hij. 'Misschien is hij slechts verkeerd opgeborgen, in een la met knopen en bric-à-brac en brieven. En misschien is Asher Englehardt dat ook wel.'

Het feit dat Heidegger het over Asher Englehardt had, maakte Stumpf bang dat hij wist van de kampen. Dat hij het over brieven had, maakte hem bang dat hij wist van de Bunker. Maar het ging niet om de brieven en de kampen. Heidegger bedoelde dat de bril ergens in de wereld was – louter een voorwerp, geen deel van het menselijk leven, zoals hij zijn bril had bekeken toen hij hem niet had herkend.

Heidegger dacht na, Elfride voelde aan haar opgestoken vlechten, en Stumpf herinnerde zich dat er meer dan twintig brillen in zijn jeep lagen. Een daarvan was wellicht die van Heidegger. Maar de gedachte dat hij moest wachten terwijl Heidegger ze paste was ondraaglijk, en hij vertrok zo snel hij kon, waarbij hij een bruin brood meenam dat Elfride hem opdrong met de woorden 'Binnenkort!' en 'Binnen twee weken!'

Eindelijk deed Elfride de deur dicht en Stumpf liep zo haastig het pad af dat hij zijn pet liet vallen. Hij raapte hem op zonder om te kijken, alsof alleen al de aanblik van de hut hem in steen zou veranderen. Hij was verbaasd toen hij de noodlottige doos met brillen en het met bloed bespatte woordenboek zag liggen in de Kübelwagen. Het was alsof hij uit een wereld kwam waar gewone voorwerpen niet bestonden. Hij moest langzaam rijden over de niet geveegde weg, terug door het dennenbos, dat hem nog onheilspellender voorkwam sinds hij behekst was. Wonder boven wonder was de hoofdweg geveegd – een teken van verlossing, daarvan was hij overtuigd. Hij liet zijn longen vol lucht stromen en reed hard door. Het enige wat hij wilde was terug naar zijn kristallen bollen en Sonia die de letters van het alfabet danste. Maar toen hij zich herinnerde dat hij beloofd had Heidegger mee te nemen naar Auschwitz, reed hij zo langzaam dat de Kübelwagen over de weg kroop.

De Engel van
Auschwitz

Droga Marietto,

Wciąż myślę o tobie i czasem widzę twoją twarz patrzącą na mnie z okna mieszkania na przeciwko jednej z naszych ścian. Dzięki bogu że wyjechałaś. Ludzie są podzieleni, zawsze się kłócą i wszyscy są zgodni że za parę miesięcy to getto zobaczy powstanie. Nikt z nas tego nie przeżyje ale to nie ma znaczenia ponieważ teraz i tak nie żyjemy.

Kocham,
Gustaw

Lieve Marietto,

Ik denk constant aan je, en soms beeld ik me in dat ik je gezicht zie dat me aankijkt vanuit het appartement tegenover een van onze muren. Godzijdank ben je vertrokken. Mensen zijn verdeeld, altijd aan het discussiëren, maar iedereen is het erover eens dat dit getto binnen een paar maanden in opstand zal komen. Niemand van ons zal daarna nog leven, maar dat maakt niet uit want niemand van ons leeft nu.

Liefs,
Gustaw

Zevenentwintig uur nadat Stumpf Mikhail had aangevallen en de Bunker had verlaten, begon Gerhardt Lodenstein voor de tweede keer binnen tien dagen de kamer op te ruimen na een hoogoplopende ruzie met Elie waarbij hij haar had uitgemaakt voor bemoeial en verraadster. Ze had zich opgesloten in Muellers oude kamer. Misschien, dacht hij, verbeeld ik me maar dat ik Oberst ben. Misschien bestaat mijn leven in werkelijkheid uit het kort en klein slaan van deze kamer en dan alles weer op zijn plek zetten. Hij begon dingen die hij had rondgesmeten terug te stoppen in zijn hutkoffer, een enorme koffer die hij gebruikte voor het bewaren van voorwerpen met een herinnering.

De hutkoffer was van de marine en hij bewaarde er aandenkens in omdat er sinds zijn komst naar de Bunker iets gebeurd was met zijn besef van tijd: alledaagse dingen die hij aanraakte of hoorde – zelfs Elie – leken deel te worden van een herinnering aan een eerdere gebeurtenis. Het ene moment was een pen, een stukje papier, een gezicht gewoon wat het was. Het moment daarop werd het deel van het verleden en weergalmde het een herinnering uit zijn jeugd – het geluid van spelletjes op straat, het krassen van een schaats. Hij vroeg zich af of dit voortkwam uit angst dat hij de oorlog niet zou overleven of uit bezorgdheid dat Elie tijdens een strooptocht zou worden omgebracht. Of zorgde de oorlog zelf voor een vervorming van de tijd, werden voorwerpen en gebeurtenissen in wormgaten getrokken? Hij hield een witte, fluwelen roos in zijn hand en herinnerde zich de geur van seringen.

Elie maakte deze rozen voor de vrouwen in de Bunker omdat ze geen echte bloemen kon vinden, behalve moederkruid, dat in de zomer bloeide. Ze bond de fluwelen bloemblaadjes bijeen zodat ze zich als echte bloemen oprichtten, besprenkelde ze met rozenparfum en bood ze met dezelfde uitbundigheid aan als waarmee ze bontjassen aanbood. Zo nu en dan gaf ze Lodenstein een roos. Deze roos had ze hem gegeven toen hij haar had overgehaald om weer boven te komen slapen – na hun ruzie over de kinderen.

De hutkoffer zat vol voorwerpen: gebruikte spoelen van typemachines, een glazen lamp, foto's, Elies lege parfumflesjes, een verbogen garde, een typemachine, vingerloze handschoenen. Hij raapte stukken van de wolkam op en legde ze voorzichtig terug in de hutkoffer, naast een bril met een wit labeltje waarop stond FÜR MARTIN HEIDEGGER. Toen haalde hij twee plattegronden tevoorschijn. De een was het originele ontwerp van de Bunker. De ander een kopie van het ontwerp – zijn eigen document dat toonde hoe de Bunker werkelijk werd gebruikt. Hij had Elies oude kamer omgedoopt tot 'Fraulein Schactens Geschenk aan de Schrijvers' en een doodshoofd met gekruiste knekels getekend waar de Bunker doodliep in de tunnel. Bij Stumpfs wachttoren had hij het woord 'wachttoren' doorgestreept en 'seances, schoenendoos, aanroepingen van de doden' geschreven. Hij had 'bewakersverblijf' veranderd in 'nachtlopers' en Muellers kamer in 'plaats van mysteries'. De wc waar mensen samenkwamen voor overleg had hij aangeduid als 'toevluchtsoord'.

Nu schreef hij 'Elies schuilplaats' over Muellers oude kamer en 'hok van fiasco's' over Stumpfs wachttoren. Hij overwoog 'huichelaar' te schrijven over het huis van de Solomons. Maar Mikhail en Talia hadden voor hun komst naar de Bunker al genoeg laster te verduren gehad. In plaats daarvan baande hij zich een weg door de kamer om nog een roos te pakken. Hij stopte hem in de hutkoffer.

In de zevenentwintig uur sinds Stumpfs vertrek was er een rouwsluier neergedaald over de Bunker: Mikhail had een enorme bult op zijn voorhoofd en bleef binnen op nummer 917, net als Talia, die tegen hem had gezegd: 'Het is hier net zo erg als in Lodz.' Lars, die het zichzelf kwalijk nam dat hij Mikhail niet beter had bewaakt, hield voor hun huis de wacht. Elie verliet Muellers oude kamer nauwelijks. Schrijvers maakten stilletjes gebruik van de keuken.

Alleen Dimitri was blij omdat Elie de hele tijd beneden was. Sinds zijn komst in de Bunker nam ze hem vrijwel overal mee naartoe. En op andere momenten schaduwde Dimitri haar; hij dook zo dikwijls op bij haar bureau dat de Schrijvers hem het muisje noemden. Hij vond het heerlijk om te kijken naar de postzegels op de brieven en de plaatjes van dieren die Elie in boeken vond. En die ochtend, in alle vroegte, had Elie hem meegenomen naar de waterput. Een magere lapjeskat was uit het bos tevoorschijn gekomen. Hij vond de kat prachtig en noemde hem Mufti.

Voor Lodenstein was zelfs patience te veel. Spelletjes die hij ooit leuk had gevonden, zoals Belegering en Gevangen Vrouwen, hadden nu een pijnlijke bijklank, van Elies intriges, Mikhails complotten, en de brief die onderweg was naar Heidegger. Hij had het bed omvergegooid en moest op de grond spelen. Er gleden steeds kaarten onder sokken.

Hij dacht erover een ander spel te proberen maar zijn blik viel op twee vellen papier die hij in het hoofdvertrek had gevonden. Op het ene vel stond 'Wie neemt in godsnaam de moeite ons te schrijven?' Op het andere vel stond 'Als Lodenstein dit echt allemaal zo'n gelul vindt, waarom moeten we ons dan een voorstelling maken van Goebbels?'

Beide klonken als La Toya. Hij vouwde ze op en zag door de langwerpige ramen bleke banen licht. De dag brak alweer aan. Hij had maar drie uur geslapen.

Hij raapte nog een roos op en hoorde toen een ronkende motor de open plek op komen en laarzen over het ijs kraken. De deur naar de herdershut ging open, en Lodenstein voelde wind en kou in zijn gezicht. Toen zag hij Stumpf langs zijn kamer sluipen, met zijn laarzen in de hand. Lodenstein liep over het stukgesmeten ivoren doosje en voelde een moment van hevige weerzin, de instinctieve erkenning dat degene die hij verdwenen waande terug was: alles wat hij had gedaan om de gedachte aan Stumpf uit te wissen was nu buiten zijn bereik.

Stumpf had hem niet gezien. Lodenstein legde vol leedvermaak zijn handen om Stumpfs dikke nek.

'Gemene klootzak die je bent,' zei hij. 'Ik zou je openlijk moeten executeren.'

'Alsjeblieft,' zei Stumpf, met een pieperig stemmetje. 'Ik heb niets gedaan.'

'Waarom was Mikhail dan bewusteloos? En waarom zijn alle brillen weg?'

'Er is iets vreselijks gebeurd,' zei Stumpf. 'Ja. Iets vreselijks.'

'Waar heb je het in godsnaam over?'

'Alsjeblieft, schiet me niet dood,' zei Stumpf.

'Wat is er gebeurd?'

'Dat zeg ik niet.'

Stumpfs ogen waren angstige speldenknoppen in zijn enorme gezicht. Lodensteins maag keerde zich om.

'Wat heb je gedaan?' vroeg hij.

'Dat wil je niet weten. Neem dat maar van mij aan.'

'Ik wil dat je het me vertelt.'

'Dat kan ik niet.'

'Ik moet het weten.'

Stumpf keek naar de grond. Tranen vielen in de diepe groeven in zijn gezicht.

'Ik heb beloofd Heidegger mee te nemen naar Auschwitz,' zei hij.

'Wat?'

'Ik moet Heidegger meenemen naar Auschwitz.'

Lodenstein duwde Stumpf zo hard tegen de muur dat Elfrides brood uit zijn zak viel. Lodenstein raapte het brood op en wreef het in Stumpfs gezicht. Hij stompte Stumpfs onderkinnen, nek en zware schouders en beukte zijn hoofd tegen de muur alsof hij alles wat Stumpf had gedaan eruit kon rammen.

'Niet te geloven. Jij verkloot altijd alles,' zei hij.

Stumpf begon te jammeren.

'Heidegger is een levende link!' snotterde hij. 'Een levende link naar de Bunker!'

'Bespaar me je uitleg. Ik heb genoeg gehoord.'

Maar Stumpf legde wel alles uit: dat Elfride Heidegger hem aardappels had laten schillen. Dat Martin Heidegger hem door het Zwarte Woud had laten lopen. Dat er balken op zijn hoofd hadden kunnen vallen. Dat hij achter een fornuis had moeten slapen. Dat hij de verkeerde bril had meegenomen. Dat Mikhails brief in de soep was gevallen.

Hij ging maar door tot Lodenstein zijn handen zo stevig rond Stumpfs nek legde dat zijn onderkinnen rond zijn gezicht omhoogkropen.

'Ik wil dat je me vertelt over Elie,' zei hij.

'Ze weten niets van Elie.'

Maar Lodenstein sloeg hem weer tegen de grond, en Stumpfs tanden gingen door zijn lip, bloed gutste eruit.

'Zeg op,' schreeuwde hij.

Stumpf veegde het bloed weg met zijn mouw.

'Ze weten van Elie,' zei hij.

Cara Cipriana,

qui la gente ruba senza ritegno — non solo il
cibo, ma anche le scarpe e i cappotti. Però
ogni giorno riesco a mettere da parte un po' di
pane per te. Per favore, vieni.

affettuosamente,
Mirella

Lieve Cipriana,

Mensen stelen zonder enige schaamte van elkaar – niet alleen eten, maar ook schoenen en jassen. Toch bewaar ik elke
dag een beetje brood voor je. Kom alsjeblieft.

Liefs,
Mirella

odenstein sloeg op Stumpfs kapotte mond, waardoor er nog meer bloed uit gutste. Toen duwde hij hem het verlaagde deel door de mijnlift in. Beneden aangekomen, gooide hij Stumpf tegen de grond en bonkte op de deur van Muellers oude kamer. 'Doe open,' schreeuwde hij naar Elie. 'Anders zet je alles op het spel.'

Elie haalde de deur van het slot en verborg haar gezicht achter haar haren zodat Lodenstein niet zou zien dat ze had gehuild.

'Zeg het maar,' zei hij. 'Hoeveel levens zou je riskeren om een kind te redden?'

'Niet één,' zei Elie.

'Dat heb je wel gedaan,' zei Lodenstein. 'En nu moet Heidegger naar Auschwitz.'

'Dat begrijp ik niet.'

'Vraag maar aan Elfride Heidegger. Die zegt dat je een loeder bent.'

Elies gezicht verstrakte.

'Die kent me niet.'

'Die kent je wel. Hoeveel Poolse vrouwen in Freiburg hebben haar recept voor Bundkuchen gekregen?'

'Hoe bedoel je?'

'Ik bedoel dat Stumpf haar jouw naam heeft doorgegeven.'

Elie deed haar sjaal af en wrong hem uit alsof ze een nek omdraaide.

'Hoe kon hij!' schreeuwde ze.

'Zo is Stumpf,' zei Lodenstein. 'En jij hebt hem alles laten doen waar hij zo goed in is.'

'Had ik mijn voornaam ook maar veranderd.'

'Ben je gek? Het gaat niet om je naam. Je hebt twee keer iets achter mijn rug om gedaan. En nu lopen we allemaal gevaar.'

'Hou op.'

'Waarom zou ik? Ik houd altijd op. Met vragen wat je doet om mensen over de grens te krijgen. Of waarom de ss zo aardig voor je is.'

'Ik wil niets meer horen.'

'Je zult wel moeten.'

Elie liep naar buiten en ging op een van de smeedijzeren banken zitten. Lodenstein kwam achter haar aan.

'Je bent constant aan het flirten,' zei hij. 'Met vervalsers. Met bakkers. Met iedereen die misschien kan helpen.'

Elie begon te huilen.

'Ik heb je gezegd dat ik zelf naar Heidegger zou gaan,' zei ze.

'En wat zou je dan doen?'

'Het regelen,' zei Elie. Ze hoorde haar stem galmen door de Bunker. Hij klonk hol, als een stem van de doden.

'Je bedoelt het regelen met Martin Heidegger, die dol is op de nazi's maar het bij hen zo heeft verknoeid dat de Gestapo hem in de gaten houdt? Je bedoelt het regelen met Elfride Heidegger, die jou totaal niet mag? Je bedoelt regelen dat zij naar Auschwitz gaat om Asher Englehardt te halen zoals jij iemand van de trein zou halen?'

'Je bent meedogenloos,' zei Elie.

'Jij ook,' zei Lodenstein.

Het was nog maar nauwelijks zes uur. De Schrijvers werden wakker en luisterden bezorgd. Mikhail Solomon opende zijn deur.

'Jullie kunnen maar beter binnenkomen,' zei hij. 'En praat in godsnaam zachtjes. Straks maken jullie Dimitri nog wakker.'

Elie en Lodenstein zaten ver van elkaar op fluwelen stoelen. Mikhail voelde aan de bult op zijn voorhoofd. Talia keek naar haar handen.

'Is het ooit bij een van jullie opgekomen hoe gevaarlijk dit was?' vroeg Lodenstein zachtjes. Hij zag hoe Dimitri lag te slapen op de bank.

'We deden het om Maria te redden,' zei Mikhail.

'Je wist dat ik haar zou halen als je het had gevraagd,' zei Lodenstein.

'Dat doet er niet toe,' zei Elie. 'Ik zou Heidegger de juiste bril hebben gebracht.'

'Wie kan de juiste bril nou wat schelen?' zei Lodenstein. 'Jullie hadden niet zomaar wat moeten aanrommelen. Trouwens, Elie, als jij het allemaal zou regelen, waarom heb je dan niet zelf die klotebrief geschreven?'

'Ik weet te weinig van filosofie om er een zootje van te kunnen maken,' zei Elie.

'Ah! Onze linguïste uit Freiburg. Waarom zou je überhaupt de moeite nemen om een brief te schrijven? Je kunt toch ook gewoon gaan praten met Elfride Heidegger?'

'We hadden ook nog te maken met Maria die we moesten redden,' zei Elie.

'Dat is belachelijk,' zei Lodenstein. 'Stumpf is een dwaas. Dus nu is Heidegger op de hoogte van Elie.'

'Mijn god,' zei Talia.

'Wat hadden jullie dan gedacht?' zei Lodenstein. 'En dat is nog niet alles: Stumpf heeft Heidegger beloofd dat hij Asher kan opzoeken in Auschwitz.'

'Maar dat is onmogelijk,' zei Mikhail.

'Het zal toch echt moeten,' zei Lodenstein. 'Want als het niet gebeurt, vertelt Elfride Heidegger aan Goebbels dat ze op de hoogte zijn van de Bunker. Hebben jullie er ooit over nagedacht dat er bijna zestig levens op het spel staan? Of wie dit zou moeten opknappen?'

Niemand gaf antwoord. Mikhail en Talia pakten een sigaret.

Terwijl ze rookten, maakte de halvemaan zijn laatste mechanische afdaling en de raderen kraakten en kreunden als een gepijnigde reus. Lodenstein liep naar het raam en vroeg zich af of iedereen ontwaakte in een leven dat ze niet gekozen hadden of dat hij de enige was. Was dit een straf omdat hij zich bij de Partij had aangesloten zonder er goed over na te denken? Of omdat hij Elie niet meteen in eerste instantie had geholpen met Heideggers bril? Het maakte niet uit. Hij trapte tegen een voetenbank en liep de kamer uit. Elie volgde hem.

'Waar ga je heen?' vroeg ze.

'Een bezoek brengen aan Goebbels,' antwoordde hij.

'Dat kan niet. Dat is te gevaarlijk.'

'Ik zal wel moeten, Elie. Ze weten je naam.'

'Maar Goebbels is gek.'

'Dat had je eerder moeten bedenken.'

Lodenstein liep zo snel naar de mijnschacht dat Elie hem niet kon inhalen. Hij deed de deur van hun kamer op slot en speelde Dertien in een Dozijn en Zes bij Zes. Een groepje Schrijvers was op de open plek en hij wilde ze niet tegenkomen in het ss-uniform dat hij moest dragen voor zijn bezoek aan Berlijn. Dus kon hij niet vertrekken; hij voelde zich opgesloten, alsof de tijd massief werd, en hij ernaast stond. Hij speelde nog wat patience en luisterde met leedvermaak toen Elie probeerde de deur open te krijgen.

'Het is donker,' zei ze. 'Je kunt er niet 's nachts naartoe rijden.'

'Natuurlijk wel,' zei hij.

'Gerhardt, alsjeblieft. Het spijt me dat ik dit heb veroorzaakt.'

'Het gaat er nu om jou te redden. En alle anderen in de Bunker.'

Hij schoof de rommel opzij zodat hij nog wat patience kon spelen. Het was ongemakkelijk op de grond, maar hij zag de omgekieperde meubels als een teken van zijn woede en had het gevoel dat alles weer recht zetten een concessie zou zijn, vooral tegenover Elie wanneer ze zou zien dat hij de kamer op orde had gebracht.

Tegen middernacht stopte hij ondergoed, sokken, zijn pistool en speelkaarten in een plunjezak. Hij controleerde of hij voldoende kogels had, knoopte de zwarte ss-das, overwoog het kompas mee te nemen, besloot dat niet te doen, wroette in de hutkoffer naar de roos die Elie hem gegeven had toen hij haar had gevraagd weer boven te komen slapen. Hij vond de roos bij de kapotte wolkam – zacht, geurig, als een roos in een zomertuin. Hij hield hem even vast, duwde hem toen naar de bodem van de hutkoffer. Maar even later was hij weer aan het wroeten. De roos was nog steeds in perfecte staat toen hij hem vond, bedolven onder foto's, klokken en lampen. Hij pakte hem op en stopte hem in zijn zak.

Дорогая Даша,

Наши жизни больше не важны. Мы не должны дать нажим детям, нашим друзьям, нажим мужьям, нашим женам, помнить нас сдающимися.

Люблю,
Николай

Lieve Dasha,

We denken niet langer aan ons leven. We moeten ervoor zorgen dat onze kinderen, onze vrienden, onze mannen, onze vrouwen, zich ons niet herinneren in onze ondergang.

Liefs,
Nicolai

*E*en paar minuten nadat Mikhail en Lars weer terug waren van de wachttoren, verliet Gerhardt Lodenstein de herdershut. Er was net sneeuw gevallen en zijn laarzen baanden een pad; hij hoopte dat Elie het 's ochtends zou zien. Een week eerder had ze zijn jeep gebruikt om sigaretten te kopen en een rode sjaal laten liggen op de stoel. Hij gooide hem naast zijn plunjezak. Toen reed hij de lange, smalle weg op. De verse sneeuw lag in hopen op de weg, en om de paar minuten moest hij uitstappen om een pad te graven. Nijdig schepte hij, grote hopen sneeuw gooide hij in het bos. Terwijl hij schepte, herinnerde hij zich Elie die de Hitlergroet parodieerde toen hij voor de tweede keer de laden van hun dressoir op de vloer smeet. Ze had tegen overhemden en hemden getrapt en gezegd dat hij een gore nazi was. Hij had het matras nog een keer omgegooid en gezegd dat ze geluk had omdat alleen een gore nazi deze puinhoop kon oplossen. De beelden barstten uiteen en gingen gepaard met spijt: hij had Elie binnen moeten laten toen ze voor de deur stond te huilen. Ze hadden moeten vrijen. Stel dat hij niet terugkwam? Stel dat hij haar nooit meer zou zien?

Hij reed en schepte en reed en schepte tot hij bij een afslag kwam die naar de hoofdweg leidde. Het was een wonder dat die geveegd was in deze fase van de oorlog, een lange, donkere pijl die naar Goebbels en het hoofdkwartier van het Rijk wees. Hij stapte uit om naar de hemel te kijken. Orion en zijn jachthonden glinsterden pal in het zuiden, de Grote Beer had dennentakken in zijn klauwen, en Lepus, de Haas, sprong over het bos. Alles was in orde.

Even dacht hij erover te verdwijnen, net zoals andere officieren die waren vertrokken zonder een spoor na te laten. De admiraal die Wilhelm Canaris had geholpen met het redden van Joden was ver-

dwenen in Denemarken. De ss-officier die zijn uniform aan de nachtlopers had gegeven hield zich schuil in een schuur bij Dresden. Een
voormalig assistent van Himmler was ergens in Sussex. Deze officieren hadden zich als sterren verspreid. De ss hield een ware klopjacht
op ze. Het verzet beschermde ze in ruil voor hun uniformen, identiteitspapieren en informatie. Dagen gingen voorbij zonder dat ze iemand zagen, vol angst dat ze zouden worden gepakt, zoals dat gold
voor alle vluchtelingen. Beelden van zo'n leven barstten voor zijn
ogen uit elkaar als granaten. Maar hij wist dat hij Elie, noch de Bunker
zou kunnen redden als hij zou verdwijnen.

Hij stapte weer in en reed langzaam over de vlakke, brede weg.
Tegen het aanbreken van de dag stopte hij bij een herberg waar hij
vroeger vaak wat ging drinken, meer dan tien jaar geleden, toen hij
nog rechten studeerde in Berlijn. De herbergier herkende hem niet en
verontschuldigde zich voor de surrogaatkoffie. Daarop stak hij opgewekt van wal over de oorlog, terwijl zijn vrouw achter hem stond te
glimlachen. Lodenstein nam bij vertrek niet de moeite te salueren.

Tegen de tijd dat hij aankwam in Berlijn was het gaan sneeuwen. De
straten lagen bedekt onder een laagje poeder, als suiker op een cake,
die niemand meer kon bakken sinds de oorlog een andere wending
had genomen. Dat gold ook – dacht hij bitter – voor Elfride Heidegger
en haar Bundkuchen. Hij herinnerde zich dat hij ooit veel had gehouden van de stad met zijn uitbundige, weidse straten. Hij herinnerde
zich avonden in bierhallen waar mensen spraken over boeken die nu
ongetwijfeld verbrand waren. Nu was de Gestapo overal.

Toch waren de huizen nog ongeschonden, en de winterse moestui-
nen zagen er weelderig uit, anders dan het platgebombardeerde Ham-
burg, waar weer een andere ss-officier zich schuilhield, of de stad waar
Elie de kinderen had gered. Het enige wat wees op de oorlog was een
slagerij met buiten een rij mensen die de hoek om slingerde. Een man
met een rode kop en een wit schort deed de deur open en riep: 'We
gaan pas om tien uur open. En vandaag is er geen worst!'

De menigte viel uiteen en Lodenstein negeerde de slager toen hij
salueerde naar de swastika op zijn jeep. Hij wilde zo snel mogelijk deze

stad uit, maar toch reed hij langzaam. Hier was niets meer wat hem aansprak, zelfs niet de Brandenburger Tor. Ooit had hij de Dorische zuilen prachtig gevonden – een stukje Athene in het noorden. Nu hingen overal nazivaandels en leidde de poort rechtstreeks naar het centrum van het Derde Rijk.

Lodenstein reed langs hotel Kaiserhof, een enorme, stenen muziekdoos die was volgehangen met vaandels en vlaggen. Voordat Hitler aan de macht kwam, had hij een hele verdieping afgehuurd, en iedereen die ertoe deed – diplomaten, officieren, maîtresses, echtgenotes – zat daar nog steeds. Voor het gebouw bevonden zich drommen ss'ers en burgers die de façade bewonderden. Lodenstein herkende een diplomaat.

Alsof de jeep een eigen wil had reed hij langs hotel Kaiserhof tot hij aankwam bij de Rijkskanselarij: een grijze monoliet die twee blokken besloeg en Lodenstein deed denken aan een stalag. Hij was liever via een zijdeur naar Goebbels gegaan, maar zijn jeep werd gedwongen de Ehrenhof op te rijden.

De hof was de hoofdingang naar de kanselarij en ontworpen om immensiteit uit te stralen. Zodra Lodenstein naar binnen reed was zijn blik gericht op het ingangsportaal. Het was gigantisch, met steile treden die werden geflankeerd door twee identieke bronzen standbeelden van gespierde mannen. De een droeg een fakkel en symboliseerde de Partij, de ander een zwaard en symboliseerde de Wehrmacht. Er grensden twee andere gebouwen aan dit gebouw. Alle drie hadden ze Griekse zuilen.

Terwijl Lodenstein wachtte tot iemand zijn jeep parkeerde keek hij naar de officieren die de trappen op en af liepen. Het leek of ze in elkaar waren geschroefd en in duigen zouden vallen als er iets los ging. Bij veel van hen stond ontzag op het gezicht te lezen omdat ze net uit de grote Mozaïekzaal kwamen of ernaar op weg waren – een zesenveertig meter lange donkerrode zaal met een goudomrande lichtkoepel en mozaïeken van Griekse veldslagen. Lodenstein had dit nooit een aangename ruimte gevonden. Het voelde alsof hij in rood werd ondergedompeld.

De officier achter de balie herkende hem niet en vroeg hem zijn zakken leeg te halen. Hij was blij dat hij zijn plunjezak in de jeep had laten liggen en het speet hem dat hij Elies roos had meegenomen. Hij werd door nog een paar donkerrode hallen geleid en achtergelaten in Goebbels' wachtkamer.

Hier moest Elfride Heidegger eveneens hebben zitten wachten voor haar ontmoeting met Goebbels. Lodenstein kon zich voorstellen dat de goed gestoffeerde stoelen en gepolitoerde houten tafels haar bevielen. Er was een grote foto van Goebbels en Hitler die elkaar de hand schudden, en nog een van Hitler die een kind kuste. Hij bladerde een paar propagandapamfletten door, allemaal over de overwinning van Duitsland.

Na bijna een uur, hoorde hij laarzen tikken over het marmer. Generalmajor Mueller stond tegenover hem, hij zag er blakend uit.

'Beste kerel,' zei hij, terwijl hij hem de hand schudde. 'Wat goed je zo in de winter te zien.'

'Ik dacht dat je naar het front zou gaan,' zei Lodenstein.

'Vergeet het maar,' zei Mueller. 'Er waren belangrijkere projecten. En Goebbels is altijd op het marktplein. Kan ik je verleiden tot een lunch tot hij terugkomt?'

Lodenstein wilde geen minuut doorbrengen met Mueller, maar hij wist dat het geen vrijblijvend aanbod was. Ze liepen door nog meer donkerrode hallen naar de eetzaal waar tafels gedekt waren met wit linnen en kristallen wijnglazen.

'Geweldig nieuws over de oorlog,' zei Mueller nadat ze stoofschotel met konijn hadden besteld. 'Afgelopen week heeft iedereen het gevierd in de Lustgarten. Wat een feest! Zelfs met al dat ijs!' Hij veegde zijn snor af en begon zachter te praten.

'Je hebt geluk dat je bent overgeplaatst naar de ss,' zei hij. 'Wilhelm Canaris kan ieder moment onder huisarrest worden gesteld. Misschien zelfs naar Auschwitz gestuurd, dan kan hij zien wie hij probeert te redden voordat hij zelf wordt opgehangen.'

'Ik weet zeker dat hij een dubbelspion is,' zei Lodenstein.

'Het is jammer dat je bij de Abwehr hebt gezeten,' zei Mueller.

'Godzijdank heb ik er maar een paar jaar gezeten,' zei Lodenstein.

Ze dronken hun koffie op – echte koffie – en liepen de wenteltrap af naar een kamer met een jachtgroene sofa en witte wanden.

'Hier is het wat rustiger,' zei Mueller. 'Beter dan al die bedrijvigheid. En hier heb je Goebbels' nieuwste pamflet. Ik kom je halen als hij er weer is.'

Mueller sloot de deur en Lodenstein bespeurde een opmerkelijke stilte, alsof de kamer in doeken was gewikkeld. Hij voelde aan de wanden en kwam tot de ontdekking dat ze van baksteen waren. De deur was koud, van metaal, en zat op slot. Hij sloeg het pamflet open en de lijst met alles wat hij bij de deur had ingeleverd viel eruit. Nu wist hij zeker dat hij zich in een cel bevond, en dat Goebbels zijn arrestatie had bevolen zodra hij was aangekomen. Het Derde Rijk zou nooit een officier gevangenzetten zonder hem een lijst van zijn bezittingen te geven.

Liebe Leonie,

Ich habe kein Papier, deswegen schreibe
ich diesen Brief an einer Wand. Ich
muss schnell schreiben.

Ich liebe Dich,
Niklaus

* * *

Lieve Leonie,

Ik heb geen papier dus schrijf ik deze brief op een muur. Ik
moet snel schrijven.

Ik hou van je,
Niklaus

odenstein luisterde aandachtiger en hoorde sleutels rammelen. Dit betekende dat er nog meer mensen in deze ondergrondse gevangenis zaten. Hij had over dergelijke gevallen gehoord: officieren die uit de gratie waren werden in cellen gegooid en vergeten totdat ze veranderden in lichamen die zo lang verstoken waren van voedsel en water dat er geen bacterie overbleef die kon gaan rotten. De lijken waren compleet schoon. Ze werden als papier een paar maal dubbelgevouwen en weggegooid.

Nu zag hij dat de cel slechts oppervlakkig was aangepast om voor wachtkamer door te kunnen gaan. De sofa was een smalle bank. De bakstenen muren waren wit geverfd. Er was een plafondlamp en een cementen vloer, die schoon was, op een donkere druppel na die hij niet nader wilde inspecteren. Nu en dan rammelden de sleutels luider. Soms klonken ze als messen. Soms klonken ze als bellen van een arrenslee. Nu en dan ging een langwerpige schuif in de deur open en dan zag hij een paar ogen de kamer rondkijken. Vervolgens schoot de schuif weer dicht met de vaart van een guillotine: iemand die controleerde of hij zich niet van kant had gemaakt.

Lodenstein deed vijftig push-ups, waarbij hij uit de buurt bleef van de vlek op de grond. Hij ging op de bank liggen en speelde drie spelletjes patience in zijn hoofd. Hij las de lijst van alles wat hij had ingeleverd en bedacht theorieën over waarom ze zijn riem en schoenveters niet hadden afgenomen. Hij las en herlas de lijst totdat de woorden begonnen te zweven.

Een plattegrond, een spel kaarten, drie sigaretten, een doosje lucifers, een stuk wit fluweel.

Zijn mond was droog, en de kamer was koud. Hij begon te rillen.

Hij dacht aan hoe de Abwehr tijdens zijn training over de martelingen heen had gepraat. Het was een verheven gezelschap dat berichten codeerde. Hij vroeg zich af hoeveel hij zou kunnen verdragen. Of hij snel zou breken. Of het pijn zou doen. Of ze Elie zouden gebruiken als gijzelaar. Zijn handen waren tot vuisten gebald. Hij dwong zichzelf ze te ontspannen, maar balde ze opnieuw toen hij besefte dat hij al een tijd geen sleutels meer had gehoord. Stel dat hij de enige was hier? In dat geval hadden ze hem afgezonderd zodat ze hem konden ondervragen, martelen en ophangen. Hij speelde nog wat patience in zijn hoofd maar kon de verschillende spellen niet uit elkaar houden. De Koninklijke Weg liep over in Heren en Azen. Heren en Azen liep over in Gelijke Rijen. De Stenen Muur veranderde in De Vlinder. De kaarten vielen uit elkaar, de witte bakstenen deinden, en de spleten ertussen suggereerden een oneindige diepte. Binnen de spleten begon Lodenstein letters van het alfabet te zien, als edelstenen in rotskloven. Hij las ze niet maar keek naar de zwevende lijst, die het verhaal vertelde van een man met een spel kaarten, drie sigaretten, een doosje lucifers en een fluwelen roos. De man was door hopen sneeuw vertrokken naar Berlijn, naar een groot grijs gebouw gereden en in een cel gegooid.

Op een gegeven moment raakte de lijst los van het papier, en de letters vlogen de bakstenen binnen. De kamer kreeg een onwezenlijk schijnsel. En Lodenstein vloog omhoog tegen het plafond. Hij overzag de hele kamer, inclusief een man die precies op hem leek en op de jachtgroene bank lag.

De man die hij zag kende een geheim: namelijk dat het schrijven naar de doden niet het idee was van het Thule-genootschap maar van een helderziende. De helderziende was de uitzonderlijke Erik Hanussen, tevens telepaat en hypnotiseur. Hij had voorspeld dat Hitler aan de macht zou komen en hem geleerd mensenmenigten te hypnotiseren door slechts zijn hand op te steken. Maar hij had ook het feit verhuld dat hij Joods was, te veel officieren geld leende en op de hoogte was van hun affaires. En toen hij de brand in de Rijksdag enkele dagen daaraan voorafgaand had voorspeld, was het duidelijk dat hij wist dat het Derde Rijk op zoek was naar een excuus om het gebouw te laten bouwen waarin Lodenstein nu gevangenzat. In de winter van 1933 werd Hanussen doodgeschoten en achtergelaten in een veld.

Door een reeks toevalligheden (of kwam het door de vooruitziende blik van Lodensteins vader, die nog steeds bij de Abwehr zat?) had Lodenstein, die rechten studeerde in Berlijn, in het publiek gezeten toen Erik Hanussen zijn geheime sleutel onthulde voor de wereldheerschappij van het Derde Rijk. Het was eind 1932, enkele maanden voordat Hanussen werd doodgeschoten. De locatie was Hanussens zwart met gouden Paleis van het Occultisme in Berlijn, een gruwelijk theater dat avond aan avond door leden van de NSDAP werd bezocht. Het theater had een crooner, een dansgroep, een sterke man die stenen optilde en Hanussen, die aan het eind van elke show in een smoking op het toneel verscheen. Hij haalde dames met bontmantels en diamanten op het podium, hypnotiseerde ze, brandde hun handen met gloeiende munten en keek triomfantelijk om zich heen als ze geen pijn voelden. Een keer zei hij tegen een Partijlid dat hij de brandweer naar zijn huis moest sturen vanwege kortsluiting. De brandweerwagens kwamen aan en konden nog net voorkomen dat het huis afbrandde.

Naast het theater beschikte het Paleis over een ruimte met goud en zwart marmer voor seances. In deze zaal vond de bijeenkomst over Hanussens geheime sleutel plaats.

Lodenstein zat achterin, omringd door rook en leden van de NSDAP, en keek naar het toneel waar Hanussen seances hield. Er was een ronde marmeren verhoging met een ronde marmeren tafel met zwarte driehoeken die wezen naar een leeg middelpunt. Hier richtte Hanussen zijn gedachten op zodat hij kon reizen naar werelden die anderen niet konden zien. Zijn reizen waren hem goed van pas gekomen: zo had een rechter hem een keer een straf voor zwendel kwijtgescholden omdat hij wist waar een crimineel zich schuilhield.

Nog meer Partijleden dromden samen in de zaal. Toen Himmler en Goebbels binnen liepen stond iedereen op. De lichten gingen uit en Hanussen kwam op in smoking. Even was het stil toen hij het publiek in keek met ogen die leken te weten wat ze allemaal verborgen in hun zakken, en in hun ziel. Toen onthulde hij een afbeelding van een enorme wereldbol vol scheuren. Uit die scheuren puilden brieven en enveloppen. 'Weerzinwekkend,' had hij gezegd. 'Maar realiteit.'

Hanussen had vervolgens uitgelegd dat de brieven stonden voor alle onbeantwoorde correspondentie in de wereld, en dat de doden die ze geschreven hadden nog steeds op antwoord wachtten. 'Iedere onbeantwoorde brief,' zei hij, 'was als een baksteen in een gebouw zonder metselspecie. Ze lieten hachelijke spleten achter en veroorzaakten gevaarlijke gaten in de geschiedenis. Om er zeker van te zijn dat het metselwerk stevig was, moesten alle brieven die door de doden waren geschreven worden beantwoord, tot en met de laatste vraag van een fourniturenhandelaar.'

En waarom was dit zo dringend? Omdat de doden onrustig zouden worden tenzij ze antwoord kregen. Sterker nog, ze waren nu al geagiteerd in hun bleekgroene steden, in staat door te dringen in deze kamer, antwoord op hun brieven te eisen. Hanussen zelf moest veel van hen wegsturen. En als de nationaalsocialisten absolute macht wilden, moesten ze alle mogelijke brieven beantwoorden om de gaten op te vullen. Dan zou Duitsland de wereld dichten en wereldheerschappij verwerven.

Terwijl Hanussen sprak kon Lodenstein niet aan het gevoel ontkomen dat de wereld uit elkaar viel. De stugge officier links van hem vroeg hem om een vel papier en tekende Hanussens wereldbol na, alsof hij alle spleten met brieven kon opvullen. Anderen haalden papier tevoorschijn en schreven namen op van doden die misschien op antwoord wachtten. Het amfitheater was gevuld met gekras van pennen en geritsel van papier. Lodensteins benen begonnen te trekken, een duidelijk teken dat hij weg wilde. Maar hij besefte dat iemand hem zou kunnen aangeven; dus pakte hij een stuk papier en keek alsof hij zich de doden in hun bleekgroene steden voor de geest probeerde te halen. Toen Hanussen het licht aan deed was de ruimte vol vragen.

'Als de doden geen adres hebben, hoe kunnen we ze dan brieven sturen?'

'De brieven hoeven niet te worden verzonden,' zei Hanussen. 'Het volstaat om ze in dozen op te slaan. De doden weten het wanneer ze antwoord hebben gekregen.'

'Waar kunnen we de brieven vinden?'

'Overal. Op zolders, in oude schepen, kantoren, musea.'

'Maar het is onmogelijk om ze allemaal te vinden.'

'Een astroloog zal melden wanneer er genoeg gevonden zijn.'

'Kunnen we deze brieven confisqueren?'

'Als de tijd rijp is.'

De laatste vraag kwam van een kleine, dikke man voor in het amfitheater. Hij zat tussen Himmler en Goebbels in. Hij hield twee glazen water vast; om de paar minuten knipte een van de twee met zijn vingers, en gaf de dikke man hem het glas aan. Op een zeker moment stond hij op. Goebbels trok aan zijn mouw, maar het was al te laat. Hanussen had hem gezien.

'Kunnen we alle brieven in het Duits beantwoorden?' vroeg hij.

'Alleen als ze in het Duits zijn geschreven,' zei Hanussen. 'De doden kunnen lezen, maar ze kunnen niet vertalen. Vergeet dat nooit. "Gelijk Geschreven Antwoorden" moet het motto zijn. En antwoord getrouw.'

Er steeg een luid applaus op. Alle leden van de Partij, onder wie ook Himmler, Goebbels en de gedrongen man, liepen naar het podium om Hanussen te begroeten. Lodenstein had toegekeken, gefascineerd door de plooien in het gezicht van de dikke man. Later, toen hij Stumpf ontmoette, had hij hem herkend.

Marku,

Listy są cały czas ponoszone i więźniom udało się dostać pióra do pisania za przekup od strażników. Nawet w tym niewymownym miejscu ludzie piszą do siebie nieustannie. Z bożą pomocą wkró tce się zobaczymy.

Kochający zawsze,
Urajsz

Lieve Marku,

Er worden steeds brieven doorgegeven en gevangenen zijn aan pennen gekomen door bewakers om te kopen. Zelfs op deze afschuwelijke plek schrijven mensen elkaar voortdurend. Zo God het wil zie ik je binnenkort.

Alle liefs,
Urajsz

Voordat Lodenstein naar de Bunker was gekomen, had de ss-officier die in Denemarken in het niets was verdwenen hem verteld dat het idee van brieven van de doden beantwoorden na de bijeenkomst in het Paleis van het Occultisme dagenlang het onderwerp van gesprek was geweest. Maar nadat Hanussen was doodgeschoten, werd iedereen die zijn naam noemde of naar zijn ideeën verwees eveneens doodgeschoten. Het was puur geluk dat niemand verband legde tussen Hanussens visioen en de obsessie van het Thule-genootschap met het beantwoorden van brieven die door de doden waren geschreven. Misschien was Hitler het vergeten. Maar Lodenstein betwijfelde of dat voor Goebbels gold: Goebbels onthield alles. En Goebbels duldde Stumpfs ambt, omdat hij wist dat Stumpf gedreven was om de doden te antwoorden en niets gaf om het bijhouden van een archief. Stumpfs aanstelling moest Goebbels' concessie aan het Thule-genootschap zijn geweest, ondanks zijn minachting voor het occulte. En het motto 'Gelijk Geschreven Antwoorden' was van hem afkomstig.

Nu haalde de man op de jachtgroene bank weer ieder detail terug van Hanussens toespraak in het zwart met gouden Paleis van het Occultisme. Hij haalde ze terug uit de edelsteenachtige letters tussen de bakstenen, die hij nu wel kon lezen. Nadat hij alles had gelezen, hielden de muren op met golven, en Lodenstein kwam van het plafond naar beneden en gleed in de man die precies op hem leek. Hij stopte zijn handen in zijn zakken en besefte dat de letters van het alfabet niet in de muur stonden maar op een vel papier. Hij stond op en voelde zijn benen, zijn armen, de krappe ruimte. En toen het schuifje weer open ging, schraapte hij zijn rauwe keel en schreeuwde met een hese stem de naam 'HANUSSEN' zo hard dat het gezicht terugdeinsde en hij sleutels op de grond hoorde vallen.

'HANUSSEN!' raspte hij nogmaals. 'Zeg maar tegen Joseph Goebbels dat Lodenstein zich Hanussen herinnert.'

De schuif ging dicht, het sleutelgerinkel zwakte af, en Lodenstein was alleen. Hij vroeg zich af of ze hem zouden doodschieten omdat hij Hanussen had genoemd, of dat hij zou worden doorgezaagd over de bijeenkomst in het Paleis van het Occultisme. Tegen de tijd dat de sleutels weer rinkelden, beefde hij, maar de officier boog en gebaarde in de richting van de wenteltrap die leidde naar de Mozaïekzaal, en opnieuw werd hij omgeven door donkerrood marmer. Hij hoorde een accordeon in het officierstheater. Het moest avond zijn.

De officier bracht hem terug naar de wachtkamer en opende een enorme deur. Goebbels zat achter een bureau, nog altijd op een stapel boeken om groter te lijken. Hij was precies zoals Lodenstein zich herinnerde – een smal gezicht met donkere ogen met zware oogleden, kringen die Elie ooit bizarre, haast romantische ogen had genoemd. Het bureau lag vol met pamfletten, twee exemplaren van Mein Kampf, een blik koekjes, een fles wijn, een kan met water en champagneglazen.

Goebbels wuifde iedere verwijzing naar Hanussen weg en luisterde naar Lodenstein die vertelde over het bezoek van Stumpf aan Heidegger. Toen hij klaar was, dacht Goebbels na of hij zowel Heidegger als Stumpf alsook alle Schrijvers moest ombrengen, want wie gaf er nou werkelijk om archieven over mensen die dood waren? 'Maar,' ging hij verder, 'wat als Heidegger na de oorlog van alle blaam gezuiverd werd en niemand kon hem vinden? Dan zou zijn moord misschien worden ontdekt, en zou de Schrijversbunker aan het licht komen.'

Terwijl hij sprak, dronk hij water uit een van de champagneglazen. Na zijn derde glas stak hij een sigaret op.

'Ik zou Stumpf moeten laten ophangen,' zei hij.

Als de tijd rijp is, dacht Lodenstein.

'En Heidegger,' zei Goebbels. 'Ik heb geen idee wat die vrouw met hem moet.'

Lodenstein nam aan dat hij Elfride Heidegger bedoelde maar vroeg het niet. Hij vouwde zijn handen, die als droog hout voelden, en wachtte terwijl Goebbels naar links keek, naar rechts, naar een fresco van Hercules op het plafond, en naar zijn bureau. Hij schoof met papieren en pakte een foto van zijn vrouw en zes kinderen – een perfect gezin en een perfecte vrouw. Hij dronk nog meer water en duwde een glas naar Lodenstein, die zich erop stortte. Het deed pijn om te slikken.

Goebbels bekeek hem met een blik vol minachting terwijl hij dronk. Toen zei hij: 'Er zijn al meer mensen in Auschwitz geweest. En Heidegger zal zijn mond wel houden vanwege zijn vrouw. Hij is een bespottelijke boerenpummel, en ik ben ervan overtuigd dat zij dat weet.'

Lodenstein staarde naar het glas.

'Maar goed,' zei Goebbels, die ooit Frau Heidegger had omhelsd op een bijeenkomst voor huisvrouwen en zeer verheugd was geweest haar weer te zien toen ze bij hem op kantoor kwam.

Hij leunde achterover in zijn stoel, keek naar het plafond, staarde naar Lodenstein, en wendde zijn blik af. Toen sloeg hij met een hand op zijn telefoon, belde naar Auschwitz, en vroeg of een Jood met de naam Asher Englehardt nog leefde. Tien minuten gingen voorbij terwijl iemand zijn nummer opzocht.

'Dit is een strikt bevel,' zei Goebbels in de telefoon. 'Laat hem brillen maken voor de officieren. En geef hem voldoende te eten en een plek waar hij overdag kan rusten. Wat ik bedoel? Ik bedoel dat hij lenzenslijper is en de officierskliniek heeft er een zootje van gemaakt. Die hebben meer aan nieuwe brillen dan dat ze stapels Jodenbrillen moeten doorzoeken. En wees voorzichtig met zijn zoon. Heil Hitler!'

Hij hing op en keek Lodenstein voor het eerst echt aan.

'Je kunt Heidegger meenemen naar Auschwitz,' zei hij. 'En je zult met de consequenties moeten omgaan. Maar je moet hier blijven, geen kamer in het Kaiserhof of ander gedonder. En jullie reizen naar Auschwitz als het donker is, ik bedoel echt donker, op een maanloze nacht.'

Lodenstein wees erop dat er elke maand maar een maanloze nacht was, en dat de reis naar Auschwitz twee dagen duurde.

'Ga nou niet zitten haarkloven,' zei Goebbels. 'En geen woord over Hanussen.'

Toen kroop hij op zijn bureau en keek omlaag naar Lodenstein. Zijn ogen werden spleetjes, en als blikken konden doden, dan was alles in de kamer platgewalst, inclusief Lodenstein. 'Chanteur!' zei hij. 'Marinetuig! Afvallige! Hufterige bunkerbaas!' Zijn stem zwol aan om zijn boodschap kracht bij te zetten. Een dramatische spanning hing in de lucht. Lodenstein liet hem zijn gang gaan. Hij had geen keus. Hij hoopte dat als Goebbels zijn gal spuwde, hij geen wraak zou nemen, en dat de Bunker een vreemde, veilige haven zou blijven te midden van een falende oorlog.

Toen Goebbels klaar was, kroop hij terug op zijn stoel, ging op zijn stapel boeken zitten, en drukte op een belletje.

'Dit is Oberst Lodenstein,' zei hij toen een officier verscheen. 'Geef hem het beste eten, de beste wijn en,' hij gaf een knipoog, 'de beste vrouwen.'

Lodenstein bracht de Hitlergroet en volgde de officier door de donkerrode hal naar het theater, verbijsterd dat zijn benen hem konden dragen. Een vrouw in een strak zwart korset speelde accordeon, en een officier zong 'Lorelei' in haar volumineuze boezem. Lodenstein zat bij de deur en at hert met aardappels. Hij verliet het theater, ging naar zijn kamer, en gaf over.

Niet lang daarna lag hij in bed, een immens, onbekend bed, veel groter dan het bed dat hij met Elie deelde. Hij dommelde weg en werd wakker toen hij geritsel bij zijn deur hoorde. Hij was bang dat Goebbels een vrouw had gestuurd. Maar toen hij de deur opende, trof hij een enveloppe aan met daarin alles wat hij had ingeleverd, inclusief de witte roos, die nog steeds geurde naar Elies parfum. Daar sliep hij bijna twee weken mee. Toen arriveerde Heidegger op een maanloze nacht en vertrokken ze per trein naar Auschwitz.

Liebe Gretchen,

I muss dich sehen.
Mach Dir keine Sorgen. Keiner wird
es erfahren. Bei Freunden werden wir in
Sicherheit sein. Ich werde Dich bei den
Toren suchen. Ich werde Dich bei den
Felsen suchen. Ich muss mit Dir reden,
Dein Gesicht sehen, Deine Arme spüren,
Dich küssen. Komm schnell!

Alles Liebe,
Paul

❦

Lieve Gretchen,

Ik moet je zien.
Maak je geen zorgen. Niemand zal erachter komen. Bij
vrienden zijn we veilig. Ik zoek je bij de hekken. Ik zoek je
bij de rotsen. Ik moet met je praten, je gezicht zien, je armen
voelen, je kussen. Kom snel!

Alle liefs,
Paul

*A*sher Englehardt, een zwijgzame man met schrandere blauwe ogen, was verbaasd geweest dat hij moest stoppen met het slepen van rotsblokken in de sneeuw.

'Hierheen!' zei een bewaker, die hem bij zijn schouder greep. Niemand stopte met werken want dan werd je doodgeschoten, dat zou zeker met Asher gebeuren. Hij legde de steen neer, dacht dat hij dan tenminste niet meer iets van zo'n beetje zijn eigen gewicht hoefde te tillen en stapte naar voren. Naast de bewaker stond een *Unteroffizier* en een Unteroffizier betekende vaak dat iemand werd opgehangen; dat was erger dan een snelle kogel bij de rode bakstenen muur van het kamp. Ophanglngcn gcbeuiden 's avonds, wanneer het hele kamp bijeen kwam voor het appèl. Daniel zou toekijken hoe hij stierf.

De Unteroffizier gebaarde Asher naar zijn Kübelwagen en ze reden over de onverharde weg. Hij was zo vriendelijk dat Asher veronderstelde dat hij hem op zijn gemak wilde stellen aangezien paniek moeilijk samenging met het omdoen van een strop. Ze reden het kamp binnen door de zij-ingang, niet door de hoofdingang waar Asher elke morgen 'Arbeit Macht Frei' zag staan als ze aan het werk gingen. In plaats van naar de barakken gingen ze naar een kleine kamer in het officiersverblijf waar een andere officier soep, dikke plakken roggebrood en bier bracht. Het was voor het eerst in meer dan vier maanden dat Asher een tafel met eten zag.

'Langzaam eten,' zei de Unteroffizier. 'De maag heeft tijd nodig om zich aan te passen als je een tijd niet hebt gegeten.'

Asher aarzelde. Het schoot hem te binnen dat hij misschien onderdeel was van een van de gruwelijke experimenten waarover in het kamp werd gefluisterd. Deze werden uitgevoerd door Mengele, de dokter die de transporten verwelkomde en besloot wie bleef leven en wie zou sterven. Hij voerde experimenten uit, zo zeiden de gevangenen, op mensen die al dan niet ziek waren. En misschien ging het deze keer wel over de snelheid van de spijsvertering van uitgehongerde mensen na een uitvoerige maaltijd, dacht Asher. Hij zou een spuit krijgen om hem te verdoven en nog een in zijn hart: niet slecht. Maar wilde hij eten van de nazi's in zijn lichaam hebben als hij stierf?

De Unteroffizier trok zijn stoel bij en bood Asher een sigaret aan, die hij gedachteloos aannam. De Unteroffizier stak voor hen beiden een aan en zei: 'Sigaretten. De gemeenschappelijke band hier.'

Asher lachte, vroeg zich vervolgens af of hij dat wel had moeten doen. Mensen werden vermoord omdat ze iets verkeerds grappig vonden.

'Luister,' zei de Unteroffizier. 'In de kliniek is het een zootje. We hebben jou nodig om brillen te maken.'

Asher vroeg niet wat voor zootje hij bedoelde, en de officier legde het niet uit omdat er een geluidsexplosie was van een bataljon motorfietsen die het toerental opvoerden om het gegil te overstemmen van de mensen die werden vergast. De officier verliet de kamer en bleef meer dan tien minuten weg. Toen de motorfietsen ophielden kwam hij terug.

'Niemand krijgt de juiste bril,' zei hij. 'En het uitzoeken van de hopen is een chaos.'

Asher begreep dat met hopen bedoeld werden de bergen brillen van mensen die in de gaskamers waren gestorven.

'We hebben je dus echt nodig,' concludeerde de officier.

Asher geloofde hem niet. Maar het besef dat er net een vergassing was geweest vervulde hem van een overtuiging die hij soms had wanneer hij wist dat er een gruweldaad had plaatsgevonden – namelijk dat hij geluk had dat hij nog leefde, uitzonderlijk geluk zelfs. Daarom besloot hij te eten nu het nog kon.

De soep was stevig. Het roggebrood was vers. Het bier smaakte als manna. De Unteroffizier leek opgelucht en zei dat hij over een paar minuten terug zou zijn.

En nu gaat het gebeuren, dacht Asher. Een paar spuiten. Misschien van Mengele zelf.

Maar Mengele verscheen niet. De Unteroffizier kwam terug met echte schoenen, dikke sokken, een warme trui, een wollen muts en wanten. Toen liepen ze naar de officierskliniek, langs het winterverblijf van de angorakonijnen. Veel kampen hadden konijnen die door de gevangenen werden verzorgd als bewijs voor het Rode Kruis dat er aangenaam tijdverdrijf was. De Unteroffizier probeerde hem haastig langs Mengeles verblijf te loodsen, maar Asher had de twee tweelingen die lagen vastgegespt op een brancard al gezien.

Lieve Petra,

Weet je nog hoe we met ons vieren altijd
moesten lachen op het schoolplein en dat we
zeiden dat tweelingen bijzonder waren? Nou,
we hadden gelijk! Iedereen zorgt goed voor
Sylvia en mij. En ze zullen ook goed voor
jou en Miep zorgen.

Liefs,
Ania

De kamer in de officierskliniek leek op Ashers winkel in Freiburg, maar dan gekrompen tot een vierde van de oorspronkelijke omvang. In deze miniatuurversie van zijn oude vertrek zag hij een oogmeetstoel, een verlichte oogmeetkaart met gotische letters, en gereedschap voor het slijpen van brillenglazen. Een man met een groene mouwband maakte instrumenten schoon en zei dat hij zijn assistent zou zijn, aangezien hij brilmonturen kon lassen.

Asher vroeg zich nog steeds af of dit een prelude op de dood was, maar na twee dagen maakte het hem niet meer uit omdat het leven nu iets draaglijker was. Na het ochtendappèl liep een bewaker met hem mee door de sneeuw naar de warme rustige vertrekken van de officierskliniek. Telkens als Asher de deur opende dacht hij dat hij misschien Mengele en zijn martelwerktuigen zou aantreffen. Maar altijd trof hij een oogmeetkamer aan – kalm, rustig, efficiënt. De officieren die voor een bril kwamen gaven beleefd antwoord op vragen – zo beleefd dat Asher bijna vergat dat hij een gevangene was.

Hij was halverwege februari van het zware lichamelijke werk afgehaald. Een paar ochtenden later keek hij uit het raam van zijn werkkamer naar sneeuwvlokken die alles bedekten onder een witte bruidssluier, zelfs de runentekenachtige prikkeldraadomheining en de lijken die er als lakens aan hingen. Tegen de middag werd er geschoten, een rode vlek bloeide in de sneeuw. De vlek verbleekte naar roze, en tegen de avondschemering was het een roestbruine plek.

Een paar dagen later viel er weer sneeuw, die het kamp opnieuw van een witte sluier voorzag. Asher dacht – niet zonder ironie – dat wat er in Auschwitz gebeurde omkeerbaar was zolang er maar sneeuw was. Hij vond het fijn om door de vierkante ruitjes van zijn werkkamerraam naar buiten te kijken.

De sneeuw deed hem denken aan de winters uit zijn jeugd, toen hij speelde met zijn zusje, dat zo slim was geweest om naar Amerika te verhuizen. Het was een tijd geweest waarin de bossen nog veilig waren voor kinderen en ze geloofden in sneeuwfeeën die tot leven kwamen en wolven die wensen lieten uitkomen. Zijn zusje en hij hadden in de sneeuw gelegen, hun armen heen en weer gezwaaid, en afdrukken achtergelaten die op engelen leken.

Zo nu en dan werkte hij laat door en zag de nachthemel. Door de schijnwerpers was het onnatuurlijk licht, waardoor de sterren niet te zien waren. Een keer zag hij de maan en hij was verbaasd dat die nog steeds aan de hemel stond. Soms zag hij vrachten dozen buiten de vertrekken van Mengele – een deel gelabeld 'huisraad', een ander deel gelabeld 'botten'. Minstens een keer per dag hoorde hij motorfietsen.

Op een avond zag hij een transport. Mensen klonterden samen in groepen. Kinderen huilden. Een schijnwerper verlichtte de gestalte van Mengele. Hij was een elegante man die met zijn rechterelleboog op zijn linkerarm steunde en met een gehandschoende wijsvinger wees die nauwelijks bewoog. De nacht dat Asher en zijn zoon waren aangekomen had Mengele een kleermaker uit Freiburg naar links gestuurd en Ashers zoon naar rechts. Na een korte pauze had hij Asher ook naar rechts gestuurd. Hij wist niet wat dit betekende tot hij had gefluisterd naar een gevangene in de slaapplaats van een vijftig bij een vijftig boven hem. Toen had hij begrepen dat de kleermaker vergast was.

Zodra Asher Englehardt brillen begon te maken, wilden steeds meer officieren er een hebben. Ze rommelden liever niet in de verzameling uit de gaskamers – een willekeurig allegaartje, waarvan sommigen geïrriteerd en anderen geëmotioneerd raakten omdat ze te lang in de ogen van vrouwen, mannen en kinderen hadden gekeken die stonden te wachten in de vreemde bosjes die de gaskamers aan het oog onttrokken.

Sommige officieren zeiden dat ze de nieuwe monturen die waren gemaakt van gesmolten Jodengoud prettig vonden. Anderen zeiden dat ze de manier waarop Asher vragen stelde prettig vonden, alsof alles wat ze zeiden van belang was. Maar er was nog iets wat ze naar die kamer bracht, en dat was de rust die Asher uitstraalde terwijl hij de ogen testte van mensen die zijn vrienden hadden vermoord. Het was een diepe en haast voelbare kalmte die Asher zelf niet kon thuisbrengen, des te meer daar zijn zoon Daniel greppels groef in lucht die zo koud was dat je tong overal aan vast zou kleven. Hij zag Daniel 's nachts wanneer hij hem brood en extra eten bracht. De bewakers keken de andere kant op. Ze kenden Goebbels' orders.

Na een week verscheen er een bed in zijn werkkamer, zodat Asher overdag een dutje kon doen. Hij sliep, het maakte hem niet uit als hij vermoord zou worden. Sinds zijn komst in Auschwitz was hij zich niet bewust geweest van dromen. De barakken waren met stank vervuld. Mensen waren de hele nacht op, kreunden en smeekten om water. Er lag altijd wel iemand op sterven.

Maar nu, in deze rustige witte kamer, droomde Asher over zijn vrouw die Schubert speelde op de piano. En over Daniel die in de zitkamer op de grond met blokken speelde. Toen hij wakker werd, rook hij nog steeds verbrand vlees, was hij nog steeds omringd door barakken en met bloed bevlekte sneeuw.

Af en toe dacht hij aan Martin Heidegger, die elk jaar voor een bril kwam en hem een paar dagen voor de inval in zijn winkel had bezocht. Het was een warme oktoberdag geweest en Heidegger droeg lederhosen en een jagershoedje. De ss'er met wie Asher bevriend was had hem net verteld dat er niet voldoende kool zou zijn om de winter door te komen en dat mensen met Arische moeders en Joodse vaders nu werden aangepakt, wat Heideggers bezoek beladen had gemaakt en Asher had opgespleten in twee mensen – aan de ene kant een optometrist die grapjes maakte en over filosofie sprak, en aan de andere een doodsbange man die vreesde dat zijn zoon en hij ieder moment zouden sterven.

Heidegger zat in een stoel met een hoge rugleuning en keek naar het alfabet terwijl Asher de lenzen wisselde en aantekeningen maakte. Hij viel Heidegger bij toen die – zoals dikwijls – zei hoe ironisch het was dat de eerste persoon die hij had verteld over het inzicht dat hij door zijn bril had verkregen, optometrist was geworden.

Meestal kon Asher zijn angst negeren. Hij kon grappen dat Heideggers bril de enige reden was dat hij optometrist was geworden – alsof het niets te maken had met het verliezen van zijn baan als docent of het feit dat zijn vader Joods was. Maar die dag had het hem grote moeite gekost om te bedenken wat te zeggen.

Heideggers ogen waren iets achteruit gegaan en Asher zei dat hij misschien maar moest overstappen op een Arische optometrist, want deze dagen wist je maar nooit. Heidegger wuifde dat weg en probeerde hem op te monteren door hem te vertellen hoe teleurgesteld hij was in de NSDAP.

'Ik heb ze gewaarschuwd, ze begrijpen niet dat machines hun eigen Wezen hebben,' zei hij. 'Geen visie. Geen uitgangspunten.'

'Visie wint het altijd van machines,' zei Asher.

Heidegger knikte en zei tegen Asher dat hij een week geleden nog uit de wereld was gevallen. Elfride Heidegger was bezig geweest een stoofschotel op te dienen, de steel was gebroken en de lepel was in de pan gevallen. Zonder de lepel werd de steel een potsierlijke stok, en uiteindelijk kwam de hele keuken hem vreemd voor. Elfride was geïrriteerd geweest dat hij niet had geholpen.

'Martin,' zei Asher, zoals altijd, 'we zijn altijd in de wereld. Dus er is niets om uit te vallen.'

'Dat weet ik,' zei Heidegger.

'Waarom zou je dan niet gewoon in het hier en nu leven?' vroeg Asher.

'Omdat niemand dat constant volhoudt.'

Toch had Asher dat sinds de Kristallnacht gedaan. Na die nacht van glasscherven was hij niet meer in staat geweest weg te zinken in een zacht, donzig gevoel van welbehagen, ook al was het alleen maar in gedachten. Wanneer hij Daniel zag slapen dacht hij: nu is hij nog veilig. Wanneer hij vers brood kocht dacht hij: misschien is dit de laatste keer. En wanneer hij mensen met koffers op het station zag staan dacht hij: misschien zijn Daniel en ik hierna aan de beurt. In deze toestand verloren veel voorwerpen hun betekenis. Koffers en broden waren langwerpige vormen. Een moersleutel zag er niet heel anders uit dan een lepel.

Asher probeerde dit laatste gesprek met Heidegger te vergeten net zoals hij alle andere gesprekken met mensen die hij niet meer kon spreken probeerde te vergeten. Hij probeerde verhitte gesprekken met zijn vrouw te vergeten, die zich al vroeg had aangesloten bij het verzet en hem verweet dat hij geen oog had voor de opkomst van het nationaalsocialisme. En geanimeerde gesprekken met een vrouw – mooi, blond, hartelijk – die zijn geliefde werd toen zijn vrouw verdween. Die vrouw was ook verdwenen.

Terwijl Asher brillenglazen sleep, vroeg hij zich af of het gesprek dat hij altijd met Heidegger over de dood had gevoerd voorspellend was geweest aangezien mensen in Auschwitz zo dicht tegen de dood werden aangeduwd dat ze niet konden ontkomen aan een besef van sterfelijkheid. Overal in het kamp hing de zoete geur van brandend vlees. Om de paar minuten knalden geweerschoten.

Zelfs de ss'ers liepen verkrampt, alsof ze probeerden niet de dood in te donderen. Het hele kamp deed Asher denken aan een gruwelijk Zwart Woud van Zijn, een bizar amusementspark, met barakken in plaats van bomen.

De enige persoon die zich zo te zien niet op de rand van de dood waande was Ashers assistent, Sipko van Houten – een grote, hartelijke man die in Holland een succesvol bankrover was geweest. Zijn mildheid staafde de heersende mening in Auschwitz dat bankrovers de betrouwbaarste en oprechtste criminelen waren omdat ze altijd eerlijk waren over hun motieven. Sipko had Asher verteld dat hij eraan gewend was geraakt te leven met gevaar; dan was 't nu toch net als anders?

Sipko kon lassen en nam de lenzen en Ashers instructies mee naar een ander deel van het kamp om monturen te maken. Hij stopte onderweg altijd even bij een plek die Kanada heette, waar gevangenen, merendeels vrouwen, merendeels beeldschoon, bezittingen van nieuwkomers sorteerden. Af en toe nam Sipko iets voor Asher mee uit Kanada – een horloge, een paar schoenen, een trui – wat Asher vervolgens aan Daniel gaf om te kunnen ruilen tegen eten.

Twee weken nadat hij was overgeplaatst naar de kliniek nam Sipko een pak en een deukhoed voor hem mee.

'Ze gaan me dus in stijl doodschieten,' zei Asher.

'Ze schieten nooit iemand in stijl dood,' zei Sipko. 'Een net pak uittrekken is te veel gedoe.'

'Me in stijl vergassen dan.'

'Ze zouden me uit Kanada nooit iets meegeven voor iemand die eraan gaat,' zei Sipko. 'Te veel gedoe om alles weer uit te zoeken.'

Die nacht kwam er niemand om hem mee terug te nemen naar de barakken. Asher zat aan zijn werktafel, ervan overtuigd dat hij ieder moment zou worden doodgeschoten. Hij was verbaasd en verontwaardigd dat zijn instrumenten nog steeds glommen en hij bleef maar denken aan zijn zoon. Voor zijn gevoel waren er uren verstreken toen een officier hem rundvlees, aardappels, warme melk, brood en bier bracht – alweer een laatste maal. Maar ditmaal was Asher gewend aan eten, het kwam niet in hem op niet te eten. Dezelfde officier kwam terug en hielp hem het pak aan te trekken. Toen hij de deukhoed op zijn hoofd zette, keek de officier er kritisch naar, schoof hem heen en weer totdat hij tevreden was. Toen verlieten ze de kliniek.

Asher had Auschwitz meerdere malen 's nachts gezien, maar nu stelde hij zich voor hoe zijn eigen bloed een vlek zou maken in de sneeuw. De schijnwerpers zouden de vlek kleuren. Tegen de morgen zou hij roze zijn. Tegen de middag zou hij zijn vervaagd tot roestbruin. Niemand zou er verder gedachten aan wijden behalve Daniel, die zou beseffen wat er was gebeurd wanneer zijn vader zich niet meldde bij het appèl.

Het officiersverblijf was vol gelal. Een officier kwam op hen af lopen, hief zijn bierkroes en morste bier op Ashers schoenen.

'In godsnaam,' zei de officier die hem begeleidde. 'Het is nog tot daar aan toe dat je zelf bijna omvalt, maar houd dan in ieder geval wel je glas recht.'

De andere officier bukte en veegde Ashers schoenen schoon. Ze liepen door tot ze aankwamen bij een grote mahoniehouten deur.

'Het is een hele eer dat je hier mag komen,' zei de officier, 'hier onderhoudt de Kommandant zijn gasten.'

Asher liep een kamer binnen met houten lambriseringen, leren leun-stoelen en een open haard die brandde. Het was het eerste vuur in vier maanden waarvan hij zeker wist dat het niet bedoeld was om mensen te verbranden. De Kommandant stond voor de open haard, een man in een ss-uniform rechts van hem, en Martin Heidegger daar weer naast. Hij droeg een skipak en een jagershoedje.

'Wat doe jij hier in vredesnaam?' vroeg Asher.

'Mijn vriend,' zei Heidegger. 'Ik moest je zien.'

Hij liep naar hem toe en sloeg zijn armen om Asher heen. 'Mijn god,' zei hij. 'Hoe breng je hier je tijd door?'

'Met brillen maken,' zei Asher.

'Heb je daar die hele reis voor gemaakt?'

'Ja. Maar het was het waard.'

Ze lachten en begaven zich op een terrein waar niemand hen verder kon volgen, het terrein van oude vrienden en vertrouwde grapjes.

Even heerste er een feeststemming in de kamer. Maar toen de Kom-mandant iedereen gebood te gaan zitten en cognac inschonk, vulde de lucht zich met stilte. De stilte duurde tot de ss-officier naar een zeven-tiende-eeuws schilderij van een man met een plooikraag wees.

'Wat een prachtige Rembrandt,' zei hij.

De Kommandant knikte. 'Daar hebben we veel moeite voor moe-ten doen.'

'Iedereen zou moeite moeten doen om wortels in het verleden te vinden,' zei Heidegger.

'Exact,' zei de Kommandant.

'*Das Volk*,' zei Heidegger, terwijl hij zijn glas hief.

'Juist,' zei de Kommandant.

De Kommandant schraapte zijn keel en Heidegger haalde een vel papier uit zijn skipak. Het zat vol opgedroogde soep en aardappel-schillen.

'Heb jij deze brief geschreven?' vroeg hij.

Asher keek naar een brief waarvan hij zeker wist dat hij hem niet had geschreven. Maar hij zag zijn eigen handtekening staan. Had hij hem in zijn slaap geschreven? De brief ging over poëzie en het mysterie van de driehoek en 'afstand nemen', als in 'ik heb afstand genomen van het geschil'. Zo'n brief zou hij nooit schrijven. Toch stond zijn handtekening eronder. En het verkeerde antwoord kon hem zijn kop kosten.

'Ik zou het niet kunnen zeggen,' zei hij.

'In godsnaam,' zei Heidegger. 'Ik moet het weten. Want als jij dit hebt geschreven, dan is de hele wereld gek geworden.'

De Kommandant lachte. 'Daar drinken we op,' zei hij. 'De geestelijke gesteldheid van de wereld hangt af van wie een brief heeft beantwoord.'

'U begrijpt het niet,' zei Heidegger. 'Deze man was mijn collega. Hij heeft Leibniz naar de moderne tijd gehaald. Wij denken na over dingen.'

'Ik niet meer,' zei Asher.

'Bedoel je dat je deze brief wel hebt geschreven?'

Op dat moment klonken buiten drie schoten. De Kommandant liep naar een platenspeler en zette een pianoconcert in c groot van Mozart op.

'Excuses voor het lawaai,' zei hij, waarbij hij aan de zwengel van de platenspeler draaide alsof het een gehaktmolen was.

'Nou, is hij wel of niet van jou?' vroeg Heidegger.

'Wat?' vroeg Asher.

'De brief.'

'Het is alweer zo lang geleden.'

'Maar hij kan niet van jou zijn,' zei Heidegger. 'Je hebt een uitzonderlijk stel hersens. Neem dat maar van mij aan,' zei hij, waarbij hij zich tot de Kommandant richtte. 'U hebt geen idee met wie u hier van doen hebt. We hebben het hier niet over dingetjes die we misschien op school lezen over bomen die al dan niet geluid maken wanneer ze omvallen in het bos. Deze man doorgrondt Leibniz.'

De Kommandant legde zijn vuisten aan weerszijden van zijn hoofd en trok aan zijn haren. Toen schonk hij Asher nog wat cognac in.

'U kunt hier vrijuit spreken,' zei hij tegen hem. 'U bent een bevoorrecht mens. Neem maar van mij aan,' hij richtte zich tot de ss-officier 'dat deze man alles heeft gekregen. En dat hij voortreffelijke brillen maakt.'

'Dat weet ik,' zei Heidegger. 'Ik ga altijd naar hem toe. Maar mijn laatste bril heb ik nooit ontvangen.'

'Nu maakt hij brillen voor de officieren,' zei de Kommandant. 'En daar zijn ze heel tevreden over. Hij heeft volledige zekerheid dat hij zijn werk kan voortzetten.'

'Volledige zekerheid dat hij zijn werk kan voortzetten' kon betekenen 'wordt nu ieder moment doodgeschoten'. Asher vroeg zich af of zijn status als filosoof ervoor zorgde dat zijn dood een getuige als Heidegger verdiende. De ss-officier leek zijn wantrouwen te delen, want hij zei dat er vast een ding was waarvan Asher helemaal niet zeker was en dat was of hij wel zou blijven leven.

'Niemand kan daar nog van op aan, zelfs ik niet,' zei de Kommandant.

Buiten klonken nog meer schoten. De Kommandant zette Mozart harder.

'Zie je wel?' zei hij. 'Ik kan niet eens om stilte vragen.'

'Wat doe ik hier dan?' vroeg Heidegger. 'We zijn in een kamer met een open haard, maar mijn vriend ziet eruit als een spook. Buiten wordt er geschoten, maar we kunnen niets horen. Deze hele plek is verwrongen.'

'Hoe kan er nou iets verwrongen zijn?' vroeg de Kommandant. 'We zijn hier in een behaaglijke kamer. We hebben net getoost op het verleden. Je kunt nergens meer veilig praten.'

'Ik kan wel plekken bedenken die veiliger zijn,' zei de officier.

'Waar?' vroeg de Kommandant. 'Die bespottelijke berghut waar dit orakel woont? Of die straat in Holland waar ze twintig mensen omver hebben gemaaid omdat ze twee vluchtelingen verborgen hielden?'

Niemand zei iets. De telefoon rinkelde, maar de Kommandant nam niet op. Toen het gerinkel ophield, zei hij: 'Ik begrijp dat er zaken zijn die de heren het best onder vier ogen kunnen bespreken. Dus laten we u met rust. Neem gerust nog wat cognac.'

Hij vertrok met de officier en Asher keek Heidegger aan. Het concert van Mozart versterkte het gevoel dat hij in Freiburg was; zijn vrouw had dit stuk vele malen gespeeld. Maar hij waakte ervoor dat hij verzonk in een gevoel van welbehagen en keek behoedzaam naar de man die tegenover hem zat. Was dit wel echt Heidegger, of iemand die deed alsof? En zou een filosofische discussie een prelude op de dood zijn?

Deze persoon was zo'n tonnetje in zijn skipak dat het leek of de stoel hem er ieder moment uit zou persen en Asher besloot dat het echt Martin Heidegger was.

'Martin,' zei hij, terwijl hij voorover leunde en zijn schouder aanraakte, 'je bent helemaal hiernaartoe gekomen.'

'Ik moest wel,' zei Heidegger. 'Je had mijn brief niet beantwoord.'

'Die heb ik nooit gekregen.'

'Maar waarom ben je om te beginnen weggegaan?'

'Om brillen te maken.'

'Heb je die van mij ooit gemaakt?'

'Ja, maar ik weet niet of je die hebt gekregen,' zei Asher. 'Weet je niet meer dat ik tegen je zei dat je op zoek moest gaan naar een andere optometrist?'

'Ik dacht dat dat een grap was.'

'Dat was het niet.'

De Kommandant stak zijn hoofd om de deur en wilde weten of ze hun gesprek hadden afgerond. Heidegger ontkende dit. De Kommandant verdween en Heidegger viel stil. Toen zei hij: 'Waar moesten we ook al weer om lachen toen je net binnenkwam?'

'Dat weet ik niet meer,' zei Asher.

'Iets over dat het het waard was,' zei Heidegger, terwijl hij om zich heen keek of hij de grap kon vinden. Maar hij was verdwenen achter de muren. Dus greep hij naar iets anders.

'Wist je al dat ik geen les meer geef?' vroeg hij.

'Dat vertelde je me,' zei Asher.

'Ik mis het,' zei Heidegger.

'Maar je zei dat je aan het schrijven was.'

'Niet iedere minuut van de dag. En zonder lesgeven is het moeilijk om aan de sterfelijkheid te ontsnappen.'

'Ik dacht dat niet proberen te ontsnappen de hoogste roeping was,' zei Asher.

'Dat is ook zo,' zei Heidegger. 'Maar niemand houdt dat constant vol. De hut is donkerder dan vroeger. Ik kan het duister zelfs ruiken.'

'Daar zou je over moeten schrijven,' zei Asher.

'Dat heb ik al gedaan,' zei Heidegger. 'Wat valt er verder nog te zeggen?'

Maar Asher wilde het niet uitleggen. Hij was de essentie van vriendschap kwijtgeraakt tijdens Heideggers bezoeken aan zijn winkel. En wat er nog van restte, was kapotgemaakt door wat hij in Auschwitz had gezien. Dus in plaats van uit te weiden, leunde hij naar voren en zei: 'Martin, ik hoop dat je begrijpt dat jouw belangstelling voor het menselijke besef van sterfelijkheid een ander soort betekenis heeft op een plek waar louter het dragen van de verkeerde schoenen je dood kan betekenen.'

'Ik weet niet waar je het over hebt.'

'Dat verbaast me ten zeerste,' zei Asher. 'Het verbaast me ten zeerste dat je niet weet dat mensen hier gedwongen worden zich hun sterfe lijkheid te herinneren onder de meest gruwelijke omstandigheden. En niemand heeft hun ooit gevraagd of ze daar überhaupt over na willen denken.'

'Hoe zou ik dergelijke dingen moeten weten?' zei Heidegger.

Zijn toenemende stemvolume zorgde ervoor dat de Kommandant de deur opende.

'Zijn de heren al tot een conclusie gekomen?'

Heidegger zei dat ze dat niet waren en de Kommandant vertrok. Heidegger stond bij de open haard.

'Wat is de echte reden dat je mijn brief niet hebt beantwoord?' vroeg hij.

'Dat heb ik al gezegd. Ik heb hem niet gekregen.'

'Bezorgen ze hier geen brieven?'

'Nee.'

'Zoiets stoms heb ik nog nooit gehoord. Brieven moeten worden bezorgd. Daar zijn ze voor.'

De Kommandant deed de deur open.

'U schreeuwt,' zei hij. 'Dat is hier niet toegestaan.'

'Het kan me niets schelen wat jullie wel en niet toestaan,' zei Heidegger. 'Jullie kunnen nog niet eens een brief bezorgen.'

De telefoon ging weer. De Kommandant trok aan zijn haren. Toen het telefoongerinkel ophield, richtte hij zich tot de ss'er en zei: 'Hij is onmogelijk. Straks gaat hij nog jodelen. En de Jood heeft al te veel gehoord. Neem die maar mee naar waar je vandaan komt, anders vinden wij wel een oplossing voor hem. Het maakt niet uit wat je met de Jood doet, maar deze boerenlul moet weg. En even voor de duidelijkheid, je staat er alleen voor. Ik kan je alleen een Kübelwagen aanbieden naar het station.'

De ss-officier knikte en ze schudden elkaar de hand. De Kommandant keek bedroefd naar Heidegger.

'Ik had graag gezien dat hij werd doodgeschoten,' zei hij. 'Maar na de oorlog maken ze hem misschien tot nationaal erfgoed.'

'Hij geniet immuniteit,' zei de officier droog.

'Inderdaad,' zei de Kommandant. 'En ik heb goed nieuws voor u,' hij richtte zich tot Heidegger. 'U en uw vriend kunnen in alle rust praten.'

'Waar?' vroeg Heidegger.

'Op weg naar de trein. Zonder dit helse kabaal.'

'Ik kan niet weggaan zonder mijn zoon,' zei Asher.

'Mijn god,' zei de Kommandant, 'straks wil je ook nog kaviaar. In welke barak zit hij?'

Asher noemde de barak. Een andere barak dan waar hij zat.

'Die gevangenen,' zei de Kommandant. 'Iedere avond is een groot kletsfestijn, en wij maar werken.'

Hij opende de deur, greep een bewaker bij de kraag en schreeuwde: 'Ik stuur je naar het front als je deze gevangene niet binnen vijf minuten bij me brengt.'

Toen nam hij een slok cognac uit de fles, zonder die aan de anderen door te geven.

'Niets is volgens plan gegaan,' zei hij. 'Ik had ze gezegd nu eens een keer geen lawaai te maken, maar ze luisteren nooit. Die rommelige rottransporten.'

Rechts van de open haard hing een enorme kaart van Duitsland. De Kommandant liep ernaartoe, onthulde een bergruimte en begon eten tevoorschijn te halen. Asher zag grote hammen, flessen champagne, dozen wijn, gigantische kaaswielen, zware blokken chocola. De Kommandant trok lukraak van alles tevoorschijn, gooide het in een plunjezak en schoof die naar de ss'er.

'Neem mee. Neem alles mee,' zei hij. 'En geen woord hierover, verdomme.'

Toen deed hij de deur open en riep: 'Waar blijft dat klerejong?'

De barakken lagen ver verwijderd van het officiersverblijf, maar binnen enkele minuten kwam de bewaker terug met een jongen. Hij was dun, en had schrandere blauwe ogen, net als zijn vader. De Kommandant gooide een jas naar hem.

'Je gaat op reis,' zei hij. 'Trek aan.'

Daniel trok wit weg.

'Trek aan,' zei de Kommandant. 'Je gaat met je vader mee.'

Asher keek naar zijn zoon. Meer dan vier maanden was hij een schaduw geweest, die in het donker bij de barakken zijn hand uitstak om eten aan te pakken. Nu was hij in een warme kamer, die niet heel anders was dan de kamer waarin hij was opgegroeid, met muziek die zijn moeder vroeger speelde. Wie wist wat er ging gebeuren? Wie wist waar ze heen zouden gaan? Toch mimede Asher de woorden: 'Je bent veilig.'

Een deur ging open. Een Kübelwagen kwam aanrijden. Ze liepen een sneeuwveld op zonder schijnwerpers, bewakers of hekken. Asher had een vaag gevoel dat hij deel uitmaakte van iets wat nooit had mogen gebeuren. Maar hij had alleen oog voor zijn zoon.

Heidegger werd steeds kleiner naarmate de trein vaart maakte en Lodenstein zag hem verdwijnen. Hij was alleen op het station, verlicht door een lamp van de perronoverkapping. Heidegger liep heen en weer, porde in de sneeuw met zijn wandelstok, oreerde tegen het donker, nog steeds zonder bril. Uiteindelijk werd hij een stip en toen verdween het station uit het zicht. Lodenstein keerde terug naar het rijtuig, dat raadselachtig leeg was. Misschien had de Kommandant dat zo bevolen, zodat niemand Heideggers tirades kon horen of twee geraamtes uit Auschwitz kon zien. Nu Heidegger weg was, waren alleen Asher en Daniel er nog, ze lagen te slapen in het schemerdonker. Even werd Asher wakker en Lodenstein bood hem worst aan. Maar hij schudde zijn hoofd en viel weer in slaap.

Nu verscheen er een treinkelner die aan Lodenstein vroeg of hij dorst had. Hij bestelde limonade, wat de kelner leek te verbazen, want niemand dronk ooit limonade in de winter. Maar hij kwam er snel mee aanzetten – het ss-uniform maakte indruk op hem – en Lodenstein sloeg de limonade achterover met de wens dat die naar zijn bloed zou gaan als een directe transfusie. Hij voelde zich leeg, als een zak meel die ervanlangs had gekregen, en de trein noch hijzelf leek echt. Vanaf het vertrek uit Auschwitz had hij Heideggers tirades moeten aanhoren en hij was dolgelukkig toen hij hem bij het vorige station zag uitstappen, uit de trein buitelend, heen en weer zwaaiend met een fles schnaps, nog steeds aan het oreren. Lodenstein vond het onvoorstelbaar dat Asher door de hele toestand heen had geslapen. Maar nu was alles stil en de trein bolderde door het donker met een zacht, geruststellend ritme.

De limonade deed Lodenstein aan de zomer denken en hij wilde dat hij kon terugglippen naar een zomer uit zijn jeugd, waar het enige bewijs van oorlog de greppels waren die hij met zijn vriendjes groef. Aan tafel vitte zijn moeder op zijn modderige schoenen en zijn vader probeerde hem ervan te overtuigen dat het ontcijferen van codes veel spannender was dan vechten. Maar hij kon nergens in wegglippen omdat de afgelopen drie weken met glas in zijn lichaam gekerfd leken.

De cel, waar hij omhoog was gezweefd tegen het plafond, de ogen van Goebbels, de Kommandant die aan zijn haren trok, de schoten en het bloed in de sneeuw, alles was in zijn geheugen geschroeid. Alles had hij moeten doorstaan om Elie Schactens leven te redden.

Even leken zijn daden ondoorgrondelijk, alsof hij keek naar iemand die hij niet begreep. Hij liet zijn blik voorzichtig over Asher en Daniel gaan, die dicht bij elkaar zaten, als uit één blok steen gehouwen. Ze leken een gewone vader en zoon, op het punt van uithongering. Maar het was niet gewoon een vader en een zoon. Het waren nog eens twee vluchtelingen op weg naar de Bunker.

Lodenstein schopte tegen de plunjezak die de Kommandant hem had meegegeven en besefte toen dat er voldoende eten in zat voor bijna twee weken. La Toya kon soep maken met worst. Dimitri zou in zijn nopjes zijn met de chocola. Iedereen zou genieten van de echte koffie. Hij begreep Elies opwinding als ze extra broden meenam, een grote hoeveelheid ham. Hij had zich altijd ingezet voor de veiligheid van de Bunker, hij had belachelijke brieven geschreven aan Goebbels, zich voorkomend gedragen jegens Mueller, die vast wilde dat hij werd doodgeschoten. Hij liet zelfs toe dat Stumpf de Schrijvers opdroeg zich een voorstelling te maken van Goebbels omdat hij dan minder tekeerging. Maar eten brengen naar de Bunker en de honger helpen bestrijden – dat was iets nieuws. Hij begon zo te denken als Elie.

Toch kon hij zich haar in werkelijkheid nauwelijks voor de geest halen. Ze was een waas van blonde krullen en rozenparfum. Hij stelde zich voor hoe hij naar haar tastte in het donker, haar vertelde over zijn opsluiting en zijn gesprek met Goebbels. En dan over de geweerschoten in Auschwitz en Heideggers tirades in de trein. Hij hield haar vast terwijl hij sprak. En zij luisterde. Maar wie zou hij dit vertellen? De Elie die flirtte met officieren? De Elie die Heidegger ooit had gekend? Of de Elie met wie hij de liefde bedreef onder het grijze dekbed? Hij had altijd geprobeerd niet te denken aan wat ze deed om tijdens haar strooptochten te bemachtigen wat ze nodig hadden. Hij probeerde alles wat ze buiten de Bunker deed tot pluisjes te maken die haar nauwelijks raakten. Dat gold ook voor Elie: hij voelde hoe zij zich met het uittrekken van haar jas van ze ontdeed als ze thuiskwam.

Lodenstein schopte nogmaals tegen de plunjezak. Daniel en Asher jammerden in hun slaap. Het was het gejammer van mensen die waren geslagen, mishandeld en niet wisten of ze de volgende dag nog wakker zouden worden. Toch stoorde het geluid hem, net als de geur van de worst die uit de plunjezak opsteeg en de warme lucht in de trein.

Hij liep de rijtuigen door en keek naar buiten naar de sneeuw en de dennen. Af en toe zag hij een huis waar licht door de verduisteringsgordijnen lekte; het leken de spleten in Hanussens wereldbol. Hij nam aan dat de trein vanuit Polen Duitsland was binnengereden maar hij wist het niet zeker. Hij kon overal zijn.

Voordat hij was uitgestapt had Heidegger Mikhails brief naar hem toe geschoven en die hield hij nog steeds vast, een katalysator in deze absurde keten. De brief was van de Bunker naar het Zwarte Woud gereisd, toen naar het hoofdkwartier van het Rijk en naar Auschwitz. Hij was gestolen, verkreukeld en in een soepterrine gepropt. Hij zat onder de kreukels en opgedroogde soep. Hij leek niet opgewassen tegen nog een reis.

Lodenstein bracht de brief naar het licht en probeerde hem te lezen, maar hij kon totaal geen wijs worden uit de woorden. Iedere letter van het alfabet leek een piepklein figuurtje in Hanussens theater. Sommige zaten op elkaar gepropt in het midden, andere zaten alleen aan het uiteinde van het middenpad. Een paar klonterden samen tot een reeks woorden: 'De driehoek is de meest paradoxale der menselijke betrekkingen. Het geheim van alle verbintenissen en een aanleiding voor verraad. De driehoek is een ware beproeving voor het menselijk hart omdat hij het vermogen bezit ongelofelijke goedheid tot stand te brengen en ongelofelijk verdriet te veroorzaken, alsmede te leiden tot een gemoedstoestand van zowel extase als waanzin. Een integere inzet van de driehoek staat in dienst van God.'

Hij vond dat de brief op een bizarre manier de spijker op de kop sloeg, maar hij vond hem ook ironisch, omdat de brief de kern van verraad vormde. Van Elie. En van de Solomons, die hij vertrouwd had. De brief was de reden dat hij naar Berlijn was gegaan, Goebbels had gesproken, was opgesloten. Hij was de reden dat hij Heidegger had meegenomen naar Auschwitz en geweerschoten had gehoord, begeleid door Mozart. Hij was de reden dat hij zijn kamer kort en klein had geslagen en van alle ruzies die hij met Elie had gehad. Hij was de reden van alles. Deze brief zou nooit een antwoord krijgen. Hij had nooit geschreven moeten worden.

Hij opende zijn hand en liet de brief los. Even bleef die door de wind tegen het rijtuig plakken. Toen fladderde hij in het donker tot de trein hem achterliet en de brief verdween.

Vluchtelingen

Chers papy et mamie,

Cela fait à peine une semaine que je suis là et mes vêtements me boudinent déjà. Il y a des bois où l'on va jouer, beaucoup de neige, et un endroit où ils élèvent des lapins à poils longs. J'ai même eu la chance d'aller les nourrir. Il y a beaucoup d'eau et des tas de gens intéressants. Le voyage a été long avant d'arriver dans ce lieu merveilleux. C'est le plus bel endroit au monde.

Gros bisous,
René

Lieve opa en oma,

Ik ben hier pas een week, maar ik begin nu al aan te komen. Er zijn bossen om in te spelen, er ligt een hoop sneeuw, en er is een speciale plek waar ze konijnen met lang haar houden. Die mag ik soms ook voeren. Er is veel water en er zijn veel interessante mensen. Het was een lange reis naar deze geweldige plek. Het is de beste plek van de hele wereld.

Dikke zoen,
René

Op een middag leunde de blonde, ietwat verlopen Gitka over Maria's bureau en bood haar een witte fluwelen roos aan. 'We zijn allebei Pools,' zei ze, 'en we weten hoe we via het bed kunnen bereiken wat we willen.'

Maria had niemand verteld dat ze Pools was. Ze sprak Duits zonder accent en beantwoordde alleen brieven in het Italiaans en Frans. Ze vond het eng dat Gitka door haar heen kon kijken.

'Ik wil je iets leren over stilte,' zei Gitka.

'Ik moet werken,' zei Maria, die eigenlijk zat te lezen.

'Niemand werkt hier,' zei Gitka. 'En Die Gnädige Frau heeft amper door dat we er zijn.'

Hiermee bedoelde ze Elie, die in haar donkerrode notitieboekje zat te bladeren. Haar gezicht was bleek en ze beet op haar onderlip. Dimitri zat naast haar op een hoge kruk postzegels uit te zoeken.

'Zie je wel?' zei Gitka. 'Ze eet niet. Ze slaapt niet. En ze lacht nooit behalve als ze met het muisje praat. Ze denkt alleen maar aan hem. En het kon haar toch al nooit iets schelen of we wel werkten. Dus laat me je iets leren.'

Ze leidde Maria naar een kamer tegen de achterwand van het hoofdvertrek, de kamer die van Elie was geweest voordat ze bij Lodenstein was ingetrokken. De kamer was hol, donker, koel en aan drie kanten omringd door de mijn.

'Dit is de eerste plek die geluiddicht is,' zei Gitka. 'Maar die is altijd bezet.'

Ze deed de deur verder open en Maria zag Niles Schopenhauer boven op Sophie Nachtgarten.

'Waar het om gaat, mijn kleine vriendinnetje, is dat je hier nooit moet komen voor een gesprek.'

'Dat heb ik ook nooit gedaan,' zei Maria.

'Goed,' zei Gitka. 'Dat zul je dus voortaan ook laten.'

Ze leidde Maria door de grote mahoniehouten deur, langs de smeedijzeren bankjes en de keuken. Het was halverwege de middag en de kunstmatige zon helde over naar het westen, bespikkelde de namaakperenboom en -rozenstruiken voor het kleine en merkwaardige huisje van de Solomons. Lars, die bij de deur een appel stond te schillen, zwaaide naar ze. Ze liepen door naar waar de straat doodliep in een muur van aarde. Gitka leidde Maria's handen langs de trompe-l'oeil, een perfecte boog die de tunnel camoufleerde. Ze liet een van Maria's vingers langs het metalen sleutelgat gaan.

'Het is een deur,' zei ze toen ze Maria's verbaasde blik zag. 'En die leidt naar de tweede plek waar alles stil is. Maar hij zit op slot, en niemand heeft de sleutel. Trouwens, wie zou die willen hebben? Hij leidt naar een tunnel waar de Gestapo mensen uit de stad naartoe voert om ze dood te schieten.'

'Mij maak je niet bang,' zei Maria. 'Ik kom van een plek die veel erger was.'

Maar haar vingers trilden terwijl ze langs de deur gingen. Gitka lachte en zei verder niets. Ze draaide zich om en bleef staan bij een deur tegenover de Solomons. Hij leidde naar een kleine kamer vol stapels houten kratten met een stempel 'GEANTWORTET'.

'Deze plek is ook geluiddicht,' zei Gitka. 'Maar hier slaan ze de brieven op, dus niemand kijkt ooit of er nog ruimte is in deze kamer.'

'Ik heb nooit geweten dat die hier was.'

'Nou, dan weet je dat nu. Vergeet maar dat je het hebt gezien.'

Toen leidde Gitka Maria naar de kleinste wc en maakte het luchtrooster in het plafond open. Ze wees naar een kruk en zei tegen Maria dat ze in de opening moest klimmen. Maria zei dat ze het niet begreep, en Gitka zei: 'Als je nou gewoon op die rotkruk gaat staan, dan zie je het vanzelf.' Maria klom op de kruk, en toen ze hun plek hadden gevonden in het grillige duister zei Gitka: 'Hier kom je als je iets moet vertellen wat niemand mag horen.'

Maria zei: 'Goed, bedankt.'

Ze wilde net naar benenden klauteren toen Gitka zo dichtbij kwam dat Maria haar sigarettenadem, haar misplaatst dure parfum en de enigszins schimmelige geur van haar bontjas rook. Gitka raakte haar aan en Maria voelde haar nagels. Ze waren lang en Maria zag haast de rode nagellak in het donker.

'Wacht,' zei Gitka. 'Want ik heb iets geluiddichts wat ik je moet zeggen. Parvis Nafissian mag je hebben. Maar blijf uit de buurt van Ferdinand La Toya.'

'Het is nooit bij me opgekomen om hem te benaderen.'

'Goed. Houden zo.'

Iemand liep de wc binnen en deed een lange, lusteloze plas. Toen kwam iemand anders binnen, die omhoog begon te klimmen.

'Bezet,' zei Gitka.

'Sorry,' zei een stem. Het was Elie Schacten. Toen ze weer weg was, stak Gitka nog een sigaret op.

'Ik durf te wedden dat ze vijf kilo is afgevallen sinds hij weg is,' zei Maria. 'Ze zit zich alleen nog maar zorgen te maken.'

'Dat doen we allemaal,' zei Gitka. 'Neem maar van mij aan dat ze niet de enige is.' Ze blies uit en de lucht vulde zich met rook. 'Zo... dat van Ferdinand is dus duidelijk?'

'Ja,' zei Maria, die maar niet zei dat ze de pest had aan zijn sigaren.

'Goed. Dan kunnen we gaan.'

Gitka drukte haar sigaret uit tegen de muur en ze klauterden naar beneden de wc in. Gitka trok haar jas over haar schouders en stak een nieuwe sigaret in haar lange zwarte houder.

'Niet iedereen wil een strakke poes,' zei ze.

Nadat Elie Schacten bij het luchtrooster was weggestuurd liep ze over de keienstraat met Generalmajor Mueller, die een kwartier daarvoor was aangekomen, onaangekondigd, om – zoals hij zei – te kijken hoe het met Elie Schacten ging. Elie werd door paniek overvallen. Ze duwde Dimitri tussen de jassen tegen de muur en fluisterde naar een Schrijver hem te verstoppen bij de Solomons.

Mueller had geluk gehad, hij vertelde Elie dat hij niet naar het front was gegaan, maar in de Rijkskanselarij was blijven werken aan een speciaal project. Bij het noemen van het project kneep hij zijn ogen samenzweerderig dicht. Hij werkte in een ondergrondse bibliotheek, zo vertelde hij, waar waardevolle documenten werden bewaard. En zo had hij vernomen dat Lodenstein in eenzame opsluiting zat: nee, niet in een gewone gevangenis, maar in een cel die eruitzag als een wachtkamer. Goebbels had hem daar direct bij aankomst in laten smijten. En toen had hij hem vrijgelaten zodat hij die dwaas van een filosoof mee kon nemen naar Auschwitz. Maar nu werden twee gevangenen vermist. En het gonsde door het hele Rijk dat Lodenstein ze had meegenomen. Wie wist wat er zou gebeuren als ze werden opgepakt? En daarom was Mueller naar de Bunker gekomen, omdat hij wist dat Elie alleen was. Hij wilde haar troosten.

'Wie zal zeggen waar ze zijn?' zei Mueller. 'Misschien komt Lodenstein wel nooit meer terug.'

'Misschien zijn het maar geruchten,' zei Elie.

'Goebbels verspreidt geen geruchten,' zei Mueller.

'Maar waarom heeft de Kommandant ze niet tegengehouden?' vroeg Elie.

Mueller fronste zijn wenkbrauwen.

'Goebbels en de Kommandant hebben een rekening te vereffenen. Dus er zal vast niets gebeuren. Vooralsnog.'

Elie stelde voor dat ze naar de ventilatieschacht gingen, zodat ze onder vier ogen konden spreken. Ze was van plan als eerste omhoog te klimmen en dan Mueller tussen de ogen te schieten zodat hij Dimitri nooit zou ontdekken en nooit meer iemand in de Bunker zou bedreigen. Terwijl ze over de keienstraat liepen, herinnerde ze zich wat Goebbels haar had verteld over mensen doodschieten. 'Je hand praat slechts met de trekker. Het is het pistool dat het doet.' Hier dacht ze aan terwijl ze hem snel langs het huis van de Solomons de wc in loodste. Maar de ventilatieschacht was bezet, dus moesten ze op hun schreden terugkeren. Elie liet toe dat Mueller haar arm vasthield.

Ze liepen weer langs het huis van de Solomons. Dimitri, die bij het glas-in-loodraam stond, dook weg en Elie wees naar de stapelwolken in de lucht. Ze hield haar hand stijf zodat die niet zou trillen.

'Wat was dat?' vroeg Mueller, terwijl hij naar het raam keek.

'De kat van de Solomons,' zei Elie.

'Sinds wanneer hebben die Joden een kat?'

'Een paar maanden.'

'Hoe heet die?'

'Mufti.'

'Een kat die zo heet zou buiten moeten blijven,' zei Mueller.

Ze kwamen bij het eind van de straat. Hij ging zitten op een bank bij de mijnschacht en klopte met zijn hand op de lege plek naast hem.

'Kom,' zei hij. 'Ik wil weten hoe ik je kan helpen.'

Elie dwong zichzelf te gaan zitten en Mueller drukte zijn ring tegen haar schouder, met zo veel kracht dat het voelde alsof hij een stempel zette in haar vlees. La Toya keek om de hoek van het hoofdvertrek en Mueller wierp hem een dreigende blik toe.

'Hoe kunnen we nou een gesprek voeren tussen die nepschrijvers?' vroeg hij.

'Dat kan ook niet,' zei Elie. 'Kom, we gaan naar boven.'

En deze keer, dacht ze, weerhoudt niets me er meer van om jou dood te schieten.

Mueller omhelsde haar in de mijnlift en liep door het verlaagde deel, hij hield haar hand vast en zei dat ze een menuet maakten, en dat het jammer was dat het bed de kamer te klein maakte om te dansen. Maar toen ze bij de deur kwamen, leunde hij tegen de deurpost en fronste zijn gezicht als een papieren zak.

'Beste kerel,' zei hij, alsof hij tegen de lucht sprak. 'Ik dacht dat je ons voorgoed had verlaten.'

Elie draaide zich om en zag Gerhardt Lodenstein bij de dakvensters. Ze had gedacht dat ze hem nooit meer zou zien. Maar nu stond hij voor haar – ongeschonden, vitaal – als een overledene die in een

213

droom verschijnt. Zijn gezicht was ongeschoren en hij droeg zijn verfomfaaide groene trui, die hij snel tevoorschijn had getrokken, waarbij hij zijn kompas op het bed had gegooid en sokken over de vloer had gestrooid. Dit tot grote vreugde van Elie, die gewoonlijk de pest had aan rommel. Hierdoor wist ze zeker dat hij werkelijk terug was. Ze rende naar hem toe, hij nam haar in zijn armen en ze begon te huilen. Mueller frunnikte aan een medaille op zijn jas. Uiteindelijk zei hij: 'Ik hoor dat je nogal een reis achter de rug hebt.'

Lodenstein keek naar Mueller alsof hij op het punt stond iets riskants te zeggen, maar het lukte hem te glimlachen en Muellers hand te schudden.

'Aardig van je dat je gekomen bent,' zei hij.

'Ik kon toch niet anders, arme Fraulein Schacten was alleen en jij moest al die vreselijke toestanden doorstaan.'

'Heb je het over de geruchten die als kraaien rondzwermen? Niets was vreselijk. Zelfs die groene wachtkamer niet.'

Mueller pulkte aan zijn medaille en Lodenstein pakte de plunjezak op die Mueller vooruitlopend op een overnachting had meegebracht.

'Ik zou je graag een cognac aanbieden. Maar ze willen je terug hebben in Berlijn.'

'Hoe bedoel je?'

'Ik weet het niet. Het is geheim, net als al je andere missies.'

Elie hoorde het gesprek aan alsof ze in trance was. Ze liep met de twee mannen naar buiten, en toen ze over het stenen pad liepen maakten hun laarzen scherpe geluiden. Wind blies verse sneeuw hun kant op en Elie greep Lodensteins arm, bang dat hij zou verdwijnen als ze hem niet vasthield. Toen ze bij Muellers Kübelwagen aankwamen, griste Mueller de plunjezak uit Lodensteins handen en smeet die op de grond. Hij trok zijn mes tevoorschijn. Elie legde haar hand op haar revolver.

'Ben je tevreden, beste kerel?' vroeg Mueller.

'Waarmee?' vroeg Lodenstein.

'Met de resultaten.'

'Niemand is nog tevreden,' zei Lodenstein.

'Heus?' Mueller haalde een zakdoek tevoorschijn en begon zijn mes te poetsen alsof hij boter op een toast smeerde. 'Mensen zijn gewoon zichzelf niet meer,' zei hij.

'Goebbels zo te zien wel.'

'Dat komt omdat je hem minder goed kent dan ik,' zei Mueller. Hij schraapte zijn keel. 'Overigens, een extra kat is geen probleem. Zelfs een kind misschien niet, al zou dat vervelend kunnen worden. Maar twee vluchtelingen is een ander verhaal.'

'Die hebben we dus ook niet,' zei Lodenstein.

'Mooi,' zei Mueller. 'Want een dezer dagen komt Goebbels daadwerkelijk langs. Of misschien stuurt hij wel iemand die precies op hem lijkt. Of tien mensen die doen alsof ze hem zijn. Ik bedoel maar, je vraagt om problemen.'

'Ik weet niet wat je bedoelt.'

'Misschien ben je goed in Perzisch Patience. Maar bluffen kun je niet,' zei Mueller. 'Volgens mij weet je het dondersgoed.'

Hij hield zijn mes in de zon – Elie zag licht flikkeren op het lemmet. Hij stopte het weg, ging dichter bij Elie staan en pakte Lodenstein bij zijn mouwen. Elie zag zijn vette haren en rook zijn walgelijke pommade.

'Het Rijk is als iedere organisatie met een missie,' zei hij. 'Gaandeweg sterven mensen als ze op de verkeerde plek opduiken. Net als de mensen die hen verbergen.'

'Je moet wel dwaas zijn wil je dat nog niet doorhebben,' zei Lodenstein.

'Dan lopen er hier nogal wat dwazen rond,' zei Mueller.

Lodenstein lachte en schudde Muellers hand. Die leek twee maal zo groot in zijn leren handschoen.

'Behouden reis,' zei hij.

Mueller reed weg, zijn Kübelwagen ronkte als een gevaarlijk beest. Hij verdween de bocht om en Lodenstein loodste Elie haastig naar de hut en zei dat het koud was. Het licht was veranderd in een melkachtig schijnsel – de avondschemering, een tijd van sluimer, waarin de randen van de wereld geleidelijk hun harde contouren verliezen. Lodenstein liep naar zijn jeep en Elie zag binnenin een wirwar van dekens, geheimzinnige lappen stof die uit zichzelf leken te bewegen. Toen zag ze twee figuren tevoorschijn komen – zo mager en ijl dat het net zo goed rook of een schaduw had kunnen zijn. Lodenstein wikkelde ze in nog meer dekens en ze liepen met z'n drieën naar de herdershut. Elie begon te trillen toen ze het ijs hoorde kraken. Het was alsof zich in haar een veer ontspande, alsof alle momenten die zij had beleefd op dit punt samenkwamen. De figuren kwamen aan bij de deur. 'Elie Kowaleski,' klonk een stem uit de doeken. 'Ben jij het?'

Elie kon haar blik niet van Ashers gezicht afhouden terwijl hij op de keienstraat zat en naar de namaakhemel staarde. Het was geen echt gezicht, maar grijze huid gespannen over botten, een samenvoegsel van hoeken en holtes, getekend door uitputting en verhongering – maar niet een gezicht. Het vlees eronder was verdwenen. Zijn ogen waren het enige wat leek te leven. Toch kon Elie alles zien in dat gezicht: elk geweerschot dat hij in Auschwitz had gehoord, elk moment dat hij mensen had zien sterven. En de man die zij had gekend in Freiburg, ook die kon ze zien: de man die zich zorgen maakte over zijn vrouw en bevlogen colleges gaf over Leibniz. De man die 's avonds laat zat te lezen.

Ze haalde met Lodenstein kratten uit de opslagkamer die Gitka een paar uur eerder had laten zien aan Maria. Dit zou een slaapkamer worden voor Asher en Daniel. Ze bukten en bewogen met het ritme van mensen die gewend waren samen te werken, alsof ze nooit uit elkaar waren geweest – wat Elie verbaasde. Ze herinnerde zich Lodensteins kracht. Dat kratten niets leken te wegen als hij ze optilde. En de karakteristieke manier waarop hij zijn haren naar achter veegde – snel, alsof hij geen moment te verliezen had. De stapel werd topzwaar en hij verplaatste kratten naar de trompe-l'oeil voor de tunnel. Elie vond matrassen, dekens, lantaarns, en een tiffany-lamp voor het enige stopcontact dat in de muur zat. Ze stopte bij de Solomons om te kijken hoe het met Dimitri ging en liep toen met Lodenstein naar de keuken.

'Mijn god, ik was bang dat ik je nooit meer zou zien,' zei Elie, terwijl ze hem een glas water gaf.

'Ik was ook bang. Je weet niet half hoe bang.'

'Zit het je dwars dat hij me kent?'

'Nu niet. Ik ben alleen maar blij om je te zien.'

'Zeg je dat uit aardigheid? Of meen je het echt?'

'Grotendeels,' zei Lodenstein.

Asher begon te hoesten en Elie bracht hem een glas water. Daniel stond nog steeds op straat te kijken naar de verstarde hemel. Asher was gaan liggen op een matras in de opslagkamer.

'Noem hier nooit mijn achternaam,' zei ze tegen hem. 'Ik heet nu Elie Schacten.'

Asher lachte. 'Je hebt jezelf dus een schuilnaam aangemeten. Net als iedereen in deze oorlog. Heb je alleen nieuwe papieren gekregen, of ben je ook gedoopt?'

Elie zei dat ze nieuwe papieren had gekregen en besefte dat ze zich niet meer kon herinneren hoe zij en Asher met elkaar spraken. Het was een taal geweest van nuances, ironie en dubbele betekenissen. Nu sprak ze een taal van crisis die dringend, beknopt en letterlijk was. Soms was er een opwelling van intimiteit en gedeelde onthullingen, zoals bij mensen die elkaar in vertrouwen nemen wanneer ze elkaar nooit meer zullen zien. Maar behalve momenten vol gevaar en blijdschap bracht ze nooit veel tijd door in het gezelschap van iemand die ze had helpen vluchten. Uiteindelijk zei ze: 'Waren jullie veilig in de trein?'

'Dat betwijfel ik. Ik probeerde te slapen, maar ik bleef me maar afvragen of we zouden worden doodgeschoten. Het enige wat het draaglijk maakte was Gerhardt Lodenstein. Volgens mij is hij een soort engel, terwijl ik daar niet eens in geloof.'

'Volgens mij ook,' zei Elie. 'En ik geloof daar evenmin in.'

'Maar waar heeft hij ons naartoe gebracht? Naar een hemel die bestuurd wordt door katrollen?'

'Hij heeft jullie gebracht naar een plek waar we brieven beantwoorden van mensen die inmiddels waarschijnlijk dood zijn.'

Ashers gezicht betrok. 'Dat is vast een hoop werk.'

Elie had zich graag herinnerd hoe je iets grappigs zei, al was het maar om de blik van zijn gezicht te wissen. 'Ze schrijven alleen naar mensen van wie de brieven retour zijn gestuurd,' zei ze. 'Hierin,' ze wees naar de kratten, 'worden die antwoorden opgeslagen.'

'Retour waar naartoe?' vroeg Asher.

'Naar de kampen,' zei Elie.

'Heb je ooit een brief van mij ontvangen?'

'Nee,' zei Elie. 'Maar we hebben wel een brief voor jou, en jouw recept voor Heideggers bril. Dat is deels de reden dat je hier bent.'

Ze werden onderbroken door Stumpf, die langs hen trippelde en kratten bij elkaar zette bij de trompe-l'oeil.

Asher zag Stumpfs uniform en deinsde achteruit tegen de muur.

'Jullie hebben bewakers hier,' zei hij.

'Hij is een lakei,' zei Elie.

'Ik geloof er niets van,' zei Asher. 'Volgens mij is het hier net als in Theresienstadt.'

Hij had het over een kamp in Tsjecho-Slowakije met een paar gemoedelijke straten en nette huizen die een façade vormden voor bezoeken van het Rode Kruis. Kinderen zongen in een opera maar werden de dag daarop naar Auschwitz gestuurd om te worden vergast.

'Hier gaat niemand dood,' zei Elie.

'Wat een troost.'

Elie keek Asher recht aan. En daar waren ze: dezelfde blauwe ogen die ze in Freiburg had gezien.

'Was je echt in Auschwitz?' vroeg ze.

Asher staarde haar aan op de manier waarop hij haar ooit had aangestaard toen Elie had gezegd dat ze zeker wist dat zijn vrouw veilig was. Elie keek naar haar handen, ze waren rood met wit gespikkeld door de tiffany-lamp. Ze draaide ze in verschillende standen tot Lodenstein kwam aanzetten met twee kommen soep. Alleen maar twee kommen soep? Waar was de worst en het knäckebröd?

Die nacht bleven Elie en Lodenstein in Muellers oude kamer zodat ze in de buurt konden zijn van Asher en Daniel, die in de oude opslagkamer sliepen. Ze waren vlak bij het hoofdvertrek en konden Schrijvers horen schreeuwen in hun slaap – een geluid dat Lodenstein ooit angstaanjagend vond maar nu geruststellend omdat het vertrouwd en menselijk was, in tegenstelling tot het gerinkel van de cipierssleutels en de geweerschoten in Auschwitz. Hij had zich verbonden gevoeld met Elie toen ze Asher en Daniel welterusten wensten. En hij had zich verbonden met haar gevoeld toen ze Dimitri welterusten wensten. Ze hadden zachtjes gesproken, zoals wanneer je kinderen welterusten wenst. Maar nu voelde hij zich ongemakkelijk, alsof er een vreemde spanning tussen hen in de lucht hing. Hij bukte en maakte de plunjezak open die hij uit Auschwitz had meegebracht.

'Elie, ik heb een verrassing voor je. Denk eens aan al het eten dat jij altijd meeneemt. Nu heb ik wat meegenomen.'

'Mijn god. Je hebt al meer dan genoeg gedaan.'

Lodenstein trok een fles wijn open.

'De beste,' zei hij. 'En nu voor mensen die het verdienen.'

Elie glimlachte en leunde tegen hem aan.

'Het spijt me dat ik je nooit mijn echte naam heb verteld.'

'Het is een lange naam,' zei Lodenstein. 'Ik zou hem nooit onthouden hebben.'

'Probeer je nou aardig te doen?'

'Een beetje maar. Maar één ding wil ik weten. Hebben jullie iets met elkaar gehad?'

Elie aarzelde. Toen zei ze: 'In Freiburg. Zijn vrouw was verdwenen. De Partij was in opkomst. En we waren allebei eenzaam.'

Lodenstein nam een grote slok wijn en wreef met zijn hand over zijn gezicht.

'Het doet er nu niet meer toe,' zei hij ten slotte. 'We hebben twee mensen gered.'

In het donker stak hij zijn hand uit naar Elie. Maar Elie zat rechtop met haar armen om haar knieën.

'Dat is nog niet alles,' fluisterde ze.

'Is er meer dan?'

'Veel meer. Mueller weet het.'

'Weet wat?'

'Mueller weet dat je uit Auschwitz bent vertrokken met twee vluchtelingen. Hij zegt dat het hele Rijk ervan weet. Mensen kletsen.'

'Mensen kletsen voortdurend, maar er gebeurt nooit wat,' zei Lodenstein. 'Denk er maar niet meer aan. Neem nog wat wijn.'

'Maar hij heeft Dimitri gezien.'

'Maak je geen zorgen,' zei Lodenstein. 'Dimitri is veilig. Asher en Daniel zijn veilig. We zijn allemaal veilig.'

Hij zette de fles wijn neer en herhaalde de woorden – 'maak je geen zorgen, maak je geen zorgen' – net zo lang tot het een wiegeliedje leek. Elie sloeg het dekbed open en hij liet zich tegen haar aan vallen. Het was zo lang geleden dat hij haar soepele sterke lichaam had gevoeld. En zo lang geleden dat hij het gevoel van licht dat hen met elkaar verbond had gevoeld. Vrijen voelde als het lange hoogtepunt van alle momenten dat hij aan haar had gedacht: in de zware bakstenen gevangenis, in het immense bed met haar roos in zijn handen, onderweg in een lege trein uit Auschwitz. Elie viel in slaap. Hij streelde haar haren en begon weg te dommelen, hij voelde hoe de spanning uit zijn lichaam wegsijpelde. Maar toen hij op de rand van slapen was, werd hij met een schreeuw wakker. In zijn euforie omdat hij met Elie was – hij haar stem hoorde, ze samen wijn dronken, vrijden – was hij vergeten dat ze in Muellers oude kamer waren. Nu zag hij de stijlen van het palissanderhouten bed alsof het de masten van een spookschip waren. Hij zag Muellers mes. Hij voelde zijn grote leren handschoen. Hij hoorde Muellers stem die sprak over vluchtelingen. 'Een afschuwelijke daad van verraad', hoorde hij hem zeggen. 'Een pijl des doods die wijst naar alles onder de grond'.

Lodenstein wierp het dekbed van zich af. Hier, in het hart van de Bunker, voelde hij zich bedolven onder tien meter vuil. Hij had gevangengezeten, Goebbels het hoofd geboden, de reis naar Auschwitz gemaakt, Heidegger verdragen, twee mensen gered. Maar het gevaar was grenzeloos, oneindig. Hij had geen idee wat hij moest doen. Het enige wat hij nog wist was dat hij moest ademhalen.

Lodenstein nam de mijnlift naar boven en liep langs Lars, die rustig leek te slapen op een veldbed, de ijskoude nacht in. Op dat moment verachtte hij alles aan de Bunker: de nephut, de keienstraat, de speelkaarten van mensen die waren vergast. Hij verachtte het pad met de stenen die opzettelijk waren gebroken omdat Hans Ewigkeit wilde dat ze er oud uitzagen. Hij verachtte het feit dat iets wat al nooit had moeten zijn zo was gemaakt dat het leek alsof het er hoorde.

Hij hoorde hoe zijn laarzen het laagje ijs op het veld braken en hij klom de smalle ladder van de wachttoren op. Het was donker en de sterren stonden hoog aan de hemel, kleine witte vliegjes die hij nooit zou kunnen aanraken. Hij zocht het platform af naar sigaretten en vond een peuk. Godzijdank had hij lucifers.

Plotseling werd hij zich bewust van zijn handen, zijn benen, zijn hele lichaam. Hij was niet meer alleen geweest sinds zijn autorit naar Berlijn, en het voelde zowel vertrouwd als verontrustend. Zijn ademhaling werd rustiger. Hij legde zijn hand op de houten reling en keek naar de weidse nachthemel, die helder en vol met sterren was. Hij keek naar de grond waar lopen sneeuw opbolden in het maanlicht. Toen weer naar de hemel, die bezaaid was met ver licht.

Hij bedacht dat sterren altijd al in en uit de wereld vielen. Soms waren het lichtpunten. Soms waren het engelen, dieren of goden. Soms waren ze oogverblindend. Soms kon hij ze helemaal niet zien. Hij haalde diep adem, keek hoe dunne rook uit zijn mond kringelde en besloot dat Heidegger begreep hoe het moest voelen om uit een wereld te vallen die door menselijke duiding veilig was gemaakt. Een breekbare wereld, dacht hij. Op het punt om uit elkaar te vallen.

Door dit gevoel van verbondenheid met Heideggers filosofie, hoe zwak ook, en hoezeer hij ook de pest had aan Heidegger, wist hij zeker dat niets erger zou worden dan het al was. Maar zijn sombere gevoel van rust ging aan flarden zodra de sigaret op was.

Hij tastte het houten platform af op zoek naar nog meer weggegooide peuken en kreeg splinters in zijn handen.

De bomen ritselden, een hert schoot door de dennen. Lodenstein keek nogmaals naar de sterren en had graag geloofd dat het engelen waren zodat hij ze kon vragen over iedereen hier te waken. Maar hij had genoeg tijd in de Bunker doorgebracht om te weten dat iedereen een moment had waarin ze in het een of ander geloofden, en hij wist zeker dat hij slechts kon geloven in wat hij dacht dat waarschijnlijk zou gebeuren: De ss zou de Bunker bestormen, Asher ontdekken, alle Schrijvers en vluchtelingen de keienstraat op slepen en een voor een doodschieten. Elie en hij zouden moeten toekijken voordat ze zelf zouden worden doodgeschoten omdat zij vooral verantwoordelijk waren.

Hij zocht naar sigaretten, kon niets vinden, trok een rottend stuk hout los van de wachttoren en slingerde het naar beneden. Iedere den was een lid van de Gestapo. Iedere open plek een mijnenveld. Hij daalde van de wachttoren af, struikelde over de plank en slingerde die naar waar Mueller zijn Kübelwagen had geparkeerd. Hij wilde dat de plank een pistool was en dat hij Mueller tussen de ogen kon schieten.

Toen hij beneden kwam, zat Elie rechtop in bed.

'Zijn we veilig?' vroeg ze.

'Nee,' zei hij. 'We zijn helemaal niet veilig.'

Marianne,

non so se riceverai questa lettera in questo manicomio. La gente sta per scappare, poi si scoraggia, poi scappa comunque e alla ne gli sparano. L'altro giorno due uomini hanno messo fuori combattimento due SS, si sono infilati le uniformi e sono scappati con uno dei loro camion. Credo che siano riusciti a passare il con ne. Ne hanno impiccati dieci del loro blocco. Sono tutti impegnati a fare piani di fuga, e io sono riuscito a vendere le scarpe di ricambio per un pane intero. Così ne ho di più per te.

Con affetto,
Luca

Marianne,

Ik weet niet of je deze brief krijgt in dit gekkenhuis. Mensen staan op het punt te vluchten, verliezen de moed, proberen alsnog te vluchten en worden dan doodgeschoten. Een paar dagen geleden hebben twee mensen twee ss'ers buiten westen geslagen, hun uniformen aangetrokken en zijn er toen vandoor gegaan in een van hun trucks. Zo te zien is het ze gelukt de grens over te steken. Tien mensen uit hun barak zijn opgehangen. Nu zo veel mensen plannen maken om te vluchten, heb ik mijn extra paar schoenen kunnen verkopen voor een brood. Zodat ik meer heb voor jou.

Liefs,
Luca

Sinds hij in dekens gewikkeld was binnengebracht, had Asher Englehardt niet geweten wat hij moest denken van de Bunker. De bevroren hemel en de enorme kamer waarin meer dan vijftig mensen met bontjassen en vingerloze handschoenen urenlang de doden beantwoordden of in een fantasietaal schreven – om nog maar te zwijgen van de bizarre woordspelletjes, loterijen voor sigarettenpeuken, en het gegil 's nachts – leek het voorportaal van de hel. Wat blijkbaar ooit een mijn was geweest was nu een plek met een keienstraat, gaslantaarns en smeedijzeren bankjes. Zelfs de hemel was in de war: het was altijd halvemaan. De zon kreunde bij opkomst en ondergang. De sterren waren identiek, nacht in, nacht uit.

Soms was het voor Asher moeilijk te zien of de mensen hier levend of dood waren, of iets daartussenin. Een vrouw met wie hij eens een affaire had gehad en aan wie hij al jaren niet meer had gedacht was op raadselachtige wijze weer verschenen en zette nu eten bij zijn deur neer. Kratten buiten zijn kamer zaten vol met brieven aan de doden. De bewaker met het ss-uniform droeg wollen pantoffels.

En twee mensen en een schim van een kind woonden tegenover zijn geïmproviseerde kamer met tiffanylamp in een huisje met een huisnummer, ook al had de straat geen naam. Asher vermeed ze bewust omdat Daniel, die roddels oppikte, zei dat de vrouw zijn handtekening had vervalst, en dat de man die volslagen bespottelijke brief aan Heidegger had geschreven – een brief die dan misschien zijn leven had gered, maar hem desondanks angst had aangejaagd in Auschwitz. Hij bracht heimelijke bezoekjes aan de keuken voor koffie en bleef uit de buurt van de wc die een geheime holte in het plafond herbergde. Hij ging nooit naar het hoofdvertrek waar de Schrijvers met elkaar spraken en sliepen, hij hield zich afzijdig en las de detectives die Lodenstein hem gaf.

Daniel, daarentegen, ontdekte het hoofdvertrek op hun derde dag en begon er na twee weken Elies eten te hebben genuttigd menselijk uit te zien. Hij leerde hoe je typemachines moest repareren en liet ze soms aan Asher zien, waarbij de vloer bezaaid lag met druktoetsen, spoelen en wagens, en hij Asher verbaasde met de vaardigheid waarmee hij ze uit elkaar haalde en weer in elkaar zette. Sinds een tijdje sliep hij met Maria, wat leidde tot een scène met Parvis Nafissian, die een keel opzette en hem uitmaakte voor *putz*.

Daniel vertelde Asher dat de andere Schrijvers ontzag voor hem hadden en hem haast als mythisch zagen. Hij was gekomen van een plek die zij hadden weten te vermijden en was het bewijs dat een dergelijke plek bestond, en het bewijs dat sommige mensen wisten te overleven en terug te keren.

In het begin vroegen de Schrijvers aan Daniel of hij familieleden of vrienden van ze had gezien. Ze noemden de ene naam na de andere, plaatsen en steden verspreid over half Europa, beschreven gezichten tot in de kleinste details. Wanneer ze beseften dat hij hen nooit had gezien, niet een van hen, begonnen ze vragen te stellen over het kamp. Steevast dezelfde vraag: waren er echte schoorstenen met echte rook?

'Ja,' zei Daniel dan. 'Er waren echte schoorstenen. En de rook die eruit kwam had een zoete geur.'

Hij klaagde bij zijn vader dat niemand ooit vroeg over de onthoofdingen bij kaarslicht of mensen die tijdens het ochtendappèl werden doodgeschoten. Asher zei dat dit kwam omdat schoorstenen vroeger tot iets veiligs behoorden, en dat ieder huis met een open haard er een had.

'Dus als er schoorstenen zijn,' concludeerde hij, 'begrijpen mensen hoe iets veiligs kan veranderen in iets gevaarlijks.'

Er was bijna een maand verstreken sinds ze in de Bunker waren aangekomen, en het was de eerste keer dat ze over Auschwitz spraken. Gedurende meer dan drie weken was het voldoende geweest om samen een echte maaltijd te delen, te roddelen over de Solomons, te gaan slapen in het besef dat er geen appèl zou zijn, en ze bij het wakker worden niet zouden ontdekken dat hun eetgerei was gestolen door een van de medegevangenen.

'Het zou goed zijn als je uit je kamer kwam en ze over de schoorstenen zou vertellen,' zei Daniel.

'Nooit,' zei Asher, terwijl hij een stuk knäckebröd in de soep doopte. 'Het is hier net als Theresienstadt, daar ben ik van overtuigd. Het ziet er fijn uit zodat mensen kunnen worden vergast zonder dat ze het doorhebben, totdat ze niet meer kunnen ademhalen.'

'Zo is het helemaal niet,' zei Daniel. 'De mensen zijn aardig.'

'Ik heb geen zin om een of andere bezienswaardigheid te zijn.'

'Dat zou je ook niet zijn. Je zou het naar je zin hebben.'

'Ik ben al op te veel plekken geweest waarvan mensen zeiden dat ik het er naar mijn zin zou hebben,' zei Asher.

'Je zou Droomatoria kunnen leren,' zei Daniel.

'Ik lees liever.'

Daniel stond in de deuropening, half verlicht door de olielamp. Zijn haar was langer geworden – sluik en blond, net als dat van zijn moeder – en hij droeg een donkergroene trenchcoat die van een van hun buren had kunnen zijn. Hij lachte naar Asher.

'Soms denk ik dat je de vrouw die we bij de deur ontmoetten niet wilt zien,' zei hij.

'Waar heb je het over?' vroeg Asher.

'Elie,' zei Daniel. 'Elie Schacten. Die vrouw die altijd met dat jongetje is. Heeft zij ons helpen redden? Wie is ze?'

'Een oud-student,' zei Asher. 'Iemand die ik in Freiburg kende. En ik vind het prima om haar te zien. Maar ik lees gewoon liever.' Hij zweeg even en haalde diep adem. Toen zei hij: 'Het valt me op dat je de laatste tijd maar weinig in deze kamer slaapt.'

'Ik vind het leuker in het hoofdvertrek,' zei Daniel.

'Is daar ook iemand die je leuk vindt?' vroeg Asher.

'Dat weet je al,' zei Daniel. 'Ben je boos?'

Asher schudde zijn hoofd. Stel dat Daniel de oorlog niet overleefde? Dan zou dit zijn enige kans zijn om in het donker naast iemand te liggen en de intimiteit van de slaap te delen. Zijn enige kans om de warmte van een ander lichaam te voelen.

'Als je maar voorzichtig bent,' zei hij. 'Het laatste wat we hier kunnen gebruiken is een baby.'

Daniel keek beledigd: dit was de Schrijversbunker. Het lag hier vol met Franse brieven.

Een paar minuten nadat Daniel was vertrokken, werd er bij Asher aangeklopt en hij opende de deur. Talia Solomon stond voor hem met een wat verontwaardigd gezicht; zij had per slot van rekening zijn handtekening vervalst zonder dat ze daar ooit voor was bedankt. Maar even later lachte ze en zei: 'Hoe zou je het vinden om een potje schaak te komen spelen?'

'Op een vrijdagavond? Zijn jullie niet orthodox? Of,' Asher glimlachte, 'besparen jullie je tegenwoordig de moeite?'

'Ik nodig je uit om te komen schaken,' zei Talia. 'Niet om te komen kibbelen.'

Asher aarzelde. Aan de ene kant was hij dol op schaken. Aan de andere kant wilde hij zich onttrekken aan het voorgeborchte van de hel, en dat was waar de Solomons zich bevonden, vooral sinds ze de brief aan Heidegger hadden geschreven.

'Lodenstein zei dat ik het moest vragen,' zei Talia. 'Hij zegt dat je als een mol leeft.'

Asher bedacht zich toen hij die naam hoorde omdat Lodenstein de enige bewoner van de Bunker was van wie hij zeker wist dat die nog tot de levenden behoorde. Hij was naar Auschwitz gekomen, had Auschwitz gezien, en Daniel en hem uit Auschwitz weggehaald. Dus volgde hij Talia. Maar toen hij de zitkamer van de Solomons zag, voelde hij opnieuw een schok: fluwelen stoelen, antimakassars met gehaakte Hebreeuwse onzin en portretten van mannen met keppeltjes die in het echt nooit zouden hebben geposeerd, moesten een vroeger tijdperk nabootsen.

'Er zou een piano moeten staan,' zei hij tegen Talia.

'Hoezo?' vroeg ze. 'We spelen geen van beiden.'

'Het zou het plaatje compleet maken.'

'Wat dacht je van een klavecimbel?' vroeg Mikhail.

'Dat zou te veel van het goede zijn,' zei Asher.

'Een viool dan?'

'Nee. Een piano. Met wat bladmuziek.'

'Geen Wagner.'

'Nee! Scarlatti.'

Nu lachten ze allemaal. Talia en Asher gingen schaken, en Mikhail speelde Belegering, een kaartspel dat hij van Lodenstein had geleerd. Vlak voordat Talia een van Ashers lopers nam, zei ze tegen hem dat hij zich misschien niet realiseerde hoezeer Elie zich had ingespannen om hem te redden.

'Wat heeft dat met schaken te maken?' vroeg hij.

'Niets,' zei Talia.

Asher nam Talia's paard.

'Waarom zei je het dan?'

'Ik moest gewoon aan Elie denken,' zei Talia.

Asher nam nog een paard. Hij wist zeker dat ze hem over de brief wilden vertellen en dan zouden vragen of hij Heidegger echt had gekend. Waar je ook was in deze oorlog, overal werd geroddeld. Dat hield mensen op de been.

Maar niemand zei iets, en Asher was degene die moest denken aan Heidegger in de kamer van de Kommandant, met zijn skipak en jagershoedje, terwijl Mozart de geweerschoten overstemde en de brief voor zijn neus werd gehouden. Auschwitz stond Asher nog helder voor de geest: lijken die als lakens aan het prikkeldraad hingen, smeltende sneeuw waar bloed onder vandaan tevoorschijn kwam, zijn dagelijkse, hartverscheurende angst over de veiligheid van Daniel. De gedachte dat alles oneindig omkeerbaar was leek ver weg, en Heideggers ergernis dat hij zijn bril nooit had ontvangen absurd. Dat gold ook voor zijn bezoeken aan de optometriezaak in Freiburg en het altijd maar grappen maken over hoe ironisch het was dat Asher optometrist was geworden. Hij dacht aan het echte plezier dat ze samen hadden beleefd toen hij les gaf aan de universiteit, en de heuvels en dalen rondom Heideggers hut – de wandelingen die ze maakten in het Zwarte Woud, hun gelukkige en blije momenten. Maar dat voelde allemaal ver weg, het was nu een wereld waar hij niet meer in geloofde. Hij zou nooit meer wandelen met Heidegger.

Armesto,

Prošla je dugo vremena od kada smo se
videli, i sada kažu da zatvorenici sa nesrećnim
brojevima menjaju identitete sa zatvorenicima
sa srećnim brojevima za hleb. Ali kako iko
može da zna da li je broj srećan ili nesrećan?
I ka može da promeni svoju sreću kada su ti
brojevi zauvek na ruci.

S ljubavlju,
Tahari

Armesto,

Het is zo lang geleden dat ik je voor het laatst zag en nu zeggen ze dat gevangenen met ongeluksnummers in ruil voor
brood van identiteit wisselen met gevangenen met geluks-
nummers. Maar hoe kun je weten welk nummer geluk of
ongeluk brengt? En wie kan geluk ruilen als die nummers
voor altijd op je arm staan?

Liefs,
Tahari

Links van het raam, verborgen voor Lars, keek Elie hoe Asher zat te schaken. Aan de ene kant voelde ze zich schuldig, want het voelde niet goed om te kijken naar mensen die niet wisten dat ze werden bekeken. Aan de andere kant voelde ze zich onschuldig omdat ze zeker wilde weten dat deze uitgemergelde man heus Asher Englehardt was, de man die zij had gekend. Het glas-in-loodraam was dik, waardoor het interieur leek te golven, wat bijdroeg aan het gevoel dat alles daarbinnen misschien onecht was. Ze had zich verstopt achter de namaakperenboom, en het gespikkelde licht verschoof terwijl de zon haperend opkwam. Elie ging dichter tegen de bank aan staan.

Het leed geen twijfel dat deze man schaakte zoals Asher vroeger deed: ogenschijnlijk onverschillig maar dat was hij beslist niet. Hij leek zich niet te concentreren op het bord en liet klakkeloos het ene na het andere schaakstuk nemen. Elie zag hem geamuseerd kijken toen hij Talia schaakmat zette, net zoals hij haar ook ooit schaakmat had gezet. Hij daagde Talia uit voor nog een potje, wat ze enigszins geërgerd accepteerde. Asher dronk thee, Elie keek toe en ging helemaal op in de handeling. Hij hield een klontje suiker in zijn mond en roerde eerst rechtsom en daarna linksom. Hij had haar ooit verteld dat zijn grootvader theedronk door een stuk suiker in zijn mond – een boerengewoonte – en dat hij tijdens het roeren graag dacht aan de getijden omdat hij zeker wist dat wetenschappers op een dag getijden zouden ontdekken in zoiets kleins als een theekopje. Naar hem kijken was als het lezen van een boek dat ze jarenlang niet had opengeslagen. Ze ging dichter bij het raam staan en deed een stap naar achter toen ze voetstappen hoorde in de hal. Die waren van Lodenstein en Stumpf – beiden log – en Dimitri, die voor hen uit rende. Ze kuste hem en zei dat hij naar binnen moest gaan.

'Het spijt me zo,' hoorde ze Stumpf met een gemaakte stem zeggen. 'Als ik ooit iets kan doen...'

'Een dwaas zul je altijd blijven.'

Stumpf droop af als een hond die een tik op de neus had gekregen. Sinds kort droeg hij zijn zwarte ss-jas in de Bunker, alsof een formelere verschijning de ramp die hij had helpen veroorzaken ongedaan zou maken. Hij zat te krap om dicht te knopen en bolde achter hem op als hij liep. Daaronder droeg hij nog steeds zijn wollen pantoffels, wat zijn verschijning des te eigenaardiger en misplaatster maakte. Lodenstein liep op haar af en ze voelde zich gedesoriënteerd, alsof ze was teruggereisd naar Freiburg, schaak had gespeeld, naar Heideggers colleges was gegaan. Toen had ze niet geloofd dat er oorlog zou komen. Ze had zelfs tegen Asher gezegd dat ze zeker wist dat zijn vrouw veilig was. Toch liep er nu iemand op haar af van wie zij zelf had gedacht dat hij in die oorlog was omgebracht.

Alain,

Parfois je t'imagine. Tu ne fais rien de remarquable — tu cherches du lait dans le frigo, ou tu fais sortir le chat. Je ne sais si je te reverrai un jour.

Bisous,
Sylvie

Alain,

Soms stel ik me je voor. Je doet dan niets bijzonders – gewoon, naar de ijskast lopen om melk te pakken, of de kat naar buiten laten. Ik weet niet of ik je ooit weer zal zien.

Liefs,
Sylvie

*I*n het donker, onder het zachte, grijze dekbed uit Rotterdam, wisten Elie en Lodenstein elkaar nog steeds te vinden. Ze vrijden alsof de Gestapo ieder moment kon binnenvallen en ze elkaar zo stevig moesten vasthouden dat niets ze uit elkaar kon krijgen. Op die momenten leken Goebbels, Mueller – het besef van gevaar – haar opgeblazen angsten. Maar overdag, als de zon door de dakvensters scheen en het licht ze leek te achtervolgen, maakten ze zich zorgen. Lodenstein onderbrak zijn potjes patience en patrouilleerde door het bos, bang dat ss'ers of de Gestapo zich schuilhielden achter de dennen. Elie maakte lijsten met mensen die Asher, Dimitri en Daniel misschien zouden kunnen helpen een boot naar Denemarken te vinden, en verbrandde die vervolgens in het bos. Lodenstein zag haar een keer namen verbranden onder een den.

'Je moet stoppen met lijstjes verbranden,' zei hij. 'Je weet nooit wie er staat te kijken.'

'Jij zou hier ook niet moeten zijn,' zei Elie.

'Ik heb altijd een pistool bij me.'

'Ik ook.'

'Maar ik ben aan het patrouilleren. Jij maakt steeds maar weer dezelfde lijstjes. Waarom doe je dat?'

'Omdat ik daar rustig van word.'

Ze voelden zich allebei lamgeslagen, en hun gesprek bleef zich herhalen. Als het klopte wat Mueller zei, zou de hele Bunker er de gevolgen van dragen dat ze onderdak verleenden aan vluchtelingen. Misschien dat Maria veilig was; bij een inspectie zou zij ongemerkt kunnen opgaan in de groep Schrijvers. Maar ze moesten Dimitri, Asher en Daniel naar Denemarken zien te krijgen. Elie herhaalde vaak wat een verzetsstrijder eens tegen haar had gezegd: 'Een vluchteling is net een marionet met een rood koord. Het Rijk kan hem volgen tot het einde van de wereld.' Waarop Lodenstein antwoordde: 'Zo moeten we niet denken. Dat is als 's zomers zonnestralen bundelen op een stuk papier. Als we dat maar lang genoeg volhouden, ontstaat er brand.' Uiteindelijk besloten ze dan dat Goebbels te veel aan zijn hoofd had om zich er druk over te maken. De Russen waren Silezië binnengedrongen. De geallieerden waren de Rijn genaderd. En de Duitsers waren er niet in geslaagd de geallieerden uiteen te drijven in de Ardennen. Bovendien was er van de buitenpost sinds de komst van Asher en Daniel geen post meer gekomen.

Dit rationele redeneren stelde ze gerust. Maar dat duurde maar even. En als ze vervolgens weer door het daglicht werden gevangen, waren ze weer net zo bang – niet alleen voor Asher, Daniel of Dimitri – maar voor iedereen in de Bunker. Bij ieder falen werd het Derde Rijk meedogenlozer. Er deden geruchten de ronde over de tactiek van de verschroeide aarde en verdere plannen om de gaskamers op te blazen.

Soms, alsof de kunst zou gerust kon stellen, gingen ze naar beneden, op een van de smeedijzeren banken zitten en probeerden ze een strategie te bedenken – voor het vinden van smeergeld voor een veilige overtocht naar Denemarken, of het ontdekken van een schuilplaats voor Asher, Daniel en Dimitri. Op een dag kwam Stumpf uit zijn schoenendoos en hield hen gezelschap. Hij zat op het uiteinde van de bank, alsof hij het niet verdiende om ook maar een beetje plaats in te nemen. Toen zei hij: 'Had ik maar de juiste bril meegenomen! Dan had ik ongemerkt weer kunnen vertrekken en was Goebbels tevreden geweest.'

Elie zei dat hij er zich überhaupt niet mee had moeten bemoeien en Lodenstein hield zijn mond. Waarom zou hij de moeite nemen om te zeggen dat Elie nooit iets achter zijn rug om had moeten doen? Maar toen Stumpf erover begon dat Elie van Frau Heidegger het recept voor Bundkuchen had gekregen, schreeuwde hij tegen hem: 'Donder op naar die schoenendoos van je! Ik wil het hier nooit meer over hebben.'

Toen liep hij naar de keuken en schonk een glas schnaps in.

'Je bent ook boos op mij,' zei Elie.

'Misschien wel,' zei Lodenstein. 'Maar op Stumpf ben ik niet verliefd.'

'Toch pak je hem te hard aan.'

Precies op dat moment kwamen Asher en Sophie Nachtgarten uit het hoofdvertrek en liepen naar de mijnschacht. Elie wilde verhinderen dat ze naar boven gingen, maar Lodenstein pakte haar bij haar middel.

'Laat hem wat frisse lucht halen. Vandaag zal er niets gebeuren,' zei hij.

'Alsof jij dat kan weten,' zei Elie.

Sophie en Asher verdwenen in de mijnlift en Elie voelde een steek in haar hart, niet van jaloezie, maar van pijn. Nu ze Asher met Sophie zag, moest ze denken aan andere mensen die ze met Asher had gezien, mensen die ze nooit zou kunnen terughalen.

Liebe Tessa,

Ein Soldat, der behauptet Du kennst ihn, hat mich gebeten, Dir eine Nachricht zu übermitteln: Wenn der Krieg vorbei ist, dann komm mir entgegen. Aber Vorsicht, Tessa. Du weißt nicht was passiert, wenn Leute um Dich herum desertieren.

Alles Liebe,
Lottie

Lieve Tessa,

Een soldaat die zegt dat jij hem kent, heeft mij gevraagd je een bericht door te geven: als de oorlog voorbij is, kom dan naar me toe. Maar wees voorzichtig, Tessa. Je weet niet wat er gebeurt als mensen om je heen deserteren.

Veel liefs,
Lottie

*A*sher was die dag naar het hoofdvertrek gegaan, na een maand waarin hij alleen Talia en Mikhail had gezien. Hij nam het ze kwalijk dat ze de brief naar Heidegger hadden geschreven. Maar de Solomons vormden een link, een verbinding met Auschwitz, en hij had een angstig bijgeloof – al verfoeide Asher bijgeloof – dat als hij Auschwitz volledig uit zijn gedachten zou verbannen, een of andere onverklaarbare kracht hem terug zou sturen. Daarnaast hield hij erg van schaken en de fictieve gerechtigheid in detectives, waarbij iedere misdadiger gestraft werd. Maar op een dag sloeg hij een boek dicht en besefte dat hij ondergedompeld was geweest in een wereld van steriele moorden en nietige overwinninkjes op een houten bord.

'Ik voel me ongedurig,' zei hij tegen Talia. 'En dat is het enige voordeel van leven in angst. Eentonigheid, langdradigheid of landerigheid komen daar niet in voor.'

Het verbaasde hem dat hij zijn hart luchtte bij Talia en Talia wist hem te verbazen. Ze lachte en sloeg zijn loper.

'Je moet je wel stierlijk vervelen, wil je al die woorden bedenken,' zei ze. 'En je hebt twee potjes achter elkaar verloren. Waarom breng je niet wat tijd door met de Schrijvers?'

'Die gaan vragen stellen,' zei Asher.

'Dan antwoord je niet.'

Talia lachte nogmaals en hij lachte terug, besefte dat hij haar en Mikhail de brief aan Heidegger had vergeven, die – hoe absurd ook – zijn leven had gered. Hij nam een detective en zijn geliefde blauw met witte mok uit Holland mee naar het hoofdvertrek waar hij een bureau en een paar kussens kreeg zodat hij in een hoek kon gaan zitten lezen. De Schrijvers zagen de nummers op zijn arm en herinnerden zich, net als bij Daniel, hoe dicht zij zelf bij die plek waren geweest en dat ze bereid zouden zijn er weer dichtbij te komen om hem te beschermen. Ze besloten hem niet te kwellen met vragen over schoorstenen. Behalve Parvis Nafissian, die hem juist wel wilde kwellen omdat hij nog steeds boos was op Daniel omdat die Maria had ingepikt.

'Natuurlijk waren er schoorstenen,' zei Asher. 'Die werkten het hardst van heel Auschwitz. Die waren alert, levendig zelfs.'

Sophie Nachtgarten lachte naar hem.

'Levendige schoorstenen,' zei ze. 'Dat is nog ecns een interessante gedachte. Trouwens, je moet een jas zien te krijgen, dan kunnen we naar buiten.'

'Van mensen die dood zijn?' vroeg Asher. 'Beantwoord je hun brieven? "Geachte mevrouw die en die... Uw echtgenoot maakt het goed en het toeval wil dat ik zijn jas draag!"'

'Luister,' zei Sophie. 'Niet een van ons is hier zonder kruipen en graaien terechtgekomen. Niet een van ons heeft niet gelogen of gedaan alsof we een taal machtig waren of al het mogelijke ondernomen om de plek te vermijden waar jij zat. Dan dragen we maar handschoenen en mutsen en sjaals van mensen die dood zijn of door de luizen worden opgevreten.'

Hij zag hoe ze met groeiende razernij naar de jassen greep. Hij hoorde tranen in haar stem.

'Ik heb mijn hele familie verloren,' zei ze. 'Mijn vader en moeder, mijn twee broers, hun vrouwen en mijn nichtje van vier. Ik vind dat ik een jas moet mogen uitzoeken.'

Ondertussen liep ze tussen de jassen te rommelen tot ze een leren jas met een bontkraag vond.

'Misschien dat deze je wel staat,' zei ze. Haar stem was weer kalm.

'Na wat je me net hebt verteld? Nee.'

'Probeer hem nou maar gewoon,' zei Sophie.

Asher trok de jas aan en Sophie deed een stap naar achter om hem te bekijken.

'Hij past je goed,' zei ze. 'Je kunt doen alsof je bommenwerperpiloot van de geallieerden bent.'

'Dan moet ik ook een sjaal hebben,' zei Asher.

'Die pak ik voor je,' zei Sophie, waarop ze een witte sjaal uit een jutezak tevoorschijn haalde.

'Perfect!' zei ze. 'Je kunt doen alsof je een Britse piloot bent die een vrije dag heeft.'

'Speel ik cricket?' vroeg Asher.

'*Cribbage* is ook goed,' zei Sophie. Ze pakte zijn arm vast. 'Ga je alsjeblieft mee een luchtje scheppen? Dan gaan we naar de waterput.'

Asher weigerde. Hoezeer hij dit ondergrondse schimmenrijk ook wantrouwde, het leek hem dat zijn verontrustende versie van eeuwigheid nog altijd te verkiezen was boven te worden doodgeschoten of opgehangen in het bos. Daarnaast bracht zijn aanwezigheid iedereen in gevaar. Hij zou onder de grond verborgen moeten blijven.

Maar van alle kanten klonk nu 'nee', en Niles Schopenhauer zei dat Asher van een plek was gekomen waaraan zij allemaal ternauwernood waren ontsnapt, en dat het hun plicht was ervoor te zorgen dat hij frisse lucht kreeg.

Asher zei dat ze wellicht niet zo heroïsch zouden zijn als ze daadwerkelijk in Auschwitz waren geweest, maar hij volgde Sophie naar de keienstraat en vermeed het jammerlijke groepje op de bank. De lift rammelde terwijl hij hen uit de aarde ophees. Asher moest denken aan de geweerschoten.

Sophie leidde Asher door de verlaging omhoog, door de herdershut, naar de met sneeuw bedekte open plek. Asher liep langzaam achter haar aan, hield zijn blik op het bos gericht. Sophie spoorde hem aan. Het was voor het eerst in maanden dat hij de echte hemel zag. De lucht was opmerkelijk blauw met witte wolken die snel overtrokken, wonderbaarlijk. Niet lang geleden had hij zich nog gevoeld als een staak in vodden, lichter dan de wind. Nu merkte hij dat hij gewicht had, massa, volume. Hij voelde aan zijn armen, zijn benen en zijn gezicht. Hij voelde zich groter dan de bomen.

Sophie bleef maar wenken tot hij bij de waterput was. En al rimpelde zijn gezicht in het water, Asher kon zien dat het niet meer het gezicht van een skelet was, maar het gezicht van een man van vlees en bloed. Sophie gaf hem de grote tinnen scheplepel.

'Drink!' zei ze.

Asher dronk. Zo lekker was water nog nooit geweest.

Querida Diane:

Probablemente ya sabes de la insurrección. Algunos
de los prisioneros que estaban arreglando los uniformes
encontraron una forma de forzar la entrada a la
armería. Pero se les fue la oportunidad de llevarse
las armas robadas y tuvieron que volver a ponerlas en
su sitio. Dos días después, ellos trataron de nuevo
de llevárselas. Todos fueron asesinados pero antes
de eso, dispararon al oficial con el que yo tenía que
acostarme. Él estaba protegiendo a mis padres, así
que me preocupa —

Con amor,
Homa

❦

Lieve Diane,

Je hebt waarschijnlijk gehoord over de opstand. Een groepje gevangenen die uniformen verstellen was het gelukt in te
breken in de wapenkamer. Maar het was niet het juiste moment, dus moesten ze de wapens terugleggen. Twee dagen
later hebben ze weer geprobeerd ze te pakken. Ze zijn allemaal doodgeschoten, maar voordat ze werden doodgeschoten, hebben ze de officier doodgeschoten met wie ik
moest slapen. Hij beschermde mijn ouders, dus ik maak me
zorgen…

Liefs,
Homa

*T*oen Asher terugkwam van de waterput keek hij nauwelijks naar Elie, die achter haar immense bureau zat. Zij maakte deel uit van zijn leven voordat het in tweeën was geknapt en hij wilde niet dat zij er nu deel van uitmaakte. Door een of andere rare gedachtekronkel vroeg hij zich zelfs af of hun affaire iets te maken had met het feit dat zijn vrouw al zo vroeg bij het verzet was gegaan, wat later tot haar dood had geleid. En ook al had hij Elie pas ontmoet nadat zijn vrouw verdwenen was, toch besloot hij dat het zo was, en het maakte hem niet uit of Elie er iets mee te maken had dat hij hier in deze kerker was in plaats van in Auschwitz. Hij staarde haar aan over zijn detective en herinnerde zich alle onaangename kanten van hun affaire: stiekem naar cafés gaan waar ze niet zouden worden gezien door mensen van de universiteit. Zich stoten aan een archiefkast in zijn werkkamer wanneer ze de liefde bedreven. Het had toen vaak geregend en ze hadden vaak onder luifels staan schuilen. Een keer was Elfride Heidegger langsgelopen en had hen gezien. Sindsdien had ze hem met minachting behandeld.

Hij vroeg zich ook af waarom Elie Kowaleski aanbidding verdiende terwijl andere mensen bij bosjes tegelijk stierven. En hoe een onopvallend opstandige studente linguïstiek als ster herboren was in deze ondergrondse wereld. Als ze terugkwam van een missie werd er geapplaudisseerd. En soms brachten mensen, zonder aanwijsbare reden, een toost op haar uit. Waar had ze dat aan verdiend? Hoe kwam ze aan al dat eten?

Maar als Gerhardt Lodenstein bij Elies bureau zat, zoals nu, hield Asher hen nauwlettend in de gaten. Ze leken vaak hevig bezorgd, en door de intensiteit waarmee ze in elkaar opgingen besefte Asher dat hij eenzaam was, want het was lang geleden dat hij intiem genoeg met iemand was geweest om zijn zorgen te delen. En ook al was hij Elie al lang vergeten, hij begon jaloers te worden op Gerhardt Lodenstein – een gevoel dat hem dwarszat omdat Lodenstein zijn leven had gered, en dat van Daniel, wat hem bijna zelf de kop had gekost.

Nu stond hij op en ging in de buurt van Elies bureau staan, deed alsof hij gefascineerd was door de ratjetoe van spullen tegen de muur. Hij kon niet horen wat ze zeiden maar hij luisterde naar de toon waarop ze spraken. Die was duidelijk gepassioneerd, met een ondertoon van bezorgdheid, boosheid zelfs.

Hij draaide zich om en zijn blik kruiste die van Lodenstein. Lodenstein lachte, een verzoenende, bemoedigende lach. Natuurlijk weet hij het, dacht Asher. Erger nog, het kan hem amper iets schelen.

Hij dacht sinds de oorlog nauwelijks na over het verleden omdat hij zo bezig was met Daniels veiligheid en de verdwijning van zijn vrouw. Maar Elies gezicht opende een sluis naar een tijd ver voor de oorlog, een tijd waarin hij blij kon worden van iets eenvoudigs als een wandeling. Hij herinnerde zich zijn vrouw die 's avonds zat te lezen, het licht op haar gezicht, en Daniel die in bed kroop voor een verhaaltje. Hij herinnerde zich sneeuw op de dakramen, warme lucht na de winter, de eerste colleges van het najaar. Alles – zelfs deze ondergrondse wereld – was een armzalig surrogaat voor wat zijn leven was geweest. En telkens als hij Elie zag, werd hij met zijn neus gedrukt op deze eerdere wereld, die hij wilde vergeten omdat hij daar gelukkig was geweest.

Hij lachte nauwelijks terug en liep weer naar zijn berg kussens, waar hij zich in een nieuwe detective begroef en dacht aan de tijd voorafgaand aan de oorlog waarin hij was teruggeworpen: hij dacht aan zijn vrouw die Mozart speelde. Aan Daniel die huiswerk maakte in plaats van dat stompzinnige gedoe met typemachines. En hij dacht aan zijn huis vol planten en boeken. Hij ergerde zich aan de Schrijvers, die zich gedroegen als kinderen – in geheime codes schreven, talen bedachten, zwelgden in hun privileges en jammerklachten. Hij had genoeg van Lodensteins verfomfaaide groene trui en wonderlijke kompas. Hij had zelfs de pest aan Mikhail en Talia Solomon en hun overdreven preoccupatie met schaken. En aan Dimitri, die het leuk vond om postzegels te verzamelen.

Mijn dierbare zus,

Waar ben je als ik 's avonds naar de omheining bij je barak toe kom? Ze zeggen dat je verantwoordelijk bent voor het voeren van de konijnen, maar ik hoor ook dat er 's nachts mensen worden opgehangen, met name vrouwen onder de twintig. Je moet naar buiten komen zodat ik je gezicht kan zien.

Veel liefs,
Gijs

*O*p een dag, toen Asher kampte met dergelijke lelijke gedachten, zei La Toya dat hij onder vier ogen iets met hem wilde bespreken. Asher antwoordde dat hij nooit in de ventilatieschacht boven de wc zou kruipen, waar mensen in een donker hol zaten en hoorden hoe anderen plasten en zich ontlastten. Dus stelde La Toya voor om naar de waterput te gaan.

Het was vroeg in de lente en het dooide. Asher zag gras op de open plek en knoppen in de essen. Er was geen sneeuw meer die dingen eindeloos omkeerbaar kon maken. Het was een wereld zonder camouflage. Ze ontweken modderpoelen en La Toya vroeg wat er aan de hand was tussen hem en Elie Schacten. Ashers greep om het handvat van de emmer verstrakte.

'Niets. Waarom vraag je dat?'

'Het lijkt alsof je boos op haar bent,' zei La Toya.

'Dat ben ik niet.'

'Ze zeggen dat je haar kende in Freiburg,' zei La Toya. Hij wees naar de blauwe lucht met pluizige wolken die langsdreven.

'Zou je dit in Auschwitz hebben gezien?' vroeg hij.

'Ik heb geen idee. Hoezo?'

'Omdat Elie je leven heeft gered.'

'Dat is niet waar. Lodenstein heeft ons gered.'

'Waarom denk ik dan dat ze voor je heeft gevochten?'

'Ik weet niet wat je bedoelt.'

'Dan zal ik je dat vertellen,' zei La Toya. 'Ze zocht een manier om naar Heidegger te gaan en hem te vertellen waar jij was. Ze dacht dat zijn vrouw jou wel vrij zou krijgen.'

'Elfride heeft haar nooit gemogen.'

'Dat verhaal met die Bundkuchen kennen we allemaal,' zei La Toya. 'Maar Elie weet mensen te overtuigen. Hoe denk je dat we aan vers brood komen? En goede worsten? Hoe kan het dat er altijd kasjmier is voor mensen die een deken willen? En voldoende schnaps? Komt dat allemaal uit de lucht vallen? Nee. Dat is dankzij het gezeik dat Elie voor lief neemt en de gunsten die ze bewijst.'

'Dat zou kunnen. Maar we kenden elkaar nauwelijks.'

'Dat is niet wat ze zeggen.'

'Wat zeggen ze dan wel?'

'Dat kun je je wel voorstellen. Mensen weten alles, net zoals ze weten van de kampen.'

'Maar ze blijven maar vragen over de schoorstenen. Waarom houden ze daar niet mee op?'

'Omdat er een verschil is tussen iets weten en iets geloven,' zei La Toya. 'Ze weten van de schoorstenen maar geloven het niet totdat ze iemand hebben gesproken die het zelf heeft gezien.'

Ze waren weer terug bij de herdershut zonder een druppel water te hebben gemorst. La Toya gaf hem een compliment en Asher zei dat je in Auschwitz wel leerde niets te verspillen, waarbij hij niet aan water dacht. Eenmaal terug in de Bunker bleef wat La Toya had gezegd hem nog lang bij, en aan het eind van die middag liep hij naar Elies bureau. Ze sloeg haar donkerrode notitieboekje dicht en keek hem aan alsof ze iemand anders verwachtte – niemand in het bijzonder, maar niet hem.

'Ik wil je bedanken,' zei hij.

Elie verstond hem niet omdat iemand een woord voor Droomatoria had bedacht dat de Schrijvers hilarisch vonden.

'Wat?' zei ze, door het gelach heen.

Asher voelde zich gegeneerd over zijn eigen dankbaarheid, alsof die een pantser kon verbrijzelen dat hij nodig had. Dus zei hij dat hij extra inktlint nodig had.

'Ik snap niet waarom, als je toch alleen maar detectives leest,' zei Elie.

'O, ik kom er nog wel aan toe om het te gebruiken. De doden zitten te popelen om mijn antwoorden te lezen.'

'Houd maar op,' Elie lachte naar hem. Het deed hem denken aan de eerste keer dat hij haar in Freiburg had ontmoet, op een feest bij de Heideggers, boven een indrukwekkende tafel vol toetjes. Hij liep terug naar zijn bureau en herinnerde zich hoe zijn vrouw spoorloos was verdwenen. Ze had gezegd dat ze naar Berlijn ging om een pianostudent te helpen, ze had hem gekust, Daniel geknuffeld en was de trap af gerend.

Nadat Asher een inktlint had gekregen dat hij niet nodig had, begon hij na te denken over wat er zou zijn gebeurd als hij met Elie was gebleven. Hij stelde zich verschillende levens voor, een leven waarin ze docent waren in Cambridge en lange wandelingen maakten over de velden. Een ander leven waarin ze gevlucht waren naar Argentinië en een winkel met textiel waren begonnen. Weer een ander leven waarin de boot naar Argentinië zonk. 'Parallelle levens,' krabbelde hij op een stukje papier, 'een goocheltruc die leven en dood inwisselbaar maakt.' Het was het allereerste wat ze hem zagen schrijven.

Gitka zei: 'Die dooie begint wat op te kikkeren.'

Abella,

Por la noche, con el celador ya conversa de tonterías. Me dice él que me quiere mucho. Y me da más comida y cuida a mis padres. Creo que está intentando sacarme información de la insurrección. Acércate a mi celda. Nadie está observándonos.

Leticia

Abella,

's Avonds klets ik met een bewaker. Hij zegt dat hij veel van me houdt. En hij geeft me extra eten en let op mijn ouders. Ik geloof dat hij me informatie probeert te ontfutselen over de opstand. Kom alsjeblieft bij mijn barak. Niemand let echt op ons.

Leticia

*A*sher opperde een nieuwe uitdrukking voor Droomatoria: oneindig omkeerbaar. Het deed hem denken aan verse snecuw in Auschwitz die plassen bloed, lijken en stroppen bedekte, en aan oude sneeuw die smolt en alles blootlegde. Het deed hem ook denken aan zichzelf: hoe hij een leven had gekregen, hoe hem dat was ontnomen, en hoe hem dat leven deels weer was teruggegeven. De Schrijvers applaudisseerden en Asher won twee sigaretten, waarvan hij er een aanbood aan Elie.

'O nee!' zei ze. 'Die heb je eerlijk gewonnen.'

'Rook er dan een met mij,' zei hij.

'Nou, misschien een kwart,' zei Elie.

Ze liepen naar de hal en gingen op een van de smeedijzeren banken zitten. Asher zei dat het fijn was dat de doden antwoord konden krijgen in zo'n aangename omgeving.

'Je hebt je sarcasme nog niet verloren,' zei Elie. 'Je klinkt niet eens blij dat je hier bent.'

'Dat ben ik wel,' zei Asher. 'Vooral voor Daniel, ook al doet hij niets anders dan sleutelen aan typemachines en slapen met Maria.'

'Ben je dan niet blij voor jezelf?'

Asher nam een lange trek van zijn sigaret. Hij droeg een overhemd met opgerolde mouwen. Elie keek naar de blauwe cijfers op zijn arm en zei dat ze bijna dezelfde kleur hadden als zijn ogen. Hij schudde met zijn hoofd, dacht aan de ochtend dat hij door een medegevangene was getatoeëerd, aan de inktnaald die een nummer graveerde dat zijn enige naam werd in het kamp. Elie keek nog eens goed en zei: 'Misschien is het opgeteld wel een geluksgetal.'

'Doe jij ook al aan die occulte onzin?'

'Het was gewoon een gekke gedachte,' zei Elie.

Asher telde de cijfers op en kwam uit op negen, het getal van opofferingsgezindheid.

'Misschien zit er wel iets in.'

'Misschien wel,' zei Elie. Ze begon aan de quilt te naaien die ze had zitten verstellen en bleef daar zo geconcentreerd naar kijken dat Asher zeker wist dat ze doorhad dat hij naar haar keek.

'Elie,' zei hij. 'Ze zeggen dat jij Daniel en mij hebt gered.'

'Met een hoop geklungel. Zo gaan die dingen nu.'

Hij pakte haar hand. 'Dank je.'

Er klonk gebrom uit de mijnschacht. Elie schrok en stond op.

'Toch nog geheim, dus,' zei Asher.

'Niets is hier geheim,' zei Elie. 'Ik zou ook niet weten of dat nodig is.'

Liebe Eliza,

Du würdest nie erraten was ich gehört habe, aber ich muss es Dir persönlich sagen. Treff mich bei der Kaserne.

Alles Liebe,
Andreas

❦

Lieve Eliza,

Je raadt nooit wat ik heb gehoord, maar ik moet het je persoonlijk vertellen. Kom naar me toe bij de barakken.

Liefs,
Andreas

*O*ok al sliep Daniel bij de Schrijvers, Asher bleef in de opslagkamer slapen, waarbij hij zich niets aantrok van Sonia Markova en Sophie Nachtgarten, die duidelijk lieten merken dat zij daar ook graag zouden slapen – zij het niet tegelijkertijd.

Soms nam Daniel typemachines mee naar Ashers kamer en op een dag zette hij een typemachine op het bed en haalde die uit elkaar, tot er slechts een lege huls over was, en de vloer bezaaid lag met stukjes dof metaal. Toen legde hij het hele mechanisme uit: hoe alles werkte, wat er mis kon gaan, hoe dingen in elkaar pasten, waar ze hoorden. Het was de eerste keer dat Daniel hem iets had uitgelegd en Asher was trots en verbaasd. Nog verbaasder was hij toen Daniel hem liet zien hoe hij uit losse onderdeeltjes een typemachine weer helemaal in elkaar kon zetten. Dit was veel beter dan oneindig omkeerbaar.

Zo nu en dan nam Asher typemachines mee naar zijn kamer, hij haalde ze uit elkaar en zette ze weer in elkaar. Hij leerde radertjes, veren en de volgorde van de druktoetsen uit zijn hoofd – metaal met bijzondere kracht omdat het alle mogelijke woordcombinaties kon produceren. Hij vond het heerlijk omringd door de geur van inkt te gaan slapen.

's Avonds had hij een keer cognac gedronken met Elie, Lodenstein en de Solomons en iedereen aan het lachen gemaakt door Mikhail te vertellen dat hij ooit een auto had gehad, en dat Mikhail die als voorbeeld had kunnen gebruiken in zijn brief aan Heidegger over het geheimzinnige Wezen van machines. Het lachen, de aanwezigheid van Elie – en de Solomons, die volledig op de hoogte waren – alles bracht hem terug naar de tijd voor de oorlog. De avond drukte hem met zijn neus op alles wat hij was kwijtgeraakt en maakte dat hij zijn vrouw miste. Daarom wilde hij met die vier mensen nooit meer cognac drinken. Wanneer hij Elie op straat tegenkwam, knikten ze altijd snel en liepen haastig door. Op één keer na, toen ze allebei op hetzelfde moment 'welterusten' zeiden.

Een tijdje lukte het hem te leven in relatieve stilte, een stilte waarnaar hij hunkerde omdat zelfs het geringste gebaar of gepraat hem van zijn stuk kon brengen. Een luide stem deed hem denken aan het appèl. Schrijvers die jassen zochten deden hem denken aan gevangenen die eten bij elkaar schraapten. Als hij alleen was, kon hij lezen of woorden bedenken voor Droomatoria. Als hij met anderen was, voelde hij vanbinnen een mijnenveld dat ieder moment kon ontploffen.

Maar zijn volmaakte stilte werd verstoord toen de bril van Dieter Stumpf brak. Hij had hem op zijn stoel gelegd toen hij een doos met brieven labelde, was erop gaan zitten en had gekraak gehoord. Stumpf was bijziend. Zonder bril kon hij niet naar de boerderij van zijn broer in de buurt van Dresden rijden om daar onbeantwoorde post te begraven. Dus ging hij met zijn kapotte bril naar Asher.

'Wat wil je dat ik hiermee doe?' vroeg Asher.

'Ik hoopte dat je hem zou kunnen maken,' zei Stumpf.

'Terwijl beide brillenglazen kapot zijn?'

'Wat als ik apparatuur haal?'

Stumpf, die nog steeds zijn ss-jas droeg, deed Asher denken aan de allerergste Auschwitz-bewaker, en aan Mengele, die ooit vagelijk naar rechts had gewuifd toen hij over Ashers lot beschikte en vaak kratten vol gebleekte botten buiten bij zijn deur had staan. Eigenlijk wilde Asher weigeren. Desondanks ging hij akkoord. Een nieuwe bril maken kon afleiding bieden.

Stumpf vroeg Elie om oogmeetapparatuur te halen van de buitenpost. Ze zei dat toe, ook al kon het haar niets schelen of Stumpf wel of niet een bril kreeg. Het zou haar de gelegenheid geven even rond te kijken, te ontdekken of er meer geruchten gingen over vluchtelingen en te achterhalen waarom ze geen brieven meer hadden ontvangen.

Ze vroeg Lodenstein het rode koordje om haar pols te binden.

Marianne,

On ne croirait jamais qu'on puisse faire pousser quoi que ce soit dans un endroit pareil... pourtant il y a maintenant de l'herbe à l'endroit où il y avait auparavant de la neige rouge.

Baisers,
Patrice

Marianne,

Je zou niet denken dat op een plek als deze iets zou kunnen groeien, maar waar eerst rode sneeuw was is nu gras.

Liefs,
Patrice

*H*et moederkruid stond in bloei. Voordat Elie naar de buitenpost ging, plukte ze in het bos een groot boeket. De bloemen bloeiden in groepjes, ver uit elkaar, en Elie nam de tijd. Zonder het gewicht van de sneeuw zagen de dennen er opgewekt uit, van hun last verlost. De eerste winter na de winter van Stalingrad was voorbij, en het leek alsof de wereld een hele cyclus had voltooid. Elie zat onder een den – verscholen, beschermd, en ze rook de kale grond. Ze herinnerde zich hoe ze onder de bomen vadertje en moedertje speelde met haar zusje. De houten stokjes waren poppen. De takken jurken. Haar zusje Gabriela noemde haar poppen naar haar vrienden op school, en Elie noemde die van haar naar haar lievelingspersonages uit sprookjes. In het voorjaar hadden ze een keer een wild konijn gevonden. Ze hadden hem wortels gevoerd en hij had hen gezelschap gehouden onder de bomen.

Tegen de tijd dat Elie weer tevoorschijn kwam was het laat in de middag. Ze nam het moederkruid mee naar haar jeep en reed door het schuin invallende licht, waarbij ze nog altijd keek of ze mensen in het bos zag. Toch voelde ze een raar soort verlossing en het maakte haar niet uit dat ze al maanden niets meer van Goebbels had gehoord.

De huizen in dit stadje in Noord-Duitsland waren nog steeds fris, netjes, nog niet gebombardeerd. Elie reed naar de buitenpost en liep dwars over het veld, terwijl zijdeplanten langs haar schoenen streken. Ze klopte tweemaal, kreeg geen reactie, en liet zichzelf binnen. De chaos was groter dan ooit tevoren. Stoelen stonden boven op andere stoelen, een bank stond vol archiefkasten. De officier was bezig kleren in een koffer te duwen.

'Wat doe jij hier?' vroeg hij. 'Je weet vast wel dat er geen post is.'

'Lodenstein heeft me gestuurd,' zei Elie en ze gaf hem de helft van de bos bloemen. 'Mensen moeten zich kunnen vermaken.'

De officier gooide de bloemen op een voetenbank.

'Wat voor vermakelijks zou hier nou te vinden zijn?'

Elie wees naar speelkaarten. Toen wees ze naar wat roestige metalen instrumenten, polijststenen en een oogmeetkaart. Ze was op zoek naar een doos met gegoten glazen van de lenzenfabrikant Saegmuller and Zeiss. Maar ze vond slechts glas van een fabrikant die haar niet bekend voorkwam. Een van de oogmeetstoelen stond nog steeds tegen de muur. Ze wees ernaar.

'Wat is er vermakelijk aan oogmeetspullen?' vroeg de officier.

'Stumpf heeft zijn bril gebroken.'

'De sukkel,' zei de officier. Hij rukte lakens van het bed waarin hij ooit Elie de nacht had willen laten doorbrengen. Een pistool viel op de grond en hij propte het in zijn koffer.

'Heeft Stumpf je lastiggevallen?' vroeg Elie.

'Nee,' zei de officier. 'En al was het wel zo, dan kon het me geen barst schelen. En van Goebbels trek ik me ook niets aan.'

Elie lachte. 'Dan is jouw hachje veilig.'

'Ik geef niets om mijn hachje. De hele boel gaat naar de maan. Kijk naar de Ardennen, en die verdomde geallieerden bij de Rijn. Niemand is veilig en ik ga ervandoor. Voor mijn part neem je de hele klerezooi mee.'

Elie keek toe hoe hij een plunjezak naar zijn Kübelwagen sleepte en toen was ze alleen in de buitenpost. De verduisteringsgordijnen klapperden. Een paar dakbalken waren naar beneden gekomen. En de vloer lag bezaaid met papieren. Elie bekeek ze stuk voor stuk. Het waren beschrijvingen van zendingen van geconfisqueerde goederen, op een briefje na waarop stond: 'Geen meubels meer. die worden geheid gevonden.'

Elie trok alles van de muur: de polijststenen, de metalen instrumenten, de oogmeetkaart, de doos met gegoten glazen en de speelkaarten. Ze pakte een voorraad bloem, melkpoeder, worst, knäckebröd, kaas – al het eten wat ze kon vinden. Het zat in zware, onhandige dozen, die ze een voor een over het met zijdeplanten bedekte veld moest tillen. Als laatste pakte ze de oogmeetstoel, die ze moeizaam meesleepte. Ze zette hem neer en bleef even staan om naar de hemel te kijken.

Het was bijna donker, nog te vroeg om iets te zien behalve de avondster, een zacht lichtbaken aan de hemel. Ze duwde de stoel in haar jeep en reed weg de lenteavond in. Een halvemaan verlichtte groene rododendrons langs de kant van de weg en Elies angst voor het donker verdween, alsof al het donker verdampte in het maanlicht. Ze keek in de achteruitkijkspiegel en zag dat ze niet werd gevolgd.

Genoeg, dacht ze.

Querida Dinka,

Me has estado preguntando cuando voy a volver y solamente te puedo decir que cada día oímos que el ___ nal se acerca. Pero el ___ n parece como una ola que viene y se va. Espero que llegue pronto el ___ n.

Con todo mi amor.
Piero

Lieve Dinka,

Je hebt me gevraagd wanneer ik terug zal komen en het enige wat ik je kan zeggen is dat we iedere dag horen dat het einde nadert. Maar het einde is als een golf die komt en gaat. Ik hoop dat het snel komt.

Heel veel liefs,
Piero

*A*sher had zich afgevraagd, niet zonder ironie, of hij zijn eigen oogmeetstoel uit Freiburg terug zou krijgen. Maar deze stoel was lichtbruin en in de rugleuning zaten drie kogelgaten. Om er zeker van te zijn dat de oogmeetkaart verlicht was, liet hij Stumpf een tent bouwen van zwarte merinoswol die Elie bijna een jaar geleden van de buitenpost had meegebracht. Het was een lukrake constructie met een grote opening, die ervoor zorgde dat Stumpf tot nog groter volksvermaak leidde. Schrijvers keken toe terwijl hij een van zijn ogen afdekte en '*Besser*' en '*Nicht Besser*' jammerde bij verschillende lenzen. Omdat Elie niet de beste materialen had kunnen vinden had Asher grote moeite om ze bruikbaar te maken. Hij poetste roestige instrumenten, sleep goedkoop glas tot de brillenglazen goed waren, en repareerde de brilveren tot twee keer toe omdat Stumpfs kinnen als een plooikraag langs zijn gezicht rezen. Toen Asher de bril eindelijk afhad, zei Stumpf dat hij met deze bril beter kon zien dan met alle andere die hij ooit had gehad. De Schrijvers wilden ook een bril, ongeacht of ze die nodig hadden of niet.

Asher maakte brillen als hij er zin in had. Niemand kon daar iets van zeggen, en Stumpf – die overdreven dankbaar was omdat hij nu naar de boerderij van zijn broer kon rijden – al helemaal niet. Dat bezoek aan de boerderij bleef hij maar uitstellen omdat hij zich aangetrokken voelde tot een medium met de naam Hermione Rosebury, die zei dat ze Madame Blavatsky had gekend. Hermione was de enige Schrijver in de Bunker die uit Engeland kwam, al sprak ze vlekkeloos Duits. Door haar gevoel van isolement was ze geneigd te negeren dat Stumpf deemoedig door de Bunker sloop, verlaten door Sonia Markova die nu omging met Parvis Nafissian. Iedere autoriteit was hem allang ontnomen, ook het recht mensen te dwingen zich een voorstelling van Goebbels te maken. Nu er geen brieven meer naar de Bunker kwamen, drong hij er bij de Schrijvers ook niet meer op aan ze te beantwoordden. Hij sloeg ze op in zijn kantoor en beantwoordde ze zelf, of – vaker nog – dacht erover ze te beantwoorden, aangezien hij uitsluitend de Duitse taal beheerste.

Te midden van de brillengekte ijsbeerde Lars Eisenscher door de kleine ronde kamer van de herdershut. Hij had al bijna drie maanden geen brief meer ontvangen van zijn vader en wist niet of zijn vader weer gevangenzat, naar een ander land was gegaan, was doodgeschoten of hem niet schreef omdat hij geen problemen wilde veroorzaken. Twee keer was Lars naar het postkantoor in de stad gegaan, waar hem was verteld dat het postsysteem nauwelijks functioneerde. Duitsland was uitgeput, en de oorlog had al zijn middelen uitgeput, zelfs het eenvoudige vermogen om een brief te sturen. Papier, inkt, dierbaren: de oorlog had alles opgeslokt.

Lars, die was verzonken in zorgelijke gedachten, keek op toen hij een Kübelwagen ratelend de open plek op hoorde rijden. Hij reed snel, plette bloemen, maakte diepe geulen in plekken met nieuw gras. Een kleine, donkere officier stapte uit en vroeg naar Oberst Lodenstein. Als Lodenstein niet bij Goebbels in zijn weerzinwekkende kantoor was geweest had hij wellicht gedacht dat de officier Goebbels zelf was, die zijn mythische bezoek aflegde. Lodenstein stond stil bij de deur met de officier terwijl Lars vanaf een afstand toekeek. Hij was behangen met medailles, had er meer dan Mueller, bijna net zo veel als Goebbels. Lars bekeek hem bedachtzaam. Zo veel medailles was een teken van macht.

'Die bewaker van jou moet zijn haar laten knippen,' zei de officier.

'Hij heeft meer dan zeventien uur per dag dienst,' zei Lodenstein.

'Ik ga niet bakkeleien over uren,' zei de officier. 'Ik wijs alleen op normen.'

Hij stak zijn hand in zijn zak en overhandigde hem een memo van het ministerie van Volksvoorlichting en Propaganda. Het papier was

dik, sterk, smetteloos en de tekst luidde: 'Het ministerieel bureau ver-
langt een appèl van alle schrijvers'.

Lodenstein deed alsof het bericht geen aandacht verdiende. 'Wat
denk jij hiervan?' vroeg hij.

'Er valt niets van te denken,' zei de officier. 'Iedereen moet zich hier
gewoon komen melden met zijn papieren.'

'Maar ze zijn bezig zich een voorstelling te maken van Goebbels.'

De officier keek confuus, en Lodenstein zei: 'Heeft niemand je ooit
verteld over dit belangrijke ritueel?'

De officier schudde zijn hoofd, en Lodenstein legde met bonkend
hart uit dat de Schrijvers iedere dag een half uur lang in gedachten een
beeld opriepen van Joseph Goebbels, het brein achter dit onmisbare
project.

'Als ze zich hem niet voor de geest haalden,' zei hij, 'zou er niets gebeuren. Een onderbreking kan rampzalige gevolgen hebben.'

De officier stemde ermee in de tijd te overbruggen in Lodensteins
kamer – waarnaar hij verwees als zijn 'kwartier' – totdat de Schrijvers
klaar waren. Hij liep zelfs terug naar zijn Kübelwagen om een fles
cognac te halen. Toen liep hij langzaam door het verlaagde deel, waarbij hij de muren bestudeerde en alles in de kamer in zich opnam. Hij
was een zwijgzame man die staarde met de zuinige gereserveerdheid
van iemand die geleerd heeft dingen aandachtig te bekijken. Hij vroeg
naar de hutkoffer in de hoek van de kamer. Lodenstein zei dat hij aandenkens bewaarde om tentoon te stellen nadat Duitsland de oorlog
had gewonnen. De officier leek verheugd en vroeg naar een hemdje op
het dressoir. Lodenstein zei dat er altijd wel een vrouw in zijn kamer
was. De officier vroeg naar de dakvensters. Lodenstein vertelde hem
dat de architect, Hans Ewigkeit, die de mijn vermomd had als herdershut, een kamer boven de grond had gemaakt. De officier vroeg naar de
speelkaarten. Lodenstein legde uit dat hij graag patience speelde. Hij
pakte het hemdje op en zei dat de geur van het rozenparfum hem beviel. Lodenstein beaamde dat en schonk hem nog wat cognac in. Al
snel was de officier aangenaam dronken. Hij leunde achterover op het
bed en sloot zijn ogen. De order gleed uit zijn handen. Lodenstein

wenste dat hij weg zou zweven, zoals de brief in de trein. Maar hij bleef liggen, zwaar en loom. Lodenstein betwijfelde of hij in water zou blijven drijven.

De order was geschreven op postpapier van het ministerie van Volksvoorlichting en Propaganda, en de handtekening was onduidelijk. Onderaan stond een oud gezegde dat het Derde Rijk zich had toegeëigend: 'Übersetzer sind verräter.' 'Vertalers zijn verraders.'

Lodenstein legde de order op het bed en keek naar het licht door de ramen. Het was wazig, het licht van de late namiddag, en viel in banen op het dekbed, de kussens, het gezicht van de officier en een spel kaarten op het nachtkastje. Omdat hij gestopt was met kaarten leken de kleuren nu op beelden uit de werkelijke wereld in plaats van op symbolen die moesten worden gerangschikt, gestapeld en geschud. Harten werden door minnaars gekerfd. Ruiten waren diamanten. De honneurs hadden gespiegelde afbeeldingen, en Lodenstein herinnerde zich dat iemand hem had verteld dat dit uit bijgeloof was ontstaan: als een portret werd gespiegeld, dan waren de leden van het koninklijk huis veilig en konden ze niet worden onthoofd. Hij legde de kaarten neer, liep naar het raam en vroeg zich af of het appèl een list was. Maar toen hij de order nog een keer las zag hij Ashers naam. En die van Daniel. Er werd ook melding gemaakt van een 'naamloos kind'.

Het memo op het tafeltje leek hardop te spreken: 'Vertalers zijn verraders.'

Plotseling, zonder voorbedachte rade, griste hij het kussen van Elies kant van het bed en hield het over het gezicht van de officier. Hij drukte het kussen tegen zijn oren en hield het over zijn mond; hij keek niet naar het kussen, enkel naar zijn handen, die het kussen bogen met de kracht van iemand die staal buigt. Zijn handen zagen er niet uit als zijn handen, maar als blokken met een eigen wil, niet verbonden met zijn hart en hoofd. Ze bleven maar duwen, de officier begon naar lucht te happen en te zwaaien met zijn armen en benen. Door zijn getrap schoof het nachtkastje van het bed weg en vielen de kaarten op de grond. Lodenstein bedacht dat deze kaarten ooit waren geweest van iemand die was gedeporteerd, en die inmiddels waarschijnlijk dood was; terwijl zijn handen tegen het kussen duwden, zag hij voor zich hoe alle doden de officier bestookten en zo'n stennis trapten dat geen enkele brief ter wereld ze ervan kon weerhouden zich te verzamelen, te roddelen, te klagen, hem te beschuldigen. Door deze gedachten duwde hij alleen maar nog harder, totdat het lichaam van de officier verslapte. Hij liet het kussen op zijn gezicht liggen en probeerde de gedachte dat hij iemand had vermoord, en het verscheurde, gerafelde gevoel in zijn hart niet toe te laten. Hij keek naar zijn handen en dacht – alsof hij zich tot de handen van iemand anders richtte – je hebt iemand vermoord. Ze waren gebald. Het kostte hem grote moeite zijn vuisten te ontspannen. Het kussen was geknapt en het dons liep eruit. Het dekbed zat onder de modder van de stamplaarzen van de officier. Lodenstein keek net zo lang naar het kussen tot hij zich een boemanachtige voorstelling van het gezicht van de officier had gemaakt. Toen wendde hij zijn blik af en dacht na over het begraven van het lichaam. Hij kon het lichaam niet naar het bos brengen omdat de grond nog te hard was. Hij kon het lichaam niet onbegraven laten omdat het dan ontdekt kon worden. De enige oplossing was de kamer waarvan alleen hij op de hoogte was. Deze bevond zich in de tunnel die naar de stad leidde en kwam op niet een van de bestaande plattegronden van de Bunker voor.

De tunnel

*L*odenstein pakte een spade en drie sleutels onder uit de hutkoffer. Een sleutel was van de deur van zijn kamer, die hij op slot deed. Een andere was van de deur naar de tunnel die leidde naar de stad vijf kilometer verderop. De derde was van de kamer die alleen hij kende. De ruimte bevond zich aan de linkerkant van de tunnel die doodliep in de Bunker en was daar om geheimzinnige redenen. Niemand had hem uitgelegd waarom toen hij de sleutels had gekregen.

Lodenstein liep voorbij het huis van de Solomons naar de boogdeur waarlangs Gitka Maria haar handen had laten gaan, de trompe-l'oeil die net aarde leek. Hij keek of niemand hem in de gaten hield en worstelde met de sleutel. Misschien was de deur nog nooit open geweest. Of misschien paste de sleutel niet. Maar de deur gaf mee en Lodenstein belandde in het duister en de koude lucht en de stank van bedorven afval dat door de ondergrondse beek werd meegevoerd. Hij sloop vooruit, met zijn pistool in de ene hand, terwijl hij de andere langs de muur liet gaan. In het donker draaide hij het slot van de kamer open.

De ruimte bestond uit drie muren die grensden aan de mijn en een vierde muur met daarin de deur. Op deze vierde muur na bestonden de muren en de vloer uit brokken aarde en ruw gesteente, een ruimte met hopen van steenkool en gaten met gruis.

De geur verdween zodra hij de deur dichtdeed. Lodenstein bevond zich in absolute stilte, omringd door de geur van verse aarde. Hierdoor kreeg de kamer iets van een heiligdom – klein en veilig, van aarde gemaakt. Lodenstein ging tegen de muur zitten, stak een sigaret aan en probeerde te vergeten dat hij op het punt stond iemand te begraven die hij net had vermoord. Het had lang geleden kunnen zijn, in de tijd dat hij verstoppertje speelde met zijn vriendjes, de meest verborgen plekjes zocht waar ze wachtten en gevonden werden. Het had een gewone dag uit zijn jeugd kunnen zijn.

Hij rookte zijn sigaret op en begon te graven. De aarde was hard, het graven kostte veel inspanning en hij moest uitrusten. Hij stak nog een sigaret op en keek gedachteloos toe terwijl hij met zijn zaklantaarn scheen. De straal bewoog over de vloer, maakte een heldere witte lijn, ging omhoog langs de muur. De stenen leken grote brokken obsidiaan, een muur van zwarte edelstenen. Het was merkwaardig mooi en hij vergat even de officier tot de zaklantaarn een ander voorwerp verlichtte. Deze edelstenen waren wit, hoekig. Ze lichtten bleek op in de straal.

Hij kwam dichterbij met zijn zaklantaarn en liet zijn ogen wennen aan het diepe duister dat hem omringde. De witte edelstenen leken scherp, duidelijk afgetekend, afkomstig uit een andere wereld en toch vertrouwd. Hij volgde de lijnen met enige terughoudendheid. Het begon hem te dagen dat de witte edelstenen geen edelstenen waren, maar iets menselijks. Hij zag de contouren van schaambenen. Hun krommingen vormden een zitplaats en waren verbonden met vier dijbenen – een perfect blok – die verbonden leken met de botten van vier voeten. Het voorwerp had ook nog een verticale rug – een ribbenkast. Ieder bot was een mensenbot. Lodenstein besefte dat hij een stoel zag. Met daarnaast precies nog zo'n stoel. Er was ook een tafeltje.

Even bekroop hem de uitzinnige gedachte dat ze ooit deel hadden uitgemaakt van een complete woonkamer en dat ze, eenmaal herenigd met die kamer, weer gewone meubels zouden worden. Hij stelde zich voor dat hij alles naar de juiste plek bracht en dat het zou veranderen in een tijd voordat er oorlog was, waarin niemand dacht aan het beantwoorden van brieven van de doden of een reis tijdens een maanloze nacht naar een plek waar mensen als vee werden behandeld. Hij stelde zich voor dat deze botten een spookverschijning van stenen en duisternis waren. Hij kon ze nergens mee naartoe nemen. Helemaal nergens. En het was geen spookverschijning, het waren meubels. Meubels die ooit hadden geleefd.

Hij kokhalsde, krabde langs de muren, kreeg vuil onder zijn nagels en slaagde erin de deur te sluiten. Hij haastte zich naar de keienstraat en sloot de trompe-l'oeil af.

Hij kokhalsde nogmaals.

Xavier,

Où es-tu? Où es-tu? Je te cherche partout. Je te cherche partout. Si je n'arrive pas à te retrouver, retrouve-moi.

Marianne

✦

Xavier,

Waar ben je? Waar ben je? Ik zoek je overal. Ik zoek je overal. Als het mij niet lukt jou te vinden, vind mij dan.

Marianne

*I*n het hoofdvertrek van de Bunker had niemand er enig benul van dat er een officier was gearriveerd. Elie zat aan haar bureau, Stumpf was in de wachttoren, en de Schrijvers pasten nieuwe brillen, wachtten tot ze er een kregen aangemeten of genoten van hun zojuist verworven exemplaar. Gitka droeg een bril op het puntje van haar neus en hield haar lange sigarettenhouder vast. Niles Schopenhauer droeg een montuurloze bril en een jas van wasbeerbont. Lodenstein bekeek alles van een afstandje. Zijn handen trilden. Zijn ademhaling schokte. Hij hield zijn ellebogen vast en probeerde rustiger adem te halen terwijl hij toekeek hoe de Schrijvers hun bril bewonderden alsof alles bij het oude was. Ze hadden geen idee dat de dood zo dichtbij was, in het bos, de kamer met de dakvensters, de ruimte met de zwarte edelstenen. Ze hadden geen idee dat hij zojuist een officier had omgebracht en een mausoleum had gevonden aan het eind van de hal. Niets zal ooit nog hetzelfde zijn, dacht hij. Deze Bunker is een doodskist.

Iedereen was zo met andere dingen bezig dat het hen niet opviel dat hij in een zak begon te rommelen die tegen de muur stond. Hij gooide er laarzen, mutsen en sjaals uit totdat hij een paar leren handschoenen vond. Maar toen een schep tegen de telescoop kletterde, draaiden ze zich om naar hem.

Nafissian zei dat hij ook een bril moest nemen. 'Dat zou je iets gedistingeerds geven,' zei hij.

'Zonder meer,' zei Niles Schopenhauer.

Maar La Toya stond op en zei: 'We weten allemaal dat die brillen slechts afleiding bieden. Dit is nog steeds de plek waar we aan de doden schrijven.'

'Of de binnenkort-doden,' zei Nafissian.

'Of de nagenoeg-doden,' zei Gitka.

'En we kunnen alleen maar hopen dat iemand die brieven leest,' zei La Toya. 'Als we deze kamer al een naam geven, zouden we hem de Optimistische Postkamer moeten noemen.'

'Nee, nee,' zei Nafissian. 'Het zal altijd het Droomatorium blijven.' Mensen waren afgeleid door de grap en niemand had door dat Lodenstein naar de bezemkast liep, waar het altijd een wirwar was van tape, kaarsen, gescheurde zuidwesters en kartonnen dozen, en die nu vol hing met nog meer bontjassen. Lodenstein rommelde door de spullen tot hij een schroevendraaier en een hamer had gevonden. Niemand weet dat ze bijna aan hun haren naar een appèl waren gesleept, dacht hij. Ze denken dat het hier een kermis is. Hij trapte de bezemkast dicht.

De officier lag er rustig bij, zonder rancune, en zag eruit als iemand die een dutje doet, met een kussen over de ogen om ze af te dekken tegen de zon. Lodenstein moest hem dubbelvouwen, wat moeizaam ging omdat de officier nog slap was. Hij propte hem in de plunjezak, duwde zo hard dat hij iets hoorde breken, een bot misschien. Hij zwaaide de plunjezak over zijn schouders, deed zijn deur op slot en nam de mijnlift. Indien nodig zou hij zeggen dat hij extra brieven naar de hal bracht, een onaannemelijke bewering omdat iedereen wist dat hij niets met de brieven te maken had. Maar toen hij langs de Solomons liep en Lars hem met de plunjezak zag, maakte diens sceptische blik duidelijk dat hij geen excuus nodig had.

'Heb je hulp nodig?' vroeg Lars, terwijl hij naar voren stapte.

'Als jij er maar voor zorgt dat de straat leeg is,' zei Lodenstein.

Lars knikte en liep naar La Toya, die hem al had gezien.

Hij dacht dat hij La Toya 'dat werd tijd' hoorde zeggen en wilde zo snel hij kon terug naar de trompe-l'oeil. Maar eenmaal aangekomen bleef hij voor de deur staan, bevangen door een steeds grotere angst. Jaren geleden, aan het begin van de oorlog, schoot de Gestapo vaak mensen dood in deze tunnel. Soms waren de geweerschoten zo fel, zo frequent, dat het klonk als typemachines. Toen Stumpf nog de leiding had, schreven de Schrijvers zo veel brieven als ze konden uit angst dat ze anders naar deze tunnel werden gesleept en doodgeschoten. Wat als de ss hem in een hinderlaag lag op te wachten? Wat als de officier iemand was van wie het Derde Rijk zich wilde ontdoen en ze wisten dat hij deze kamer zou gebruiken om hem te begraven? Hij dwong zichzelf de deur te openen en weer werd hij overweldigd door de stank van afval. Hij sleepte de plunjezak door het klamme, eindeloze duister. De stoelen en tafel waren vastgemaakt met bouten en beugels. Lodenstein schroefde ze los, woedend dat het zo veel tijd kostte, maar dankbaar dat het gekletter niet te luid klonk, want al was de doorgang geluiddicht, hij was toch bang dat de Solomons het konden horen. Toen de bouten waren losgeschroefd, wrikte hij alles los met de hamer. Maar de zitting van de stoel – het bekken – was vastgelijmd, en hij moest er flink op losslaan voordat die in stukken uiteen viel. Een beugel zat vast in een voet, en hij verbrijzelde de voet totdat die volledig verpulverd was. Toen alle botten gebroken waren, bedekte hij de plunjezak met aarde, verspreidde de botten erover en sloeg de hoop met de schop in stukken.

Voordat de bewakers naar het front waren gestuurd hadden ze in Muellers kamer gewoond. Lodenstein herinnerde het zich als een plek waar werd gekaart, gedronken en levendig gediscussieerd. Nu stond die vol palissanderhouten meubels en hing er nog steeds een zweem van Muellers kwaadaardige geheimzinnigheid. Lodenstein had een hekel aan de kamer, maar hij zat onder de aarde en botsplinters en de enige manier om zich te wassen was door naar de keuken te sluipen, een soeppan te vullen met water, en die naar de kamer te slepen. Hij scheurde lakens en boende zijn gezicht, handen en haren. Het water werd troebel. Hij sloop nogmaals naar de keuken, vulde de pan opnieuw en sleepte hem mee terug naar de kamer. Mueller had een groene trenchcoat en lang ondergoed in zijn kast achtergelaten. Lodenstein trok alles aan en rukte het ss-insigne van de trenchcoat. Hij nam wat slokken schnaps en luisterde hoe de Schrijvers zich gereedmaakten voor de nacht.

Schoenen klepperden en stof ritselde terwijl mensen de ene set kleding verruilden voor een andere. Een discussie barstte los over de loterij. Daarop klonk een spervuur van getyp – een laatste dagboekaantekening voor het slapengaan of een nieuwe uitdrukking in Droomatoria.

Hij hoorde La Toya een spel voorstellen en iemand anders zeggen: 'Vannacht niet. En kappen met dat getyp in je dagboek.'

'Er is genoeg te schrijven,' zei La Toya.

Mensen lachten over een woord in Droomatoria. Er werd geloot om sigaretten. Over een ander woord steeg nog meer gelach op. Lodenstein was verbolgen dat mensen konden lachen. Verbolgen dat het gewone leven doorging.

Hij stormde de hal in om tekeer te gaan tegen de Schrijvers, maar besloot dat hij alles voor zich wilde houden – de Schrijvers leefden al met ondraaglijke angst. Hij stond voor Muellers kamer, hoorde stemmen aan het eind van de hal en zag Elie en Asher in het flikkerende gaslicht aan het andere uiteinde van de straat. Ze konden hem niet zien, wat hem het afstandelijke, haast bevreemdende gevoel gaf dat hij naar een toneelstuk keek. Ze zaten op een smeedijzeren bank, deelden een sigaret, en zagen er elegant, enigszins onnatuurlijk uit.

Toen de sigaret op was, ging Asher naar zijn kamer en liep Elie de hal door. Lodenstein draaide zich om. Hij voelde zich opgelucht door de afleiding van de scheut jaloezie. Elie raakte zijn arm aan.

'Wat is er in godsnaam met jou gebeurd?' vroeg ze.

'Dat vertel ik je later wel. We slapen trouwens in Muellers oude kamer. Waar hadden jullie het eigenlijk over?'

'Of we veilig zijn,' zei Elie. Ze keek naar de trenchcoat. 'Je handen zijn ijskoud. En waarom heb je Muellers lange ondergoed aan?'

'Ik zei dat ik je dat later wel vertel.'

Ze leidde hem terug de kamer in, deed de deur dicht, begon de veters van zijn laarzen los te maken, en schrok toen ze zag dat die onder de aarde en botsplinters zaten.

'Gerhardt,' zei ze. 'Zeg eens wat er is gebeurd.'

Maar hij kon geen woord uitbrengen. Zijn keel voelde alsof hij verstopt zat met vuil.

'Gerhardt, vertel het me.'

Hij draaide zich om en pakte haar schouders vast.

'Weet je zeker dat je het wilt weten?' vroeg hij. 'Weet je zeker dat je het zou willen weten als iets wat ik had gedaan jou mede tot moordenaar zou maken? Zeg het me... Zou je dat echt willen weten?'

Elie begon te huilen en hij liet haar schouders los en nam haar in zijn armen. Haar sleutelbeenderen bewogen moeiteloos, als vleugels. Maar de kromming van haar botten daaronder nam hem mee terug naar de duistere, klamme kamer en de stoel in een straal van beenderwit licht. En hij voelde nog iets, een onbenoembare plek in haar die alle onzichtbare mechanismen bevatte die ervoor zorgden dat ze droomde en liep en ademhaalde en Elie was. Toen huilde hij ook.

'Gerhardt, alsjeblieft,' zei Elie. 'Wat je ook gedaan hebt, het was voor een goed doel.'

'Ik weet niet meer wat voor een goed doel is,' zei hij. 'We zullen nooit wakker worden op een gewone ochtend.'

'Zo moet je niet denken,' zei Elie.

Maar hij was ervan overtuigd dat hij met haar nooit zo zou kunnen zijn als hij zou willen en zijn snikken spoelden naar de hal en bereikten de Schrijvers en de keuken en weerkaatsten tegen de potten en pannen. Het was een diepbedroefd snikken dat door de toetsen van de typemachines en de losse vellen papier en de meters van dode aarde boven hen droeg. Het was het geluid van een man die instortte. De Bunker was met stomheid geslagen.

Adelajdo,

Dwoje ludzi z naszego bloku zniknęło bez zbiórki, powieszenia lub ostrzeżenia. Nikt o nich nie wspomniał. Nie było publicznego wieszania. Nie wiemy jak oni zniknęli bez śladu.

Kocham,
Kacper

Adelajdo,

Twee mensen uit onze barak zijn verdwenen zonder dat er een appèl, ophanging of waarschuwing is geweest. Niemand heeft iets over ze gezegd. Er zijn geen openbare ophangingen geweest. We weten niet hoe het kan dat ze spoorloos verdwenen zijn.

Liefs,
Kacper

Elie hield Lodenstein vast tot hij wegzonk in een onrustige slaap. Toen zijn ademhaling rustig werd, nestelde ze zich onder het dekbed maar werd belaagd door een beeld van zijn laarzen: modder, vuil en botsplinters. Ze deed haar ogen dicht en de laarzen werden tastbaar. Ze schoof naar Lodenstein en rook aarde. *Vannacht doe ik geen oog dicht,* dacht ze.

Maar toen ze de deur opende, wist ze niet of ze de stilte van de Bunker wel kon verdragen. Het was volmaakt, onkarakteristiek stil zonder getyp, gevrij, nachtelijk gegil. Ze wilde nog een keer met Asher spreken. Ze voelde dat er iets verschrikkelijks was gebeurd in de Bunker, en Asher – die schoten en ophangingen had overleefd – zou dat vast ook voelen. Ze herinnerde zich dat hij heel rustig naar mensen kon luisteren. Zo had hij naar haar geluisterd in Freiburg toen ze zich zorgen begon te maken over de oorlog. En ook al was zijn eigen vrouw verdwenen, toch had hij met een onnoemelijke rust kunnen luisteren.

Elie liep naar de kratten bij de muur die doodliep in de tunnel. De schaduwen die de grote kisten op de vloer wierpen waren haast massief – de lichtjes van de sterren waren niet meer dan speldenprikjes. Ze liet haar handen over de gebogen trompe-l'oeil gaan en wist, zonder over enige rationele kennis te beschikken, dat in de tunnel voor haar een dode officier lag. Daarom had Lodenstein gehuild. Daarom zaten zijn laarzen onder de modder en botsplinters. Daarom was de Bunker stil. Ze hoorde een deur opengaan. Asher kwam aanlopen en ging naast haar staan.

'Hoe gaat het met Lodenstein?' vroeg hij.

'Je hebt hem gehoord,' zei Elie. 'Hij zegt dat ik een moordenaar van hem heb gemaakt.' Ze ging op de koude vloer zitten en schoof een krat opzij om plaats te maken voor Asher.

'Mensen menen niet wat ze zeggen wanneer ze instorten. En meestal rapen ze zichzelf weer bij elkaar,' zei Asher.

Hij ging naast haar zitten bij de kratten. 'Niemand is hier een moordenaar,' zei hij.

'Ik weet niet meer wat ik moet denken,' zei Elie.

Asher haalde een sigaret tevoorschijn.

'Ik heb het hier nog nooit zo stil meegemaakt,' zei hij. 'De Schrijvers hebben zelfs geen seks.'

'Ze hebben genoeg om over na te denken.'

'Ze zijn in ieder geval opgehouden met vragen stellen. En met typen. Een paar zijn er gewoon gaan slapen en wat anderen hadden het over hun familie. Ik weet niet eens wat er met het merendeel van mijn familie is gebeurd. Ik ben alleen maar dankbaar dat Daniel hier is.'

'Je zult je vrouw wel missen,' zei Elie.

'Voortdurend,' zei Asher. 'En mijn moeder.'

'Ik heb geen idee wat er met mijn ouders is gebeurd,' zei Elie.

'En je zusje?'

Elie wachtte, luisterde naar het kraken van de katrollen en takels zodat de maan op kon komen. Toen zei ze: 'Het is meer dan tien jaar geleden dat je Gabriela hebt ontmoet.'

'Ja,' zei Asher. Hij keek haar recht aan en zijn blauwe ogen voerden haar mee terug naar Freiburg. 'Weet je nog die keer dat we naar dat koffiehuis gingen?' vroeg hij. 'Gabriela deed Hitler na. Ze was een geweldige imitator. We waren buiten adem van het lachen.'

'Ik wil er niet aan denken,' zei Elie.

'Zij zou willen dat je dat wel deed,' zei Asher. 'Jullie waren zo hecht.'

Elie stak een sigaret op en leunde achterover tegen een krat. 'Jij bent de enige die ik ken die zich haar herinnert,' zei ze. 'Misschien moet ik daarom telkens als ik jou zie aan haar denken.'

'Je vindt haar wel weer,' zei Asher. 'Mensen zullen weer bij elkaar komen als deze oorlog voorbij is.'

Elie begon te huilen. Ze huilde zonder zich te verroeren, alsof ze dacht dat Asher het niet zou merken. Asher had mensen op deze manier zien huilen in Auschwitz: de geringste beweging trok de aandacht, dus huilden ze alsof ze dat niet deden. Hij probeerde haar niet in zijn armen te nemen. Praten over haar zusje, gevangenzitten op deze plek, de kratten rondom hen vol brieven aan de doden – alles overweldigde hem. Het enige wat hij deed was nog een sigaret aanbieden.

Elie leunde tegen een van de kratten, de gruwelijke houten schakels tussen de doden en de levenden. Ze rookte haar sigaret op en ging terug naar het palissanderhouten bed. Lodenstein was in slaap gevallen, in een diepe slaap. Ze raakte hem nogmaals aan – zijn haren, het litteken op zijn voorhoofd – en probeerde niet te denken aan wat hij had gedaan. In plaats daarvan dacht ze aan wat Asher had gezegd en toen aan Gabriela, lang geleden, voor de oorlog. Ze herinnerde zich hun jeugd in Kraków, schaatsen, zwemmen, spelletjes op straat op zomeravonden, wilde spelletjes met jongens die achter hen aan zaten. Ze herinnerde zich hun besluit om in Duitsland te gaan studeren en de avond waarop ze aan hun ouders hadden verteld dat ze het huis uit wilden. Ze herinnerde zich Gabriela's eerste pianorecital en hoe ze er na afloop uit had gezien – stralend, opgetogen – met witte rozen in haar handen. Gabriela was getrouwd met een man in de buurt van Berlijn vlak nadat de oorlog was begonnen. Voorafgaand aan het concert hadden hij en Elie haar witte rozen gegeven.

Ze had altijd gedacht dat ze Gerhardt nooit had verteld over Gabriela omdat ze haar verleden geheim wilde houden zodat hij niet te veel zou weten als hij ooit zou worden ondervraagd. Maar nu besefte ze dat het was omdat ze vreesde dat hij de voortdurende pijn die ze in haar hart voelde niet zou begrijpen. Asher had een bijzondere manier van begrijpen, een manier die de pijn zo resoluut opzoog dat die dragelijk werd. Hierdoor voelde ze zich afvallig tegenover Lodenstein en ze hield hem nog steviger vast. Hij rook nog steeds naar aarde. Tegen de deur stond een schep – ruw hout ging over in glad, dof metaal.

Ze schoof opzij zodat ze de contouren kon zien, waardoor Lodenstein wakker werd. Hij begon te schudden.

'Gerhardt,' zei ze, haast fluisterend. 'Het gaat voorbij.'

Hij ging zitten en bleef schudden, een hevig schokken zoals Elie dat nog nooit had meegemaakt. Ze wist hem zover te krijgen dat hij opstond en thee ging zetten. Ze leidde hem naar de keuken. Het was nog steeds stil in de Bunker, maar nu voelde de stilte geruststellend. En de thee was warm en vertrouwd. Elie wreef Lodensteins nek en zei steeds dat hij meer moest drinken, waarbij ze zijn mok voor hem vasthield. Ze hoorden de mijnlift opengaan en Lodenstein rende de hal in met zijn pistool in zijn hand.

Maar het was Lars, die kwam kijken bij Mikhail. Hij keek naar Elie, onzeker over wat zij wist.

'Gaat het?' vroeg hij aan Lodenstein.

'Het gaat.'

Elie schonk Lars een mok thee in maar hij schudde nee. Hij pakte een appel en schilde die zoals zijn vader hem dat had geleerd – één enkele, perfecte krul, alsof hij huid verwijderde. Toen zei hij: 'Het heeft geen enkele zin te doen alsof we deze oorlog gaan winnen. We zouden allemaal gewoon het bos in moeten lopen.'

'De jeugd heeft de wijsheid in pacht,' zei Lodenstein.

'Hier is het veiliger,' zei Elie. 'Omdat we samen zijn.'

Lars schudde zijn hoofd en gaf ze partjes appel. Vruchten waren inmiddels schaars.

'Weet je wat mijn vader me ooit heeft verteld?' zei hij. 'Als je 's nachts naar het centrum van een stad gaat, moet je de veiligste weg naar buiten weten voordat je op pad gaat.'

'Ik wou dat meer mensen dat hadden bedacht,' zei Elie. Het leek erop dat ze ieder moment weer kon gaan huilen.

Ik zou haar moeten troosten, dacht Lodenstein. Ik zou ervoor moeten zorgen dat ze hier niet over blijft doormalen. Maar hij was helemaal leeg na wat hij had doorstaan en hield zijn blik gericht op de rode keienstraat die zijn wereld was geworden. Die zag er vertrouwenwekkend zacht uit met zijn flikkerende lampen, alsof het een echte straat was uit een tijd die nog veilig was. Het huis van de Solomons was verlicht. Het voelde of hij een knoop in zijn maag had: hij moest met iemand praten over wat hij had meegemaakt. De moord, de vreselijke kamer, zijn behoefte om Elie te beschermen, die nooit mocht horen wat hij zo nodig kwijt moest. Maar misschien zou Mikhail luisteren. Mikhail zou het misschien begrijpen.

Toen Mikhail de deur opende, staarde hij naar Lodensteins gekreukelde trenchcoat en lange ondergoed.

'We hebben ons zorgen om je gemaakt,' zei hij. 'En aan je kleren te zien, moeten we ons ook zorgen maken.'

'Ik kan helemaal niet slapen.'

'Kom anders even binnen,' zei Mikhail.

Lodenstein liep naar binnen en keek door de dikke ruit naar de bevroren hemel. Mikhail keek hem aan zonder iets te zeggen. Lars had hem verteld dat het te gevaarlijk was om vanavond de wachttoren op te klimmen om naar de sterren te kijken. Talia en hij hadden de hele avond afgerondeid van de rest in hun huis doorgebracht. Toen ze hem hadden horen huilen, had Talia weer gezegd: 'Het is hier net zo erg als in Lodz.'

Na een poosje zei Mikhail: 'Lars zei dat we vanavond maar beter niet naar buiten konden gaan.'

'Hij heeft gelijk,' zei Lodenstein. 'Je zult de sterren een tijdje niet zien. Niemand zou naar buiten moeten gaan, alleen even snel naar de waterput.'

'Ik weet het,' zei Mikhail.

'Ik weet zeker dat iedereen iets weet over wat er is gebeurd,' zei Lodenstein. 'Maar er zijn dingen waar ik niet over wil praten. Vreselijke dingen.'

Hij zweeg. Mikhail wachtte. Daarop vertelde hij Mikhail over de kamer met de botten.

Even sloot Mikhail zijn ogen. Toen liep hij naar hun keukentje om cognac en twee glazen te pakken.

'Het is allemaal onvoorstelbaar,' zei hij. 'Maria in die kruipruimte.'

Aaron die wordt doodgeschoten op een dorpsplein. En dan nu die kamer.'

'Dat is nog niet alles,' zei Lodenstein. 'Het stond vol meubels.'

'Ik begrijp het,' zei Mikhail. 'Maar probeer er niet te veel over na te denken. Ik zou gek worden als ik dacht aan Aaron die doodbloedde.'

'Ik heb er niet over nagedacht. Ik heb het gesloopt. Ik heb alles begraven.'

'Ik bedoel dat je er nu niet aan moet denken. Als ik iedere avond aan Aaron dacht, zou ik gek worden.'

Hij schonk Lodenstein nog een glas cognac in en ging naast hem zitten. 'Je moet nooit denken dat je bloed aan je handen hebt,' zei hij.

'Jij hebt nooit iemand vermoord,' zei Lodenstein.

'Ik heb nooit de kans gehad,' zei Mikhail. Hij keek naar Aarons foto, die een jaar voor zijn dood was genomen. Aaron lachte recht in de lens. Mikhail stelde zich hem nog steeds voor terwijl hij in de richting van zijn dood keek.

'Er gebeuren constant vreselijke dingen,' zei Mikhail. 'Gruweldaden. Bijna zonder uitzondering ondraaglijk. Maar wat jij hebt gedaan hoort daar niet bij. Mensen zullen je dankbaar zijn. Je zou jezelf dankbaar moeten zijn.'

Lodenstein legde zijn gezicht in zijn handen en voelde het litteken op zijn voorhoofd.

'Heb ik je ooit verteld dat ik deze te danken heb aan een botsing met een slee?' vroeg hij. 'Een duel was beter geweest, vind je niet?'

Mikhail lachte: 'Volgens mij begin je een beetje aangeschoten te raken. Misschien is dat maar beter ook.'

'Misschien wel,' zei Lodenstein. Hij keek door de ruit naar buiten en vroeg Mikhail of hij ooit geluiden had gehoord in de tunnel. 'Geweerschoten. Gekletter.'

'Nee. En wij horen alles. Talia heeft een zeer scherp gehoor. Wilde je die kamer gebruiken als schuilplaats?'

'Ja. Totdat ik de ruimte zag.'

'In geval van nood zou het kunnen,' zei Mikhail. 'Niemand hoeft verder te weten wat je hebt gevonden.'

Ze spraken over Daniel, Asher en Dimitri, en hoe ze hen zouden kunnen verbergen in de kamer in de aarde. Maar Mikhail bleef maar terugkomen op wat Lodenstein had gedaan en dat hij altijd moest onthouden dat hij alles had gedaan om mensen te redden. Zijn stem was geruststellend, bijna melodieus, alsof hij een kind een verhaaltje vertelde voor het slapengaan. Lodenstein viel in slaap, met zijn hoofd tegen een fluwelen stoel.

Stefan,

Ik ben er nog steeds, maar ik kan niet langer
naar de barak komen. Iemand anders brengt je
deze brief. Overal waar ik kijk zie ik jou.

D.

*O*m vier uur 's ochtends werd Lodenstein wakker in de fluwelen stoel van de Solomons en rende naar buiten om Elie te zoeken. Hij had gedroomd dat hij door een stad liep met smalle, labyrintische straten en haar niet kon vinden. Maar hij zag haar direct, ze lag te slapen op een tafel vlakbij het hoofdvertrek. Elie had deze schrijftafel meegebracht van de buitenpost zodat Dimitri kon doen alsof hij op school zat. Maar het was er een voor de vijfde klas, veel te groot voor Dimitri, dus had ze hem vlak bij het hoofdvertrek neergezet, waarmee ze inging tegen Ewigkeits visie van een stadspark. Nu, met haar hoofd op de tafel, leek ze een kind dat voor straf moest nablijven terwijl de andere kinderen buiten mochten spelen. Lodenstein schoof voorzichtig op het hoekje van de stoel en porde haar wakker.

'Waarom lig je hier te slapen?' vroeg hij.

'Ik moest denken aan mijn jeugd,' zei Elie. 'Dat ik vervelend was tegen de nonnen. Onder de dennen speelde. Dit doet me denken aan mijn schooltijd.'

'Had je toen zo'n schrijftafel?'

'Ja.'

'Ben je daar ooit op in slaap gevallen?'

'Nee. Ik had het te druk met de nonnen pesten.'

Lodenstein zei dat hij er net zo een had gehad. En ook al stond deze volledig misplaatst in de hal, en ook al was hij afkomstig van een school waar kinderen waren gedeporteerd, voor hem leek het net alsof alles – zelfs het licht van de gaslantaarns en de halvemaan – deel uitmaakte van een bovengrondse wereld waarin zij ooit hadden geleefd. Hij haalde zijn mes tevoorschijn en begon hun initialen aan de binnenkant van het blad te kerven.

'Wat doe je?' vroeg Elie.

'Ons herinneren,' antwoordde hij.

Elie zei dat ze zichzelf konden herinneren, maar hij zei dat ze zich niet per se op deze manier zouden herinneren, niet in de Bunker, niet zo laat 's nachts, niet zo alleen. Hij kerfde een hart met ES + GL erin, en de tijd, 4:35. Toen kerfde hij: IK HOU VAN JOU. Elie liet haar vingers zachtjes langs het hart gaan. Alles leek anders in dit licht, als in sepia vastgelegd en omlijst door de absolute zekerheid dat het was gebeurd. Lodenstein liet dit gevoel van zekerheid zich uitstrekken naar de toekomst en stelde zich een tijd voor waarin de vermoorde officier en de kamer met de botten kleiner werden dan de witte sterren boven de wachttoren. Hij kon zich zelfs een tijd voorstellen waarin de oorlog voorbij was, en hij met Elie ontwaakte in een huis vol ramen en dat alles gewoon was. Hij voelde zich in staat tot grote gebaren, onverschrokken uitlatingen, over waar ze zouden wonen na de oorlog en hoeveel kinderen ze zouden hebben en hoe ze die kinderen zouden voorlezen en met ze zouden spelen in de sneeuw en de seizoenen zouden beleven, vervuld van blijdschap.

Maar het enige wat hij deed was Elie in zijn armen nemen en haar naar Muellers oude kamer dragen. Hij zette haar neer, opende de deur, en tilde haar weer op. Ze had gerookt tijdens hun gesprek en haar sigaret werd een lichtpuntje dat eerst dichtbij kwam en toen ver weg was. Ze gooide de peuk op de grond. Hij trapte hem uit met zijn voet. Toen legde hij haar op het bed en trok het dekbed over hen heen.

'Zijn we veilig?' vroeg ze.

'Voorlopig zijn we veilig,' zei hij.

Llzavita,

Lepsza pogoda ułatwiła pracę—Nic nie jest cięższego jak noszenie kamieni w chłodzie. Ludzie znaleźli sposób aby się dostać do oficerskiej kuchni i schować list w chlebowym cieście i przerzucić je do następnego baraku. Dam ci jeden następnym razem jak się zobaczymy. Myślałabyś że wszystko będzie lepiej, ale piece były wysadzone i jest więcej i więcej rozmów o marszach śmierci. Czy możesz uwieżyć że ja pokochałem tą obcą granicę poniewaz tutaj mogę usłyszeć twój głos?

Krill

Lizavita,

Nu het weer beter is, is het werk beter te doen – niets is zo zwaar als stenen tillen in de kou. Mensen hebben een manier gevonden om de officierskeuken binnen te sluipen en briefjes in het brooddeeg te stoppen en naar de barak daarnaast te gooien. De volgende keer dat we elkaar zien zal ik je er een geven. Je zou denken dat alles beter ging, maar de ovens zijn opgeblazen en er wordt steeds meer gesproken over dodenmarsen. Kun je je voorstellen dat ik van deze vreemde grens ben gaan houden omdat ik hier je stem hoor?

Krill

Nadat hij de officier had vermoord, hielden Lodenstein en Lars 's nachts om de beurt de wacht. Ze vernamen niets van het bureau van Goebbels en er werd geen onderzoek gedaan naar de Bunker of de vermiste officier. Misschien had Goebbels de officier opdracht gegeven voor het appèl en er verder niet meer aan gedacht door de verliezen die Duitsland leed. Of misschien dat Goebbels iemand op onderzoek zou sturen wanneer ze het juist niet verwachtten. Het kon ook dat de officier op eigen houtje was gekomen en niet op bevel van het Rijk. De Schrijvers namen een pistool mee als ze naar de waterput gingen en omringden Dimitri wanneer hij buiten was. Asher ging nauwelijks naar buiten.

Het voorjaar ging voorbij en de zomer brak aan. Moederkruid en zijdeplanten groeiden over het pad en paarse bloemen vormden een border langs de rand van het bos. Lang geleden hadden ze een wintertuin aangeplant maar omdat er nog maar nauwelijks voedsel was, plantten ze er nu ook een in de zomer. Niemand mocht weten dat er iemand in de hut woonde, dus plantten ze de groenten ver uit elkaar – op de open plek, in het bos, tussen de wilde bloemen. De rantsoenen werden steeds kleiner. Lodenstein stond niet toe dat Elie naar de dichtstbijzijnde stad ging maar liet Lars gaan, die terugkwam met een karige voorraad dozen. Zelfs surrogaatkoffie was schaars. La Toya plantte cichorei, om de koffie wat sterker te maken.

Vroeg in de herfst kwam een stel nachtlopers met het nieuws dat de Russen Berlijn naderden. De Bunker vierde dit met een feestmaal, met uitzondering van Stumpf, die ongemakkelijk aan het eind van de tafel zijn nieuwe bril van Asher zat te poetsen. Er heerste opwinding over de Duitsers en geallieerden die Berlijn naderden. De glazen werden veelvuldig geheven, zelfs door Dimitri, die naast Elie zat met een glas water. Maar telkens als Stumpf het woord nederlaag hoorde, sloot hij zijn ogen. Gedurende het hele feestmaal – dat bestond uit een paar blikken ham, wat wortelgewassen en aangelengde wijn – bleef hij dicht bij Hermione Rosebury. Maar na de maaltijd, toen er nog steeds werd getoost, vroeg Stumpf haar om hulp bij een seance. Hij zei: 'De doden mogen nooit worden vergeten.'

Hermione stond met tegenzin op en liep de wenteltrap op naar de schoenendoos, die nu vol kratten met brieven stond. Stumpf bespaarde zich de moeite van de zeven grendels op de deur, maar Hermione bewoog langzaam en stak de kaarsen aan die her en der tussen de stapels verspreid stonden. Hermione was een expert in de channeling van brievenschrijvers uit alle eeuwen. Ze had knopenmakers, koetsenbouwers, pelsmakers, botenbouwers, wagenmakers, drukkers, illusionisten en kunstenaars bereikt. Ze had berichten doorgekregen bij brieven uit oude magazijnen, overheidsinstellingen en stoffige, vergeten winkels.

Ook al wilde hij spreken met een brievenschrijver uit een van de kampen, Hermione zei dat hij langzaam van start moest gaan zodat de doden zich rustig konden verzamelen. Het was het best om met iemand te beginnen van ver voor de oorlog, zei ze, zoals de knopenmaker uit Dresden die drie brieven van Frau Weil – een kleermaakster uit de Elzas, die gitten knopen wilde voor een tafzijden jurk – nooit had beantwoord. Of beter nog, Herr Rahm uit Keulen, die een barouchet had besteld van Herr Dichter, de beroemde koetsenbouwer uit Stuttgart.

'Het maakt me niet uit met wie je contact legt,' zei Stumpf. Hij kuste een kristallen bol op de goede afloop. Het kristal besloeg door zijn adem.

'Ik wil praten met de koetsenbouwer,' zei Hermione, terwijl ze de laatste kaars aanstak.

Ze zaten op houten kratten. Hermione riep Herr Dichter op en begon hem de brieven van Herr Rahm voor te lezen. De eerste was eerbiedig, aarzelend... 'Zou u alstublieft... zou u zo goed willen zijn.'

Herr Rahm wilde weten of de binnenkant van de koets reebruin geschilderd kon worden in plaats van Pruisisch blauw, zoals afgesproken. De tweede vroeg naar de mogelijkheid van glazen zijkanten van de koets. De derde was kortaf en ter zake… 'Drie maanden en nog steeds geen antwoord… de zomer is inmiddels vergevorderd…'

Hermione las alle brieven voor en Herr Dichter begon met een Engels accent te praten.

'Ik wilde hem schrijven. Maar koetsen worden niet van glas gemaakt. De man leefde in een sprookjeswereld.'

'U had hem dat op de een of andere manier moeten vertellen,' zei Hermione.

Het was stil. Stumpf klopte op Hermiones weelderige achterwerk, zoals hij dat wel vaker deed. Hermione tikte op zijn hand en zei dat hij moest ophouden.

'Brengt u hem mijn excuses over,' zei Herr Dichter.

'Ik denk niet dat excuses volstaan,' zei Hermione. 'Hij is nu op een prachtige plek. Maar hij kan er niet van genieten omdat hij wacht op uw antwoord.'

'Schiet op,' zei Stumpf. 'Ik wil niet de hele avond met hem praten. Vertel hem nou maar gewoon over de andere brieven die hij niet heeft beantwoord.'

'Zit me niet zo te commanderen,' zei Hermione. Desondanks zei ze: 'Er zijn daar nog meer mensen zoals hij, met gespitste oren.'

Stumpf probeerde rustig te blijven zitten. Maar het nieuws over de Russische opmars spookte door zijn hoofd. Het was vreselijk, verschrikkelijk nieuws. Toch wist hij zeker dat de spleten in de wereld doorlekten naar het hiernamaals en dat de doden dingen wisten die de levenden niet konden weten, zelfs al ging het gerucht dat Duitsland de oorlog aan het verliezen was. Hij stond op en spreidde zijn handen, richtte zich tot alle doden van wie er een brief in het krat zat.

'Zeg me wat er werkelijk aan de hand is met deze oorlog,' zei hij. 'Ik wil de waarheid!'

Het was stil. Stumpf wrong zijn handen.

'Werken we niet hard genoeg voor jullie? Weten jullie niet dat we kratten vol met brieven hebben? Dag in dag uit schrijven we antwoorden! Wat willen jullie nog meer?'

'Stop,' zei Hermione.

'Ik heb er recht op om het te weten,' zei Stumpf. Hij smeet de kristallen bol op de grond aan diggelen en alle kaarsen doofden. De kamer vulde zich met de geur van rook en gesmolten was. Hermione gaf hem een klap.

'Dat had je niet moeten doen. Nu zijn we ze kwijt,' zei ze.

Stumpf sloeg zijn armen om Hermione heen. Ze was niet zo rank als Sonia, maar er was meer om vast te pakken, en hij troostte zich met haar lichaam in het donker. Hij zei dat hij haar ditmaal zou laten uitspreken en dat hij zou helpen met kaarsen aansteken.

Maar Hermione rukte zich los en sprong naar de hoek van de schoenendoos. Stumpf voelde een elektrische aanwezigheid in de kamer. Hij kon Hermione niet zien maar hoorde haar hijgen. Ze zei dat ze een boodschap uit de toekomst had, een verontrustende boodschap aangezien ze geen helderziende was. Ze knoopte haar blouse dicht, rende de wenteltrap van de wachttoren af en riep dat iedereen moest luisteren. Haar stem klonk gejaagd, ongecontroleerd en galmde door de enorme ruimte. Schrijvers verstijfden en keken haar aan.

'Duitsland gaat de oorlog verliezen,' riep ze.

'Hoe weet jij dat?' vroegen de Schrijvers, haast in koor.

'Dat heb ik net gezien,' zei Hermione. 'Overal stonden steden in brand. De geallieerden vielen de kampen binnen. Ja,' zei ze. 'Dat heb ik net gezien.'

Slechts één persoon beneden in de Bunker was niet opgetogen over Hermiones visioen en dat was Elie Schacten. Het klopte wat Lodenstein zei, Duitsland was de oorlog aan het verliezen, en ze hadden altijd nog de opslagkamer voor Asher, Daniel en Dimitri als de troepen zouden komen. Toch voelde niemand zich veilig en het werd weer stil in de Bunker. Rantsoenen slonken, de tuinen moesten constant worden herbeplant. Lars zette een extra slot op de deur van de herdershut en ze waren zo bang voor indringers dat ze gedroogd voedsel verstopten onder de jassen tegen de achterste muur en in de bureaus waaraan de Schrijvers zich op Droomatoria stortten.

Hoe meer Elie dacht aan wat de nachtlopers hadden gezegd, hoe meer de Bunker uiteenviel in twee werelden. Overdag een plek van stille afwachting en het uitwerken van een roman in Droomatoria. 's Nachts een eenzame hel, waarin ze ijsbeerde over de keienstraat en steeds maar mensen probeerde te bedenken die Asher, Daniel en Dimitri zouden kunnen helpen vluchten naar Denemarken. Vooral de nacht was gevaarlijk in deze fase van de oorlog. Deserteurs waren overal, net zoals de Gestapo overal was, die mensen opjaagde en zonder waarschuwing en naar eigen goeddunken alles wat bewoog neerschoot. Elie en Lodenstein verschoonden het bed waarin de officier was vermoord. Ze wasten de lakens en hingen de quilt te luchten. Toen trokken ze weer in de kamer zodat ze dicht bij de hershut waren. Het was de bedoeling dat niemand 's nachts naar buiten ging maar de Schrijvers snakten naar warme zomerlucht en Lodenstein liet twee pistolen achter in een emmer bij de deur.

Elie ging 's nachts in haar eentje naar buiten. Ze nam haar eigen pistool mee dat ze in de ondiepe zak van haar jas stopte en rookte verborgen achter een sjaal sigaretten. Soms dacht ze dat ze figuren zag bewegen in het bos – de ss, vluchtelingen, de Gestapo, herten – dat kon ze niet zien. Lodenstein kwam haar vaak zoeken, gaf haar dan een standje en duwde haar terug naar de hut. En Schrijvers gingen ook nog steeds naar buiten om te roken.

Niemand bleef lang buiten. De Schrijvers maten de tijd af aan de hand van een sigaret, Elie mat de tijd af aan de hand van drie sigaretten. Zo nu en dan ging iemand groenten uit de grond halen. Voordat ze naar bed ging, nam ze de mijnlift naar de Solomons en keek naar Dimitri door het raam. Dimitri was haar toetssteen geworden: als ze hem zag slapen geloofde ze dat de Bunker die nacht veilig zou zijn.

In die gemoedstoestand vergat ze soms dat ze Elie Schacten was, brengster van voedsel en onheil, en werd ze Elie Kowaleski, afvallige dochter van Poolse katholieken met een zusje dat pianiste was. Beide Flies maakten lijstjes en liepen over de keienstraat. Beide Elies keken verborgen achter een sjaal naar de Schrijvers. En het was vanuit dit gezichtspunt dat ze toekeek hoe Stumpf verdween, met tweeëntwintig kratten post achter in zijn Kübelwagen.

Op een avond tegen het eind van september was de lucht onverwacht warm; het deed Elie denken aan de zomeravonden van haar jeugd. Ze haalde diep adem en voelde dat de wereld de oorlog was vergeten. De dennen wiegden en fluisterden in de wind; het deed haar denken aan pianoklanken. Het bos had geen besef van vluchtelingen, deserteurs, of ss'ers die het misschien doorkruisten. Elie werd slaperig van de warme lucht. Ze voelde zich bevrijd van lijstjes, listen en zorgen.

Totdat ze de deur van de herdershut langzaam open zag gaan en een figuur over de drempel zag stappen. Het was Lars. Hij droeg een grote plunjezak en stak het gras over in de richting van het bos. Elie stond op het punt hem te roepen maar hij was omgeven door een waas van geheimzinnigheid, van bijna volmaakte stilte. Dus wachtte ze en keek toe hoe hij het dichte deel van het bos naderde. Toen hij bij een kreupelbosje aankwam, zag ze een arm tevoorschijn schieten, hem vastgrijpen en tegen een den aan trekken.

'Waar ga jij heen?' zei een stem.

'Ik ga mijn vader zoeken,' zei Lars. 'Deze oorlog is een puinhoop.'

Elie schrok toen ze een schot hoorde. Lars viel als een hoopje in elkaar. Hij stuiptrekte, ze hoorde nog een schot, en toen lag zijn lichaam stil.

Een figuur in een lange jas kwam tevoorschijn uit het bos. Hij kwam dichterbij en Elie legde haar hand op haar pistool. Het was Mueller.

'Fraulein Schacten,' zei hij. 'Wat spijtig nou dat je die toestand moest horen.'

'Geloof me, ik heb alles gehoord,' zei ze.

'Ik bewonder jouw kijk op de dingen.'

Mueller rook naar kruit en dennennaalden en van die combinatie keerde Elies maag zich om. Hij vroeg een sigaret en Elie gaf hem die van haar. Ze hield een hand op haar pistool.

'Waar kwam je vandaan?' vroeg ze.

'Uit het bos,' zei Mueller.

'Als een trol,' zei Elie.

'Als het Rijk,' zei hij.

Hij sloeg een arm om haar heen en vroeg of ze het redde. Elie zei dat ze het uitstekend redde en Mueller zei dat ze het vast niet zo goed redde als ze zelf dacht.

Elie keek naar het lichaam van Lars, roerloos als een omgevallen boom. Ze wilde naar hem toe rennen – het verlangen was sterk, als een hartslag, maar ze dwong zichzelf te blijven staan.

'Ik heb geluk gehad in deze oorlog,' zei ze.

'En je kunt nog steeds geluk hebben,' zei Mueller. 'Als je naar me luistert.'

Hij pakte haar bij haar arm en liep met haar naar een grote den. Hij liep parmantig, alsof ze net uit een opera kwamen en over een boulevard flaneerden. De lucht was bedompt, weeïg zoet.

'Het is heerlijk om je te zien,' zei Elie. 'Maar ik moet naar binnen.'

'Misschien mijn Kübelwagen in,' zei Mueller. 'Maar niet daar naar binnen.'

Elie deinsde terug. Mueller kwam dichterbij en pakte haar kin vast.

'Ik heb nieuws voor je,' zei hij. 'En niet van het soort dat je op Radio Free Europe hoort.'

'Ik heb al het nieuws dat ik nodig heb.'

'Dit nog niet,' zei Mueller roekeloos opgewekt. 'Elfride Heidegger heeft zich erin gemengd. Ze zegt dat haar man een nutteloze tocht naar Auschwitz heeft ondernomen en in zijn eentje in de sneeuw is achtergelaten op een verlaten treinstation. Geen van beiden is er erg blij mee.'

'Een nutteloze tocht,' vervolgde hij. 'En nu heeft Goebbels jouw naam doorgekregen.'

'Heb je nog meer leugens?' vroeg Elie.

Hij gaf haar een klap in haar gezicht, die doordreunde in haar tanden.

'Ik hoef geen leugens te verzinnen,' zei Mueller, haast schreeuwend.

'Goebbels weet dat je een bevel hebt genegeerd en gaat je doodschieten. Maar ik kan je verbergen. Ik stap uit deze oorlog. Het zal je verrassen waar ik je allemaal mee naartoe kan nemen.'

'Ik wil niet worden verrast.'

'Natuurlijk wel. Je bent al veel te lang met die flutnazi.'

Hij drukte Elie tegen de boom. Scherpe takken en naalden prikten in haar rug. Hij rukte haar blouse open en ze voelde warme lucht langs haar borsten gaan. Hij duwde er met een hand tegenaan. Ze hield het pistool in haar zak stevig vast.

'Er is altijd iets tussen ons geweest,' zei hij. 'Ik heb meer dan een jaar geduldig gewacht.'

'Er is nooit iets tussen ons geweest.'

'Natuurlijk wel.' Mueller rukte een mouw van haar blouse bij de schouder af. Elie hoorde de zijde sissend scheuren. Ze voelde hoe de dennennaalden veranderden in glazen naalden, hoe de lucht een zoet vergif was. Ze stelde zich voor hoe hij haar kleren van haar lichaam zou rukken, zijn ring in haar gezicht zou porren, zijn snor schuimend tegen haar mond zou drukken, terwijl hij bij haar binnendrong. Ze trok het pistool uit haar zak en zette de loop tegen zijn ribben. Mueller deed een stap naar achter.

'Jij hebt dus ook een pistool,' zei hij. 'Net als iedereen in deze kloteoorlog.'

'Maar ik ben niet bang om het te gebruiken,' zei Elie.

Ze loste een schot, het bos in. En toen nog een.

'Als je me ooit nog aanraakt, schiet ik je dood,' zei ze.

'Dat denk ik niet. Binnen de kortste keren zitten ze je achterna. En dat jongetje bij de *Echte Juden*? Daar weten ze ook van. Daar heb ik voor gezorgd.'

Elie loste nog een schot. 'Opdonderen,' zei ze.

Mueller trok een fles uit zijn jas en nam een grote slok. Hij smeet hem op de grond en liep naar de weg. Hij was niet uit het bos gekomen maar uit zijn Kübelwagen. Elie hoorde hem rommelend de nacht in rijden, toen liep ze naar het lichaam van Lars. Als er geen bloed over zijn borst had gevloeid, had hij misschien gewoon liggen slapen. Ze veegde zijn haar uit zijn gezicht en streelde zijn voorhoofd. Ze pakte een zakdoek en veegde bloed van zijn mondhoek. Ze verzamelde dennentakken en bedekte zijn lichaam. Toen raapte ze de fles op; het was Franse cognac en om de hals van de fles zat een briefje, met dezelfde woorden als op de order die Lodenstein had gezien: 'Vertalers zijn verraders.'

François,

Tu risques de ne plus jamais me re-
voir.
Mais sache que je t'aime.

Robin

François,

Het kan zijn dat je me niet meer terugziet.
Weet alsjeblieft dat ik altijd van je zal houden.

Robin

$\mathcal{E}$lie rende naar beneden en keek door het raam van de Solomons. Dimitri lag te slapen bij Talia en Mikhail, die weer eens aan het schaken waren; ze gingen zo op in hun spel dat ze haar niet zagen. Ze liep naar boven en zag dat Lodenstein net een notitie in de hutkoffer stopte.

'Houd je dan nooit op met dingen vinden?' vroeg ze.

'Ze blijven maar aanspoelen,' zei Lodenstein.

'Zoals dingen uit de zee,' zei Elie.

'Zoals dingen uit de oorlog,' zei hij.

Elie trok haar gescheurde kleren uit en stapte in bed. Lodenstein kroop naast haar.

'Je moet niet zo laat nog naar buiten gaan,' zei hij. 'Je weet dat ze de gaskamers hebben opgeblazen.'

Elie aarzelde en zei toen: 'Mueller was in het bos. Hij is nu een deserteur.'

'Dat verbaast me niet,' zei Lodenstein. Hij reikte naar het laatste restje cognac. 'We zouden erop moeten drinken dat we van hem zijn verlost.'

'Gerhardt,' zei ze. 'Er is iets vreselijks gebeurd. Mueller heeft Lars doodgeschoten. Vermoord.'

'Ik snap er niks van.'

'Dat zou ik ook niet doen als ik het niet zelf had gezien. Net. In het bos.'

Lodenstein begon te huilen en Elie wiegde hem. Ze voelde dat haar rug beurs was van de dennennaalden en wenste dat ze hem nooit meer zulke dingen zou hoeven vertellen.

'Moet je zien wat ik deze plek heb gebracht,' zei ze.

Lodenstein vermande zich. 'Je brengt alleen maar goeds,' zei hij.

'Niet waar,' zei Elie. 'Helemaal niet.'

Lodenstein stak een lantaarn aan en sloeg zijn armen om haar heen. Elie keek naar de zachte kring van licht op het plafond. 'We zijn nog steeds in deze kamer,' zei hij. 'En we zijn nog steeds samen. Mueller komt niet meer terug. Hij wilde je alleen maar bang maken.'

'Maar er is ook alle reden om bang te zijn,' zei Elie. 'Mueller heeft het hoofdkwartier ingelicht over Dimitri. Hij zegt dat de Heideggers Goebbels weer lastigvallen. Ze hebben hem mijn naam doorgegeven.'

'Hij bluft.'

'Nee,' zei Elie, 'niet waar. Hij was al weg uit de Bunker toen Stumpf vertrok om de bril af te geven bij Heidegger. Hij weet niet dat Stumpf hun mijn naam heeft doorgegeven.'

'Elie, luister. Het ergste hebben we gehad. We gaan het wel redden.'

'Ze kunnen me nog steeds komen halen.'

'We hebben altijd nog de kamer in de tunnel.'

'Stel dat de Gestapo daar zit?'

'Daar zit niemand. Deze oorlog is voorbij.'

Een verhaaltje voor het slapengaan, dacht Elie. Iets wat ik Dimitri zou vertellen. Toch ging ze dichter tegen Lodenstein aan liggen en probeerde niet te denken aan de steken in haar rug en het beeld van Lars' eenzame lichaam in het bos. Lodenstein was echt, onverwoestbaar, levend. En de kamer voelde haast veilig. Hij draaide de lantaarn uit en ze lagen onder het grijze zijden dekbed. Het had zijn beste tijd gehad. Elie voelde aan een van de gaten.

'We zouden een nieuwe moeten nemen,' zei ze. 'Deze is versleten.'

'Versleten,' zei Lodenstein, vlak voordat hij in slaap viel.

Elie lag naast hem, probeerde de rust van het donker terug te halen. Maar die loste op in beelden van het lichaam van Lars en het gevoel van Muellers handen die haar blouse openrukten.

Mijn nacht is gebroken, dacht ze. Ze wist niet of ze zich iets herinnerde wat ze ooit had gehoord of dat ze het net zelf had bedacht.

Maar het maakte niet uit waar het vandaan kwam, de gedachte dat haar nacht gebroken was had een vreemde uitwerking op haar. Ze kon niet stil liggen of genieten van de stille rust die van Lodensteins lichaam uitging. Ze kon ook niet vertrouwen op wat hij haar had verteld. Ze trok haar gescheurde kleren aan, bedekte die met een jas en liep naar beneden. De mijnlift ging open. Ze zag Asher uit het hoofdvertrek komen.

'Stom van me,' zei hij toen hij haar zag. 'Wat maakt het uit als ik naast ze sta?'

Elie zei dat ze hem niet begreep en hij vertelde dat hij zo bezorgd was dat Daniel Maria zwanger zou maken dat hij soms naast hun bureau ging staan, alsof zijn aanwezigheid een soort anticonceptie was. Hij zei dat het raar en onnatuurlijk was om te beluisteren hoe zijn eigen zoon de liefde bedreef.

'Zoiets raars heb ik nog nooit gedaan,' zei hij.

'Maak je maar geen zorgen,' zei Elie. 'Maria heeft een heleboel French letters.'

'Mooi,' zei Asher. 'De enige brieven hier die het antwoorden waard zijn.'

Elie lachte en was verbaasd dat ze dat nog kon. Asher ging naast haar op de bank zitten. Ze raakte de blauwe nummers op zijn arm aan.

'Ze passen bij je ogen,' zei ze nogmaals tegen hem.

'Mooi,' zei hij, 'want die nummers zal ik nog lang met me meedragen.'

Het zinnetje 'mijn nacht is gebroken' schoot haar weer te binnen. Ze begon aan haar blouse te frunniken zodat Asher niet kon zien dat die gescheurd was.

'Wat is er?' vroeg hij.

'Niets,' zei Elie. 'Maar... hoe leg je uit dat de nacht gebroken is?'

'Dat hoeft niet,' zei Asher.

Elie knikte.

Plotseling herinnerde ze zich dat ze een keer voortijdig een college had verlaten en Asher en Gabriela in een parkje had zien wandelen in de regen. Ze waren in mist gehuld, en Elie zag ze zoals je figuren in de verte ziet die op het punt staan te verdwijnen. Ze had gerend om ze in te halen en ze hadden met z'n drieën in de mist gewandeld. Ze had al jaren niet meer aan dat moment gedacht. Het beeld van de twee vervulde haar met liefde en pijn. Een vloedgolf van angst welde in haar op en ebde weg.

'Wat heb je echt gezien in Auschwitz?' vroeg ze.

Asher haalde diep adem.

'Alles,' antwoordde hij.

Elie had het merkwaardige gevoel dat Asher en zij een persoonlijk universum deelden, anders dan het universum dat ze met Lodenstein deelde. Deze wereld was van ver voor de oorlog, een wereld van ontsluieringen, openbaringen, onthullingen. Lodenstein en zij waren partners in een missie. Ze deelden angst voor de Bunker en hoop voor hun toekomst. Ze keek naar de mijnschacht en ving een glimp op van de keuken waar Lars ooit perfecte krullen van appels had geschild.

'Kan ik je onder vier ogen spreken?' vroeg ze.

Asher knikte en ze liepen de hal door.

Weer moest Elie denken aan Ashers werkkamer in Freiburg. Ze zag vellen papier met zinnen in Droomatoria en boeken. Er stonden typemachines in alle stadia van reparatie en een blauw met witte koffiemok op een boek. Eenmaal binnen in de opslagkamer deed Asher de tiffany-lamp aan en gaf Elie een glas wijn.

Maar Elie duwde het wijnglas weg en zei dat het een grote puinhoop was: Mueller had net Lars vermoord. De Heideggers hadden haar naam doorgegeven aan Goebbels. En Goebbels was op de hoogte van Dimitri. Haar stem trilde. Ze stond op het punt te gaan huilen.

'Deze plek is niet veilig,' zei ze. 'En jij en Daniel en Dimitri zijn niet veilig. Je moet een manier vinden om met ze naar Denemarken te vluchten.'

'We worden meteen de eerste nacht in het bos doodgeschoten.'

'Asher, je begrijpt het niet. Jullie lopen te veel gevaar als jullie hier blijven.' Elie begon te huilen. Ze kon niet meer stoppen en verborg haar gezicht in een kussen.

'Elie,' zei Asher.

'Wat?' zei Elie.

'Dit,' zei hij. En hij sloeg zijn armen om haar heen.

Elie voelde een golf van warmte door haar lichaam. Asher streelde haar haren en hield haar vast alsof hij alles wist: de dennennaalden in haar rug, het geluid van pistoolschoten, de zijde die sissend scheurde. En hoe ze, ondanks honderden strooptochten, nooit die ene persoon kon vinden naar wie ze op zoek was.

Toen ze was opgehouden met huilen, stond Elie op en keek naar de stapels boeken, de aantekeningen voor Droomatoria, de inktlinten, toetsen, spoelen – allerlei metalen vormpjes.

'Dank je,' zei ze.

Even later was ze verbaasd dat de keienstraat er nog hetzelfde uitzag. Ze liep naar het hoofdvertrek, waar Parvis Nafissian in de weer was met een lap stof. Jaren geleden was hij in Turkije bij zijn vader in de leer geweest als kleermaker en soms had hij er lol in kleren te maken voor mensen in de Bunker. Toen Elie binnen kwam hield hij een kanten lijfje omhoog.

'Perfect voor Gitka,' zei ze.

'Onze sirene,' zei Nafissian.

Niemand besteedde aandacht aan hun gesprek. En het viel niemand op dat Elie aan de schooltafel ging zitten en weer begon te schrijven in het donkerrode notitieboekje. Ze schreef snel, vulde een hele bladzij, toen nog een, alsof de woorden zouden wegvliegen als ze niet snel genoeg schreef. Toen ze klaar was liep ze naar boven en legde het notitieboekje in Lodensteins hutkoffer. Hij reikte naar haar in zijn slaap en ze stapte in bed, koesterde de versleten quilt, het strookje bos – dennentakken langs alle zijden van de verduisterings-gordijnen. Ze voelde Lodensteins kracht. Ze voelde ieder bot in zijn lichaam. En toen hij wakker werd en ze begonnen te vrijen, verdween alles wat er in het bos was gebeurd. Ze herkende haar eigen gezicht slechts aan de manier waarop hij het aanraakte, langs haar oogleden streek, met zijn vingers langs haar mond ging, de ronding van haar jukbeenderen streelde. Ze herkende de kamer slechts aan hoe zijn lichaam voelde. Hoe ze ook vrijden, het kon niet intens genoeg zijn. Ze kon hem niet genoeg bereiken, niet genoeg aanraken, niet genoeg kussen. Ze hadden altijd deel uitgemaakt van iets wat groter was dan de oorlog, iets wat tijdloos, geheim, onopgetekend was.

Hij dommelde in slaap terwijl hij haar vasthield – een diepe slaap, ver weg van haar. De quilt voelde zacht toen Elie zich loswurmde. Ze bleef nog lang bij de deur naar hem staan kijken.

Een paar uur later werd Lodenstein wakker in een leeg bed. Hij schoot in zijn trenchcoat en liep naar buiten. De dag brak aan en de zon viel in banen door de dennen. Hij keek of Elie in de moestuin was en zag verse sporen in het gras. Haar jeep was weg.

Hij liep het verlaagde deel door en rammelde aan het ruitvormige rooster van de mijnlift, alsof die daardoor sneller zou gaan. Een paar Schrijvers waren onderweg naar de keuken, wreven in hun ogen. Hij hoorde iemand iets zeggen over de loterij, toen het afstrijken van een lucifer voor de eerste sigaret van de dag.

Hij liep naar de keuken: geen Elie. Maria, die weer even gewoon zestien was, legde haar hoofd op zijn schouder en zei dat ze nachtmerries had gehad. Hij klopte zachtjes op haar rug en liep naar het hoofdvertrek van de Bunker. Geen teken van Elie. Hij deed de deur van Muellers oude kamer open. Ook daar was ze niet.

Hij klopte op de deur van de opslagkamer. Asher gaf antwoord.

'Heb je Elie gezien?'

Asher schudde zijn hoofd.

'Haar jeep is weg,' zei Lodenstein.

Precies op dat moment kwam Talia Solomon uit het hoofdvertrek van de Bunker rennen.

'Dimitri is weg,' zei ze.

Zijn ogen kruisten die van Asher. Schrander, blauw, net als die van

Elie. Bracht deze toevallige gelijkenis haar hier in deze kamer? Even dacht Lodenstein van wel.

Hij ging terug naar het hoofdvertrek, opende de bovenste la van Elies bureau en zag een briefje waarop stond 'Aan Gerhardt'. Hij stopte het in zijn zak en ging naar boven, hij rende langs hun kamer op het verlaagde deel.

De nazomer was kil geworden. Dennen deinden in de wind alsof er niets bijzonders was met de mensen die in de herdershut woonden en er een alledaagse dag aanbrak zonder oorlog. Ooit had Lodenstein geloofd dat het menselijk brein en het weer samenwerkten, maar hij was gaan beseffen dat het weer zich nergens iets van aantrok. Zon en regen daalden neer op gruweldaden en goedheid, gierigheid, geweld en gulheid. Het was aanwezig bij oorlogen, huwelijken, vredesverdragen en verraad. Even was hij jaloers op het weer omdat Elie altijd zijn hitte, sneeuw en regen zou voelen. Ook nu moest ze ergens zijn waar ze de hevige wind voelde.

Hij had deze plek nooit gekend zonder Elie. Zij had hem over de smalle weg hiernaartoe gereden, hem het bos laten zien, de herdershut, hem meegenomen onder de grond en hem voorgesteld aan de Schrijvers. Zij had hem de mechanische werking van de zon uitgelegd en de droom van de architect over de straat en het stadspark. Hij had deze plek nooit gezien zonder haar aanwezigheid te voelen, zelfs wanneer ze ruzie hadden of ze op een van haar strooptochten was. Nu keek hij voor het allereerst in zijn eentje naar het bos. Het was vlak, dimensieloos – geen bos, maar een verzameling bomen. Het moederkruid wiegde in willekeurige bosjes. De open plek waar Elie altijd haar jeep parkeerde weergalmde leegte. Hij keek naar de sporen van haar banden en besefte dat hij nooit meer 's avonds laat naar buiten zou rennen om te kijken of ze wel veilig was. En hij zou nooit meer op haar zitten wachten tot ze terugkwam van een strooptocht.

Een paar maanden geleden had Lodenstein een foto van Elie genomen op de open plek, die droeg hij altijd bij zich. Haar haren zaten naar achter in een strik en ze droeg een zijden blouse met op de kraag een fluwelen roos. Hij bekeek de foto en voelde haar nabijheid. Alles wat zij was kwam weer terug: haar tengere bouw, haar rozenparfum, hoe ze de hele wereld naar de Bunker haalde.

'Elie,' zei hij, alsof haar naam haar aanwezigheid zou oproepen.

De hutkoffer

Liefste Gerhardt,

Ik weet dat mijn daden de Bunker enorme schade hebben berokkend. Het is moeilijk te geloven dat een simpele bril hiervan de aanleiding is. Ik dacht dat ik het allemaal wel kon regelen. Maar dat kon ik niet. Ik wist niet eens zeker of ik wel weg kon gaan. Maar Dimitri loopt gevaar, en ik moet iedereen redden die ik kan redden. Ik hoop dat je dat begrijpt. Zorg er alsjeblieft voor dat Asher en Daniel niet meer naar buiten gaan en dat ze vrije doorgang hebben naar de kamer in de tunnel. Een voorraadje extra bloem ligt verstopt in het rechterkeukenkastje en vijf blikken ham in een krat onder de gootsteen. Veel is het niet, maar ik hoop dat het nog even meegaat.

Ik vind de woorden niet om je te zeggen hoeveel ik van je houd. Ik vind de woorden niet om je te zeggen hoeveel ik heb gedacht aan wat je voor me hebt gedaan, voor ons allemaal, en hoe je me hebt bijgestaan, zelfs nadat ik deze plek zo in gevaar heb gebracht. Ik weet dat we hadden afgesproken in het belang van anderen zo goed als onzichtbaar te zijn. Ik weet ook dat jij hier veel beter in geslaagd bent dan ik.

Ik vraag me af wat mensen na de oorlog van de Bunker zullen vinden en of ze zich ons überhaupt zullen herinneren. Ik vraag me af of mensen ooit de keienstraat vol kratten zullen bezoeken en de keuken waar La Toya soep maakte en het huis van de Solomons waar Dimitri met Mufti speelde. Misschien raakt deze plek wel in vergetelheid. Wat vreemd als niemand ooit zal weten van de kamer waar zo veel mensen woordspelletjes speelden, sliepen en het 's nachts uitgilden. Wat vreemd als niemand ooit de zon langs katrollen zal zien opgaan of de nepsterren, zoals ze stonden op Hitlers geboortedag. En wat triest als niemand zich Droomatoria zal herinneren.

Waak alsjeblieft over iedereen hier. En koester ze alsjeblieft, zoals ik hen zal koesteren, zoals ik jou zal koesteren.

Voor altijd de jouwe, Elie Kowaleski

Elie vertrok acht maanden voor de val van Berlijn. Een week nadat Berlijn was gevallen vingen de Schrijvers de geur van rook op en waren bang dat het vuur het bos zou bereiken. Alleen Asher en Daniel maakten zich geen zorgen. Zij hadden beiden de dood in de ogen gekeken.

Maar het bos rond de Bunker vatte geen vlam. En een maand na de overgave van Berlijn loodste Gerhardt Lodenstein de Schrijvers door de lange tunnel, voorbij de kamer met botten, elf kilometer in het donker langs de snelstromende beek, totdat ze het zonlicht van een noordelijke stad tegemoet klommen. Uitgemergelde vrouwen die de straten veegden, niet zeker of hun deel van Duitsland zich had overgegeven aan de Russen, keken verbaasd toe hoe bijna zestig mensen in bontjassen, velen met bril, uit een gat in de grond tevoorschijn kwamen. Ook zagen ze een enorme hutkoffer, gevolgd door een kruiwagen. Als laatste kwam een lange, bleke man in een trenchcoat naar boven.

Voordat ze de Bunker verlieten vroeg Lodenstein alle Schrijvers een aandenken in de hutkoffer te stoppen. De ceremonie werd uitgevoerd met ongeduld en bereidwilligheid. De Schrijvers hadden bijna acht maanden nauwelijks te eten gehad, maar Lodenstein had zijn leven op het spel gezet met ritjes naar de stad voor het weinige rantsoen dat er was en hen altijd vol overgave beschermd.

Sonia Markova legde een rode handschoen in de hutkoffer. La Toya twee sigarettenhouders. Gitka een bontjas. Mikhail Solomon zijn schaakspel. Talia Solomon een tiffany-lamp. Nafissian een woordenboek voor Droomatoria. Sommigen scheurden een bladzij uit een gecodeerd dagboek. Asher gaf zijn blauw met witte koffiemok. En Lodenstein borg alles op, samen met Heideggers bril.

Nu stond de hutkoffer voor hen als een levend iets, alsof het de kans afwachtte iets te kunnen zeggen. Niemand wilde hem hebben en niemand kon dat zeggen uit respect voor Lodenstein. Het enige wat ze wilden was voorgoed weg van de Bunker – door echte straten lopen en naar plekken ver weg van deze stad. Ze wilden zien of ze nog familie hadden. Ze wilden zien of ze nog een huis hadden.

Lodenstein gaf de hutkoffer aan Daniel omdat hij de jongste was. 'Bewaar hem,' zei hij. 'Bewaar hem goed.'

Daniel knikte. Asher en hij namen de hutkoffer mee, die nog steeds op de kruiwagen stond. De Schrijvers omhelsden, kusten elkaar en wisselden adressen uit van huizen die er misschien niet meer stonden. En Maria en de Solomons hadden een aanvaring – de eerste die iemand ooit had gehoord – omdat Maria met Daniel mee wilde.

'Geen sprake van,' zei Mikhail. 'Jij hoort bij ons.'

Lodenstein keek toe hoe Daniel en Maria elkaar omhelsden en kusten en huilden. Asher en Mikhail wisselden vijf adressen uit zodat de twee elkaar konden schrijven. Hij keek toe hoe Gitka en La Toya verdwenen met hun sigarettenhouders. En hoe Sophie Nachtgarten wegliep, met Mufti in haar armen. Hij keek toe hoe alle Schrijvers hem stuk voor stuk verlieten en voelde zich steeds verlatener. Zijn aandacht was zo lang gericht geweest op hen beschermen, hen voeden, over hen waken. Hij wist dat nu een lange zoektocht naar Elie zou beginnen. Er waren zo veel Kowaleski's op de wereld, en zo veel waren niet teruggekeerd naar Polen omdat Polen net zo veel nachtmerries had als Duitsland.

Cari genitori,

sto mandando cinque copie di questa lettera nei posti dove aiutano le persone a ritrovarsi. Adesso sono in un campo dove i soldati danno da mangiare a me e a un sacco di altra gente. Sono stata fortunata perché sono scappata nel bosco mentre stavano per portarci altrove a piedi. Per una settimana ho mangiato solo neve. Poi mi hanno trovata i russi. Dove siete? Voglio tornare a casa

con affetto,
Nathalia Vernetti

Lieve Vader en Moeder,

Ik stuur vijf kopieën van deze brief naar posten die mensen helpen elkaar te vinden. Ik ben nu in een kamp waar ik met een hoop anderen te eten krijg van soldaten. Ik heb geluk gehad omdat ik het bos in ben gerend toen ze onze kant op begonnen te marcheren. Een week lang heb ik alleen maar sneeuw gegeten. En toen hebben de Russen me gevonden. Waar zijn jullie? Ik wil naar huis.

Liefs,
Nathalia Vernetti

$\mathcal{E}$lie slaagde er niet in Dimitri mee te nemen naar Denemarken. Ze gingen naar een onderduikadres in Berlijn en bleven daar tot de stad begon te branden. Even zagen Elie en Dimitri vanuit hun raam een bovennatuurlijke gloed – hoe de daken in lichterlaaie stonden. Vlammen sprongen over, reikten naar elkaar en kwamen weer samen. Toen Berlijn zich een paar dagen later overgaf verliet Elie het onderduikadres en zagen Dimitri en zij Berlijn in een waas, niet de onwerkelijke waas van de Bunker, maar de rokerige waas van stof en puin. Elie vond een appartement dat al geruime tijd verlaten was, een vierkamerappartement met kapot gebombardeerde ramen en dode planten. In het gebouw waren nog zeven andere appartementen, allemaal met nieuwe bewoners die woonden tussen voorwerpen uit levens die ze niet hadden gekend, van onbekende foto's tot piano's. En aangezien drie van de bewoners geen Duits spraken, stelden ze Dimitri nooit vragen. Ze speelden liedjes voor hem, leerden hem dansjes en gaven hem extra eten van hun karige rantsoenen. Misschien was dat wel de reden dat Dimitri steeds meer begon te praten – over zijn ouders, over zijn lievelingseten, over wandelingen die hij graag maakte.

Aan het begin van de herfst vond Elie een baan als vertaalster in een ziekenhuis, een appartement waarvan de ramen nog heel waren, een nieuwe lapjeskat en een school voor Dimitri, die een verrassend talent ontwikkelde voor het sluiten van vriendschappen. En al die tijd bleef ze zoeken naar Lodenstein. Berlijn was een geheimzinnig rangeerterrein waar het tonen van een foto aan een onbekende soms leidde tot een hereniging.

Mannen en vrouwen die Elie ontmoette – in restaurants, in bankgebouwen, terwijl ze door het park liep – keken naar Lodensteins foto en knikten. Ze was langs geweest bij bierhallen, appartementen, kantoren en had honderden documenten doorgebladerd – documenten met namen van mensen uit de negentiende eeuw, documenten over officieren die gratie was verleend. Ze klopte zelfs op deuren van huurders met de achternaam Lodenstein. Niets.

Het ziekenhuis waar Elie werkte lag vlak bij het centrum van Berlijn, en een paar keer had ze tijdens haar lunchpauze door de Brandenburger Tor gelopen. Stof steeg op door de zuilen, die door granaten waren doorboord. Elie liep door naar de Wilhemstrasse en het verbrande en gebombardeerde kolossale gebouw van de Rijksdag: Hier was de gevangenis waar Lodenstein in was gesmeten. En het kantoor van Goebbels waar Lodenstein had onderhandeld. Elie keek toe hoe vogels cirkelden om onthoofde beelden op het dak en liep hier en daar vlak langs de dichtgetimmerde gebouwen, alsof ze Lodenstein hulde moest bewijzen en hem misschien zelfs zou vinden. Toen liep ze terug door de benevelde stad, die naar seringen en stof rook, waar de linden weelderige bogen vormden. Alle keienstraten waren kapot gebombardeerd. Ze struikelde over rozerode scherven. Elie bleef zoeken naar Lodenstein, in de weekenden sleepte ze Dimitri naar de grens van West-Berlijn en na school verschillende wijken in. Welke route ze ook liepen, overal zagen ze huizen met holle ramen, lege deurposten die leidden naar kamers zonder vloeren of rokerige gangen met kapotte meubels. Van enkele huizen stond alleen nog een zijkant, alsof ze geamputeerd waren.

Elie keek naar ieder huis en naar iedere man op straat. De ene was net zo lang als Gerhardt. De andere had dezelfde blauwe ogen. Weer een andere dezelfde schuifelende manier van lopen.

Vanavond zwaaide er een man met bruin haar en Elie zwaaide terug. Ze kende hem omdat ze op hetzelfde onderduikadres hadden gezeten.

Maar onbekenden zwaaiden ook, omdat ze ervan uitgingen dat ze elkaar waren tegengekomen in een donkere kelder tijdens een bombardement. De lange uren in de schuilkelders – het donker, de anonimiteit – hadden vreemden ertoe gebracht elkaar geheimen toe te vertrouwen. Het was niet heel anders dan 's nachts in de Bunker.

Elie hield een wijkagent aan en gaf hem een briefje om op een *Brotbaum* – broodboom – te prikken, de enige manier voor Berlijners om aan voldoende eten te komen. Vanavond had ze geschreven: 'Chocola, vers brood, aardappels in ruil voor vertaling Pools, Frans, Nederlands, Duits, Engels, Russisch, Tsjechisch, en deskundig advies over het vinden van vermiste familieleden.' Zoals altijd liep Elie langzaam, in de hoop dat ze bij thuiskomst Lodenstein zou aantreffen op de trap. Ze zag hem voor zich in zijn verfomfaaide groene trui – lang, gespannen, zijn blik op haar gericht. Maar de trap was leeg. De trap was altijd leeg.

Ze begon haar sleutels te zoeken en hoorde opgewonden stemmen in de hal. Het waren mannenstemmen en ze klonken dringend.

Elie rommelde in haar tas, vond de sleutels, liet ze vallen en wachtte tot Dimitri ze in het donker vond. Ze rukte de deur open, stommelde de overloop op alsof ze vast had gezeten in het ijs en rende – zoals altijd – vol verwachting. Ze wist zeker dat een van de stemmen het tempo en timbre van Lodenstein had – de manier waarop hij woorden benadrukte als hij iets probeerde uit te leggen, of gejaagd sprak als hij gevaar voelde.

Maar ze trof alleen haar huisbaas en een andere man aan – en die man was niet Gerhardt Lodenstein – die een gesprek voerden over de prijs van aardappels.

Twee maanden later nam Elie Dimitri mee naar de minst gebombardeerde plek die ze kon vinden – een verwaarloosd stadspark waar zo hier en daar weer gras opkwam. Het was een zwoele voorjaarsavond en de lucht was doortrokken van de geur van seringen en vochtige aarde; ze liep met Dimitri door een roestig smeedijzeren hek naar een omheind deel. Dimitri hield twee verse rozen vast en Elie torste een stuk ruw graniet. Ze zette het stuk graniet neer en legde er een witte roos op. Haar gerafelde rode koordje had ze om de steel van de roos gebonden. In de steen stond gegraveerd: GABRIELA. IK DRAAG JE ALTIJD BIJ ME. JE LIEFHEBBENDE ZUS, ELIE.

'Is ze echt dood?' vroeg Dimitri.

'Ja,' zei Elie. 'Hoezo?'

'Weet ik niet. Ik vroeg het me gewoon af.'

Elie wist waarom Dimitri het zich afvroeg. Hij leefde tussen angst en hoop omdat hij niet wist of zijn ouders nog leefden. Het was de hoop van ingebeelde herenigingen en Elie leefde dag in dag uit met deze hoop, terwijl ze op deuren klopte, bierhallen bezocht, documenten en brieven doorbladerde waaraan Stumpf veel plezier zou hebben beleefd. De doden en vermisten achtervolgden haar nog steeds; maar nu waren ze bovengronds. Soms vroeg ze zich af wat er met de kratten was gebeurd. Soms dacht ze aan de Schrijvers: wat er gebeurd was met Droomatoria; of Gitka en La Toya nog bij elkaar waren; of Maria en Daniel elkaar schreven. Ze herinnerde zich de halfduistere kamer, de ratelende typemachines, de olielampen, de kou. Maar altijd keerden haar gedachten weer terug naar Lodenstein.

Nu stak ze wierook aan bij het graf. De geur was koel en zoet en deed Elie denken aan de Poolse kathedralen uit haar jeugd, waar Gabriela haar tijdens de mis een por gaf als ze in slaap dommelde. Het was onvoorstelbaar dat ze was vermoord – iets wat ze Lodenstein en zelfs Asher niet had kunnen vertellen. Toch was dit wat er echt was gebeurd met haar zusje, zoals ze had gehoord van een vriendin die het tien jaar voor de oorlog had zien gebeuren. Gabriela was in de buurt van Berlijn naar een dorpsplein geleid en doodgeschoten, bijna zeven jaar voordat de nationaalsocialisten aan de macht waren gekomen. Ze had haar hoofd steeds weer opgeheven uit een plas van haar eigen bloed, en haar lichaam was in een kar afgevoerd en ergens in een veld gedumpt.

Ze had deel uitgemaakt van het allervroegste verzet, berichten onderschept en doorgestuurd naar Engeland, paspoorten vervalst. Je zou ook moeten helpen, had ze herhaaldelijk tegen Elie gezegd. Zodra Elie het had gehoord, was ze naar het dorp gegaan om Gabriela's lichaam te zoeken. Dat het in een kar was afgevoerd, zoals haar vriendin zei, geloofde ze niet. Maar het enige wat ze vond was een roestbruine vlek op een dorpsplein dat met linden was omzoomd. Een paar maanden later was ze uit Freiburg vertrokken, waarbij ze slechts een berichtje achterliet voor Asher en de universiteit. Ze begon naar Partijbijeenkomsten te gaan. Met haar charmes wist ze een plek te bemachtigen binnen de kring van vertrouwelingen van de Partij en ze ging door tot ze Goebbels trof, die iemand nodig had die vreemde talen sprak. Ze was gedreven om zo veel mensen te redden als ze kon, een onmogelijke, onverzadigbare boetedoening voor Gabriela's dood.

'Zijn we klaar?' vroeg Dimitri.

'Nog niet helemaal,' zei Elie. Ze gaf hem de verse rode roos.

'Maar het is mijn zus niet!'

'Het is voor alle mensen van wie je houdt.'

'Wat als ik van niemand hou?'

'Ik hou genoeg van jou voor ons tweeën,' zei Elie.

Ze bukte en omhelsde Dimitri. Hij omhelsde haar. 'Geef dit nu maar aan mijn zusje,' zei ze.

Dimitri legde de roos op het graf.

'Weet je nog dat je me vond?' vroeg hij.

'Dat vergeet ik nooit,' zei Elie.

'En dat je me meenam naar die plek?'

'Ook dat vergeet ik nooit.'

'En dat al die mensen brieven schreven?'

'Ik ben het niet vergeten.'

Dimitri deed een stap naar achter en keek naar het graf. 'Van die man met die kinnen moest ik schrijven,' zei hij. 'Naar kinderen. Heb jij ook brieven geschreven?'

'Eentje maar,' zei Elie. 'Maar die heb ik in een notitieboekje bewaard.'

En de hutkoffer, die begon aan een diaspora: eerst naar een Russisch vluchtelingenkamp met Daniel en Asher. Toen de Atlantische Oceaan over naar New Jersey, waar Ashers zuster in Hackensack pianoles gaf in een straat met aan weerszijden bomen. Toen naar een appartement in Greenwich Village, toen naar een appartement in Brooklyn, toen naar een winkel met typemachines in de Upper West Side. De hutkoffer stond op zolders, in kelders, in huizen met tuinen, in krappe éénkamerflatjes zonder lift. Niemand nam de moeite hem open te maken. De inhoud raakte beschimmeld. Vergeten.

Asher hertrouwde. Hij sloeg een baan in het onderwijs af, zei dat filosofie niet meer dan een eindeloze reeks verzonnen argumenten was, en begon op Broadway in de Upper West Side een winkel waar hij typemachines repareerde. Daniel promoveerde in de scheikunde. Maria, die op haar negentiende naar New York vertrok, werd kunsthistorica. Toen ze begin twintig waren, trouwden ze met een kleine ceremonie in een synagoge in Brooklyn. Ze hielden de hutkoffer maar opperden om hem weg te gooien.

'Waarom niet in de East River?' zei Maria.

'Of in een meer in de Berkshires?' zei Daniel.

Toch leek de hutkoffer in het water gooien ondenkbaar, en op een warme zomerdag, toen ze de aanblik niet meer konden verdragen, gaven Maria en Daniel de hutkoffer aan Asher, die hem achter in zijn winkel bewaarde. Hij stond tussen spoelen en inktlinten, druktoetsen en stukjes dof metaal.

Uiteindelijk zou het jongste kind van Daniel en Maria de hutkoffer openmaken. Ze was een verrassing geweest, een ongelukje, geboren toen Maria zesenveertig was. Haar naam was Zoë-Eleanor Englehardt, maar iedereen noemde haar Zoë. Zoë was slank en blond, hield van rekenpuzzels, liet zich de aanbidding van de oudere kinderen in het gezin met verbazing welgevallen en was uitgesproken eigengereid. Minstens een keer per maand liep ze na school binnen bij de winkel van haar grootvader met de dwingende houding van iemand die zich bezighoudt met iets belangrijks.

'De hutkoffer,' zei ze dan tegen haar grootvader. 'Ik moet hem zien.'

Asher spoorde Zoë nooit aan om de hutkoffer open te maken. Maar zelfs al trachtte hij haar ervan te weerhouden, ze wrikte hem toch open, terwijl ze de geur van schimmelig papier en een vleugje rozenparfum inademde. Bovenop lag Ferdinand La Toya's zakdoek, die zo vaak opnieuw was opgevouwen dat hij eruitzag als de handpalm van iemand die duizenden jaren oud was. Zoë-Eleanor zag postzegels in alle kleuren en uit alle landen, afbeeldingen van staatslieden met namen met umlauten, cedilles, tildes en accenten. Ze zag brieven in alle denkbare talen. De meeste waren geschreven op dun, broos papier; een paar waren getypt op dik ivoorkleurig, officieel briefpapier, met zware zegels en een briefhoofd. Sommige waren op velijnpapier in een ouderwets, kalligrafisch schoonschrift geschreven. Onder de brieven lagen groene notitieboekjes die Zoë deden denken aan haar eigen dagboek. Er was ook een manuscript waarvan haar grootvader zei dat het door bijna zestig mensen was geschreven, in een taal die alleen zij kenden, en dat hij het nooit zou vertalen, want – zo zei hij met een ironisch glimlachje – vertalers zijn verraders.

Er waren nog talloze andere voorwerpen: fluwelen rozen, verteerd door ouderdom, lege parfumflesjes, een blauw met witte koffiemok, twee bontjassen, vijf vingerloze handschoenen, een kanten blouse, een hermelijnen sjaal, een zwart kanten korset, een zilveren handspiegel, een gebroken wolkam, zwarte sigarettenhouders, twee plattegronden, een pistool, foto's, en een bril met een labeltje waarop stond: FÜR MARTIN HEIDEGGER.

Toen Zoë de bril opzette zag ze de wereld in een waas, als een plek zonder scherpe contouren, en haar grootvader zei dat ze hem moest afzetten. Hij vertelde dat alles in de hutkoffer afkomstig was van een plek tien meter onder de grond die zij zich niet kon voorstellen. Het was een plek die zijn leven en dat van haar vader en moeder had gered, ook al wilde geen van hen erover spreken. En er zaten oneindig veel spullen in. Telkens als hij 's avonds zijn winkel sloot, moest Asher Zoë wegplukken bij de koffer.

'Het is een magische hutkoffer,' zei hij tegen haar. 'Er blijft altijd iets over om te ontdekken. En daarna nog iets.'

Zoë veranderde in een spichtige tiener en studeerde af in de wetenschapsfilosofie, waar haar grootvader zo zijn bedenkingen bij had. Hij zei herhaaldelijk tegen haar: 'Filosofen laten zich in met eindeloze discussies. Ze hebben principes maar leven die niet na.'

'Zoals Martin Heidegger?' vroeg Zoë.

'Zoals iedereen,' zei Asher.

Zoë had geen interesse meer in de hutkoffer en Asher sprak er nooit over. Maar toen hij zijn winkel sloot, liet hij Zoë komen.

Ze zweefde binnen met dezelfde houding die ze als kind had gehad, al had ze nu een diamantje in haar neus en paarse strepen in haar haren. Asher nam haar mee naar achter in de winkel en trok de hutkoffer tevoorschijn.

'Deze wil ik aan jou geven,' zei hij.

'Ik heb er in geen jaren meer aan gedacht,' zei Zoë.

'Maar als kind was je er dol op,' zei Asher. 'Misschien dat jij dit verleden ooit zelfs eens in kaart wilt brengen.'

'Waarom heb jij dat niet gedaan?'

'Je weet waarom ik dat niet heb gedaan,' zei Asher. 'Ik wilde niet het zoveelste overblijfsel van de Holocaust zijn. Net zomin als je vader en moeder dat wilden.'

Zoë, die dit allemaal al eens had gehoord, zei niets. Ze opende de hutkoffer, werd overweldigd door de geur van schimmel, deed hem weer dicht en nam hem in een taxi mee naar haar appartement in de Lower East Side. Toen ze de hutkoffer weer opende, kon ze zich niet herinneren wat ze er ooit zo boeiend aan had gevonden. De inhoud, ooit geheimzinnig en totemistisch, ademde nu duisternis, gevangenschap en verwijt. Ze pakte een brief die in het Duits was geschreven – een taal die ze inmiddels kon lezen – en zag dat die de omstandigheden in de kampen ophemelde. Ze pakte een Poolse brief, die ze niet kon lezen, en voelde angst in het korte, gejaagde berichtje. Ze wist dat ze leugens las.

Naast brieven waren er dagboeken waarin oude foto's verstopt zaten. Zoë zag het verlichte gezicht van een rossige man met de naam Benyami Nachtgarten. Het ietwat beteuterde gezichtje van een baby die Shalhevet Nafissian heette. Het leergierige gezicht van een tiener die Alexei Markova heette. Het eigenaardig langgerekte gezicht van een lachende vrouw die Miriam La Toya heette, zo te zien genomen op een feest. Het was duidelijk dat deze mensen overleden waren, want achter op de foto's stonden twee data. Zoë legde ze bij elkaar en stelde zich deze mensen voor in hun eigen land. Ze leken vol leven, nieuws-gierig, blij om samen te zijn.

Ze keek ook naar de oude brieven, gericht aan een negentiende-eeuwse kleermaakster uit de Elzas, een knopenmaker uit Dresden, een koetsenbouwer uit Stuttgart. Brieven uit de tijd voorafgaand aan de tijd waar het om ging; een tijd waarin niemand er ooit aan dacht te schrijven voor een vals archief; een tijd waarin de doden geen brieven nodig hadden om de wereld te behoeden voor instorting; een tijd waarin mensen niet afhankelijk waren van kennis van vreemde talen om hun leven te redden; een tijd waarin brieven de levenden bij elkaar brachten, niemand veroordeelden tot een leven onder de grond, en niet werden gebruikt als wapens om de geschiedenis te herschrijven.

Want dat was het merendeel van deze brieven. En, net als dingen die je niet wilt zien, maar toch ziet, deden ze Zoë denken aan de num-mers op de arm van haar vader en grootvader. Erger nog, de brieven waren boodschappers van verschrikkelijk nieuws door wat er niet in stond. Ze deden haar denken aan stiltes die ze als kind had gevoeld wanneer volwassenen deden alsof er geen spanning was terwijl zij – zittend aan de eettafel, of aan haar tafeltje op school – wist dat er iets afschuwelijks in de lucht hing. Ze deden haar zelfs denken aan de stil-tes van nu, waarin mensen haast niet spraken over moeilijke dingen – in hun eigen leven, in het leven van anderen. De laatste keer dat ze iets naars had gehoord was toen een buurman zei dat hij tegen zijn zoon had gezegd dat hij de wereld moest gaan zien, waarmee hij be-doeld had dat hij familie moest opzoeken in Italië, niet dat hij mari-nier moest worden en moest afnokken naar Irak. Maar dat was nou juist precies wat hij ging doen. Heilige plaatsen, had hij gezegd. Kapot gebombardeerd.

'Waarom zou je over moeilijke dingen praten als mensen toch niet luisteren?' vroeg Zoë aan haar grootvader toen ze hem opzocht in zijn met boeken bezaaide appartement. 'En wat heb je eraan om een hut-koffer te documenteren?'

'Misschien heb je er helemaal niets aan,' zei Asher. 'Maar je mag hem nooit weggooien.'

Toen Asher op vijfennegentigjarige leeftijd overleed, woonde Zoë in de Upper West Side in een appartement dat was opgedeeld in drie kleinere appartementen. Zij woonde in het deel dat een dienstbodekamer had, en daar zette ze de hutkoffer neer zodat ze hem niet hoefde te zien. Na de herdenkingsdienst, waarin ze oneindig veel mensen de hand had geschud, ging ze naar de dienstbodekamer en bleef een tijdje staan kijken naar de hutkoffer, maar ze maakte hem niet open. Het was de krachtigste band met haar grootvader. Ze zou op zijn minst naar de brieven moeten kijken. Maar ze deed de deur dicht.

Een paar dagen later kreeg ze 's ochtends een telefoontje van een man met een Duits accent die zei dat hij Gerhardt Lodenstein heette. Zijn Engels was zorgvuldig en hij verontschuldigde zich ervoor dat hij haar stoorde. Hij zei dat hij net haar grootvaders overlijdensbericht had gelezen – dat ze nog een tijdje gecorrespondeerd hadden. En dat hij niet van onder de grond belde maar uit Duitsland.

Het duurde even voordat Zoë geloofde dat ze met iemand sprak die op die plek had geleefd. En voordat ze kon zeggen dat ze blij was om van hem te horen, zei Lodenstein dat hij had begrepen dat haar grootvader haar de hutkoffer had gegeven, en dat er nog een paar foto's waren die hij haar graag wilde sturen. Hij vroeg haar ook of ze wilde overwegen de inhoud tentoon te stellen.

Zoë wist dat haar grootvader dat graag zou willen. Dat had hij wel laten merken toen hij haar de hutkoffer gaf. En hij had altijd duidelijk laten zien wat hem was overkomen, door de mouwen van zijn overhemd op te rollen, zelfs in de winter, zodat iedereen die de winkel binnen liep de nummers op zijn arm kon zien. Maar Zoë had een grondige afkeer ontwikkeld voor de hutkoffer. Dus zei ze tegen Lodenstein dat ze erover na moest denken – al wist ze zeker dat haar uiteindelijke antwoord nee zou zijn – en ze verbaasde zichzelf dan ook toen ze diezelfde avond nog een paar brieven meenam naar de bibliotheek. Mensen met stapeltjes systeemkaarten keken nieuwsgierig naar de spichtige vrouw met paarse strepen in haar haren. De brieven wasemden de bedompte ijzerachtige geur van de mijn uit, alsof ze vastbesloten waren hun geschiedenis bekend te maken aan de bibliotheek.

Die avond ging Zoë terug naar de dienstbodekamer en opende langzaam de hutkoffer. Ze zag een leeg flesje. Ze kon de rozenparfum haast nog ruiken. En daar een rode wollen handschoen. Ze zag de rafelige randen waar iemand de vingers had afgeknipt. En daar was Heideggers bril, een object dat haar zo gefascineerd had als kind. Ze herinnerde zich dat ze hem had opgezet, de wereld in zachte contouren had gezien, haar grootvaders consternatie. En daar was een blauw met witte koffiemok.

Ze nam alle brieven mee naar de wasruimte van het appartementsgebouw en hing ze aan een waslijn. Maar ze behielden hun bedompte en schimmelige geur en ademden zo veel verwijt uit dat Zoë begon te geloven dat de doden werkelijk antwoorden verwachtten.

Het was alsof de mensen in de bibliotheek haar wanhoop zagen, want ze gaven haar van alles. Een man die onderzoek deed naar emotionele banden bij primaten kocht voor haar een gum die gloeide in het donker. Een vrouw die een proefschrift schreef over cijferreeksen gaf haar pennen met rode en zilverkleurige inkt. Zoë kreeg plakkertjes voor het markeren van pagina's, paperclips, doorzichtige insteekmapjes. Ze nam alles aan, of ze het nu nodig had of niet.

Lodenstein bleef ook maar dingen sturen – meer dan een paar foto's. Hij stuurde inktspoelen, gevlochten kaarsen, dagboeken die door familieleden van de Schrijvers waren ontcijferd, nog meer fluwelen rozen, blauwe kasjmier, een tweede rode vingerloze handschoen. Duitse detectives uit de jaren dertig, een recept voor soep, een spade. Er was geen plaats meer in de hutkoffer. Zoë begon dingen op te stapelen op haar bank. Het deed haar denken aan een uitdragerij en ze dekte de stapels af met dekens.

Hij stuurde ook brieven uit binnengevallen huizen, duidelijk onderbroken terwijl ze werden geschreven. Ze gingen over het uitleggen van zomen van kinderkleding, vakanties naar de Alpen. Ze verwezen naar een leven ver terug in de tijd, een leven dat voor Zoë altijd onbereikbaar zou blijven. Soms staarde ze naar de stof van haar trui en dacht dat ze mensen uit de Bunker zag in het patroon. Soms speelde ze met de gedachte de brieven te beantwoorden – alsof dat mensen weer tot leven zou wekken of ten minste hun stemmen tot zwijgen zou brengen. En een keer, tijdens een bezoek aan haar ouders, begon ze over het aantal onbeantwoorde brieven in de wereld.

'Ben je soms bezig met die hutkoffer?' vroeg Maria.

'Ja.'

'Ik wist dat we hem hadden moeten weggooien,' zei Maria. 'Hij hoort thuis op de bodem van de Hudson.'

Ze waren in de keuken en Maria stond te koken. Zoë keek hoe ze kruiden toevoegde aan de aardappelpreisoep en een vinaigrette maakte met drie soorten azijn. Ze zei dat Maria niet zo veel moeite moest doen voor sla.

'Misschien zou jij dat ook wel doen als je daar zelf had gezeten,' zei Maria. 'Mensen spanden zich in voor het eten. En iedereen was altijd aardig. Ik heb geluk gehad dat ik de oorlog daar heb doorgebracht.'

'Dan wil je toch zeker niet dat die hutkoffer op de bodem van de Hudson ligt?' zei Zoë.

'Nee, toch niet denk ik,' zei Maria. 'En je vader ook niet. Doe er maar mee wat je wilt.'

Op een ochtend in mei, meer dan zestig jaar na de capitulatie van Berlijn, liet Zoë haar handen over de hutkoffer gaan. Ze voelde aan de bovenkant hetzelfde gesplinterde hout dat ze als kind had gevoeld, en de ruwe richels op de bodem die er volgens haar grootvader niet was. De hutkoffer was eindelijk leeg.

De man die onderzoek deed naar primaten had een klein museum in Manhattan – The Museum of Tolerance – bereid gevonden de inhoud van de hutkoffer tentoon te stellen. De directeur van het museum hielp Zoë met het catalogiseren en vond vertalers voor de brieven en de dagboeken. Twee vertalers, met nummers op hun armen, zeiden dat ze er alles voor over hadden gehad om daar te mogen zijn.

Zoë had alle stukken van commentaar voorzien. Ze was zelfs nagegaan waar de tiffany-lamp oorspronkelijk vandaan was gekomen en had Lodenstein zover gekregen dat hij had toegegeven – op voorwaarde dat ze dat niet verder zou vertellen – dat hij de wolkam stuk had geslagen toen hij boos was. En nu waren de voorwerpen en brieven klaar voor de tentoonstelling. In de brochure stond dat de Bunker tijdens de oorlog een van de weinige plekken was geweest die onderdak hadden geboden aan overlevenden van Auschwitz. Er stond ook in dat de Schrijvers, in zekere zin, werden gehouden om hun talenkennis. Maria en Daniel vonden dit overdreven, net zoals Zoë dit overdreven vond. Zij had geschreven dat de Schrijvers bij deportaties waren uitgekozen omdat ze naast het Duits ook andere talen spraken. Maar de directeur van het museum had daar wat anders van gemaakt en dat in de brochure gezet. Het was voor het eerst dat Zoë merkte dat iemand haar woorden had verdraaid om er een andere zin van te maken. Ze herinnerde zich het diepe wantrouwen dat haar grootvader jegens kranten en geschiedkundige verhalen koesterde.

Lodenstein, die op de hoogte was van de tentoonstelling, had al een maand niets meer gestuurd. Die ochtend stuurde Zoë hem de brochure met een briefje waarin ze vroeg of hij de hutkoffer terug wilde hebben.

Zijn antwoord – waarin hij het aanbod afsloeg – kwam twee weken later met een pakketje met haar grootvaders originele recept voor Heideggers bril, een donkerrood notitieboekje en een foto van een vrouw bij een groep bomen. De vrouw had fijne trekken, doordringende ogen, en droeg een blouse met een roos op de kraag. Haar haren zaten naar achter in een strik en krullen golfden over haar schouders. Haar gezicht lichtte op in de zon.

Zoë bleef lang naar de foto kijken. Toen keek ze naar Heideggers recept in haar grootvaders handschrift. Hoe lang geleden was het geweest dat de twee mannen samen in zijn werkkamer hadden gezeten; dat Heidegger naar een oogmeetkaart had gekeken, 'Besser' en 'Nicht Besser' had gezegd, dat haar grootvader niet had laten merken dat hij doodsbang was dat zijn winkel zou worden binnengevallen en zijn familie zou worden gedeporteerd? Ze keek nogmaals naar de vrouw die door de zon werd verlicht. Haar gezicht was zo innemend dat ze zich afvroeg of er nog meer foto's van haar waren, maar ze realiseerde zich dat de tentoonstelling nooit klaar zou zijn als ze niet ophield met Lodenstein te vragen dingen te sturen. Het voelde als een reis zonder einde.

Maar toen ze hem belde klonk Lodenstein verbaasd dat ze niets meer wilde hebben. Hij wist zeker dat Asher zou willen dat alles wat hij had zou worden opgenomen in de tentoonstelling. Hij vond steeds weer nieuwe voorwerpen in bureaus, in kasten. En familieleden van Schrijvers stuurden hem dagboeken.

Zoë vertelde dat Asher ooit had gezegd dat de hutkoffer een magische hutkoffer was, die nooit leeg zou raken. Het vooruitzicht steeds nieuwe voorwerpen te ontvangen was overweldigend.

'Mijn hoofd begint te tollen,' zei ze. 'En telkens als je me iets stuurt, raak ik alleen maar meer geïnteresseerd. Zoals die vrouw met de roos. Was zij een Schrijver?'

Lodenstein was even stil. Toen hij weer sprak was zijn stem schor. 'Zij was het hart van de Bunker,' zei hij. 'Zonder haar had niemand het volgehouden. We zouden het niet hebben overleefd.'

'Ze ziet er lief uit,' zei Zoë.

'Meer dan lief,' zei Lodenstein.

In zijn stem klonk verdriet, verdriet vervuld van hoop. Zoë stelde zich hem voor na afloop van de oorlog, altijd op zoek naar haar als hij ergens mensen zag: in een rij, onder een luifel, in een boekhandel, wachtend op de bus, schuilend voor de regen. Ze stelde zich voor dat de vrouw ook zocht.

Plotseling zei Lodenstein: 'Het rode notitieboekje was van haar.'

Zoë keek naar het gehavende notitieboekje. De donkerrode kaft was verschoten en de bladzijden waren broos. Veel bladzijden waren leeg of bevatten maar een paar zinnen. Slechts twee bladzijden waren volgeschreven.

'Heb je het ooit laten vertalen?'

Even was Lodenstein stil. Toen zei hij: 'Ik heb nooit de moed gehad.'

Mijn liefste Gabriela,

Ik moest je schrijven voordat ik deze plek verlaat. Als je wist wat voor plek dit is, wat we hier hebben gedaan, zou je begrijpen waarom – want als er een kans is dat je deze brief ooit kunt lezen, dan is het wel vanuit deze plek.

Ik heb veel mensen helpen redden in deze oorlog, maar jou heb ik nooit teruggehaald. En ik moet steeds denken aan wat ik zou hebben gedaan als ik beter had opgelet. Telkens als ik naar een nieuwe stad ga, stel ik me voor dat ik je zal zien. Iedere avond voordat ik in slaap val, zie ik je gezicht.

Een keer ben ik naar het dorp gereden waar je bent doodgeschoten omdat ik dacht dat ik je kon vinden. Maar het enige wat ik vond was een vlek bij een lindeboom.

Ik herinner me alles nog van hoe het was om met jou te zijn, Gabriela: engelen maken in de sneeuw, zwemmen in de rivier, luisteren hoe het ijs kraakte in het voorjaar. Ik herinner me het toneelstuk waarbij ik mijn tekst vergat en jij die voor mij zei. Ik herinner me hoe je me een por gaf als ik tijdens de mis in slaap viel. En hoe we oogschaduw het huis in smokkelden en elkaar omtoverden tot filmsterren.

Heidi heeft me verteld hoe je bent gestorven. Ze zei dat je je hoofd steeds maar weer optilde nadat ze hadden geschoten.

Vergeef me dat ik niet eerder heb opgelet. Ik had moeten weten dat je gevaar liep. Ik had moeten helpen. Maar terwijl jij paspoorten vervalste, zat ik in Freiburg en deed alsof ons nooit iets ergs zou kunnen gebeuren. Niet met andersdenkenden. Niet met Poolse katholieken. En al helemaal niet met jou.

Ik zal altijd met je blijven praten, Gabriela. Ik zal je altijd om vergiffenis blijven vragen. Niet een van de mensen die ik heb helpen redden heeft ooit opgewogen tegen jou verliezen.

Ik blijf altijd van je houden,
Elie

*D*e vertaler sloeg het donkerrode notitieboekje dicht en overhandigde de vertaling aan Zoë.

'Ik had dit niet voor je moeten vertalen,' zei hij. 'Sommige dingen moeten tussen twee mensen blijven, ongeacht of ze wel of niet leven.'

Zoë knikte. 'Ik zal het aan niemand laten lezen.'

'Goed,' zei de vertaler en hij wees naar een bladzij met stukjes tekst.

'Het heeft haar veel moeite gekost dit te schrijven.'

Hij wees naar de lege bladzijden, de stukjes waar ze steeds opnieuw begonnen was, de lege ruimtes ertussen.

'En toen is er iets, Joost mag weten wat, geknapt bij haar. Weet iemand wat er met haar is gebeurd?'

'Nee,' zei Zoë. 'Ze is verdwenen voordat de oorlog voorbij was.'

'Zoals zovelen,' zei de vertaler.

Zoë knikte. Ze was blij dat ze het niet wist. Ze hoorde bijna hoe het ijs kraakte in het voorjaar, zag hoe Elie en haar zusje engelen maakten in de sneeuw. Ze merkte dat ze hen wilde beschermen. Ze stopte het donkerrode notitieboekje in haar tas.

De vertaler was pezig, ver in de tachtig. Hij stak een sigaret aan, Zoë kuchte, hij zette een raam open en de Lower East Side sijpelde naar binnen. Zoë hoorde kinderstemmen, verkeer. Ze rook de scherpe uitlaatgassen.

'Je lijkt van slag,' zei de vertaler. 'Wil je wat te drinken?'

'Nee,' zei Zoë, die tegen haar tranen vocht. 'Ik moet er gewoon even uit.'

Het was achter in de middag toen Zoë het krappe kantoor uit kwam. Ze stak Canal Street over, waar bakken uitpuilden met van alles en nog wat. Ze zag goedkope horloges, namaakdesignertassen, geheimzinnige stukken metaal en allerhande gereedschap. De zoveelste rommelwinkel, dacht ze, terwijl ze langs weer een berg namaakdesignertassen, neon t-shirts en kralenringen liep. Haar oog viel op een bak met kleine houten doosjes: eentje was van donker gepolitoerd hout, met een sluiting van een hutkoffer. Ze bleef staan.

'Echt oud,' zei de man achter de bak.

'Hoe oud?' vroeg Zoë.

'Dat zou ik niet weten.'

Zoë liep door, keerde om en kocht het doosje. Misschien voor de vertaling van Elies brief; misschien voor het donkerrode notitieboekje. Of misschien gewoon voor zichzelf, voor iets uit haar eigen leven wat ze wilde bewaren.

Ze liep door Chinatown, Little Italy, en alsmaar door in noordelijke richting tot het donker was en ze op Times Square stond tussen de torenhoge gebouwen, bedompte lucht en kermis van rode en witte lichtjes.

Zoë zwierf tussen de drommen mensen en straatverkopers en wist, als nooit tevoren, dat brieven aan de doden eigenlijk voor de levenden waren: het waren rechtvaardigingen, verslagen, verzoeningen, smoesjes, listen, verontschuldigingen, boetedoeningen, klaagzangen, bekentenissen. Ze ordenden. Ze smeekten. Ze bezwoeren. Sommige verhaalden van onuitsprekelijk verdriet. Sommige probeerden een hele geschiedenis te herschrijven. En soms – vaker dan men durfde toe te geven – beeldde zelfs de ontwikkeldste brievenschrijver zich in dat de doden konden horen. Zoë hield de vertaling van Elies brief in haar hand en voelde die langs de mouw van een vreemde strijken. Even dacht ze eraan de brief weg te laten zweven in de ijskoude lucht. Toen stopte ze hem in het houten doosje.

Het gesprek met de doden kent geen einde, dacht ze, net als de inhoud van de hutkoffer: de spoelen en de kaarsen, de brieven en de lampen, de handschoenen en de rozen. Kon de hutkoffer maar veranderen in de Bunker, en kon de inhoud de mensen maar weer terugbrengen. Maar dat zal nooit gebeuren. En er blijft altijd iets over om eraan toe te voegen. En daarna nog iets.

Dank

aan Dan Smetanka voor eindeloos geduld, briljante inzichten, urenlang aanmoedigen, en het verdragen van het schrift van een holen-
mens;
aan Diana Finch voor haar schranderheid;
aan Elizabeth Rosner, Harriet Chessman, Sarah Stone en Ron Nyren
voor uitzonderlijke ruimhartigheid;
aan Steve Gilmartin en Hat voor onberispelijke adviezen;
aan Anne Fox voor onberispelijk leeswerk;
aan Casey voor creatief luisteren;
aan Tim voor vertrouwen;
aan George Albion voor referenties;
aan Maria Espinosa voor verhalen;
aan David Blake voor Heideggers bril;
aan WR voor tijd;
aan David Galbraith voor het bedenken van ruimte en aan Biliana
Stremska voor het tekenen ervan;
aan John Quick voor steun;
aan Sophie Biron voor vriendschap en Europa;
aan Kevin en Mister Emery voor het komen opdagen;
en aan mijn grootmoeder, Grace; haar geest verlicht dit boek.